스포츠와
인간 승리

끈기와 오기로 스포츠 정신을 빛낸 체육인의 인간탐험

스포츠와
인간 승리

한국올림픽성화회 **이 학 래** 엮음

동성
사람과사람

책머리에

올해는 대한민국 정부가 수립된 지 50주년이 되는 뜻깊은 해이다. 그리고 체육계로서는 건국 후 처음으로 런던 올림픽대회에 참가한 지 50돌을 맞는 해이기도 하다. 돌이켜 보면, 1948년 태극기를 앞세우고 당당히 올림픽 무대에 나섰던 그 투혼은 한국 현대 체육사의 도약을 알리는 하나의 시작이었다.

이 때부터 수많은 스포츠인들은 질곡으로 점철된 역사의 한 켠에서, '힘과 기량'보다는 '끈기와 오기'로, '승패'보다는 '명예로운 승부'를, 그리고 민족과 나라의 영광을 위해 젊음을 불태우면서 지금껏 숨가쁘게 달려왔다. 그 결과, 이미 1986년에 서울 아시안게임을, 1988년에 서울 올림픽을 개최했고, 2002년 월드컵 개최라는 또 하나의 역사를 창조하면서 세계 '10대 체육강국'으로 자리잡고 있다.

따지고 보면, 스포츠만큼 국민들에게 자부심과 긍지를 심어 준 분야도 드물 것이다. 우리가 세계적인 국가로 성장하는 고비 고비마다 스포츠인들의 승전보가 얼마나 큰 힘이 되었던가. 그리고 우리들을 한 덩어리로 만들어 주지 않았던가. 어려운 여건 속에서도 거친 비바람을 맞으며 우뚝 선 한 그루 소나무처럼 오직 영광의 그날을 위해 숙연히 버티어 온 그들이야말로 박토에 뿌리내린 묘목이나 다름없다.

흔히 운동선수를 가리켜 '아는 게 별로 없고, 성품이 난폭하거나 거칠고, 운동 외에는 잘하는 것이 거의 없는 사람'이라는 부정적 이미지를 떠올리기 쉽다. 그러나 진정한 스포츠인은 단순한 기술자가 아니다. 평범과 상식으로는 도저히 불가능한 것에 도전하여 인간의 한계를 극복해 내고 성취한 사람들이다. 때문에 그들은 현역에서 활동할 때에도 한때의 스타이기만을 거부했고, 사회인으로 거듭날 때에도 절망을 희망으로 바꾸는 지혜를 잃지 않았다.

현재 우리 스포츠계는 위기 국면을 맞이하고 있다. 'IMF 체제'로 불리는 국난을 맞아 갖가지 구조 조정과 열병처럼 번지는 부도 사태, 외환 위기, 대량 실업 등 나라가 밑바닥에서부터 뒤집어지는 고통을 겪고 있다. 스포츠계라고 해서 예외일 수 없다. 기업에서 운영하던 각종 실업팀의 잇따른 해체로 수많은 스포츠인들이 좌절감을 느끼고 있다.

체육계 내부도 심한 불균형과 왜곡, 그리고 파행으로 점철되어 있다. 전인교육을 위해 중요시해야 할 학교체육 과목이 입시경쟁의 과열화 틈새에서 뒷전으로 밀려났고, 체육 특기생들의 대학 진학의 문을 좁혀 전문 스포츠의 길을 차단시켜 버렸다. 체육행정 관련 부처의 축소 또한 엘리트 스포츠와 생활체육의 조화를 위태롭게 하고 있다.

이러한 때에, 저자를 비롯한 '한국올림픽성화회'가 이 책을 펴낸 까닭은 개인적 어려움보다 민족 전체의 짐을 짊어지고 뛰었던 체육 1세대의 삶을 재조명해 봄으로써 고난과 역경에 도전해 온 우리 겨레의 저력에 불씨를 되살리고 싶기 때문이다. 무엇보다도 수많은 선배 스포츠인들의 빛나는 업적과 그들이 국가 발전에 기여한 스포츠 외적인 공로를 되새겨 봄으로써 엘리트 스포츠에 대한 올바른 인식을 제고하고, 자라나는 선수들에게 자긍심과 희망의 꿈을 심어 주기 위해서이다.

'한국올림픽성화회'는 어려웠던 시절에 선수 생활을 했던 대학교수들의 모임이다. 자라나는 후배들에게 긍지와 자존심을 심어 주고, 나아가 우리의 스포츠 발전에 조그마한 힘이나마 보탬이 되고자 하는 순박한 마음에서 출발했다. 이 모임이 발족한 지 벌써 2돌을 맞는다. 그동안 몬트리올 올림픽 제패 20주년과 베를린 올림픽 제패 60주년을 기념하는 학술논문 발표회, 한국체육학회와 공동으로 '엘리트 스포츠 발전을 위한 정책 대토론회' 등 스포츠 발전을 위한 학문적 토대 구축에 작은 정성을 모아 왔다.

이 책에는 우리 스포츠인들, 특히 1세대 체육인들이 한 인간으로서 온갖 고초를 겪으면서 인내와 끈기를 갖고 외길을 달려와 결실을 맺은 감동적인 삶의 이야기가 담겨져 있다.

우선 그들은 끈기와 오기로 스포츠 정신을 빛낸 인간 승리 드라마의 주인공들이다. 그리고 불가능을 가능성으로 바꾸는 스포츠의 마력을 마음껏 선보인 투혼의 골리앗들이다. 한때의 영광에 안주하지 않고 또 다시 정상의 자리에 끊임없이 도전하여 한 사회인으로도 성공할 수 있다는 신화를 창조한 주역들이다. 스포츠인으로 한 평생을 살아온 이

들의 삶의 체취에서 우리는 그 어느 철학자 못지 않은 깊고 높은 인품
과 덕성을 발견하는 기쁨을 갖는다. 심신을 갈고 닦는 스포츠의 참된
덕목은 여기에 있는 것이 아닐까 싶다.

끝으로 이 책이 나오기까지 각별한 보살핌과 용기를 주신 '한국올
림픽성화회' 유영구 명예회장을 비롯한 고문과 회원 여러분, 그리고
한국체육기자연맹, 국민체육진흥공단, 나이키스포츠에게 깊이 감사드
린다. 특히 자료 수집에 헌신적으로 도움을 주신 많은 선배 동료 스포
츠인들에게 고마운 뜻을 전하면서 이 책을 펴내 준 '도서출판 사람과
사람' 김성호 사장에게 심심한 사의를 표하는 바이다.

                    1998년 3월

                          杏堂 연구실에서 著者 識

차 례 ● 스포츠와 인간승리

아름다운 젊은 날의 기록

제1장 · 아름다운 젊은 날의 기록

젊음이란 좋은 것이다. 신체 기능이 왕성해서 좋고, 앞날에 무한한 가능성을 지니고 있어서 좋다. 그리고 아직도 세속에 물들지 않은 순수성, 산이라도 움직일 것 같은 행동성이 있어서 좋다. 그래서 예로부터 젊음을 빛깔로는 푸른빛에, 계절로는 봄에 비유하여 청춘이라 했다. 활짝 핀 꽃에도 비겨서 '화랑(花郞)'이라고 일컬었다.

그러나 젊음을 포함한 사람의 일생은 결코 흘러가는 것이 아니다. 피아노를 잘 치려면 손톱에 어혈이 지는, 그야말로 피나는 수련을 쌓아야 한다. 청춘의 아름다움은 뼈를 깎는 고통과 번민 속에 있다. 그리고 청춘의 보람은 특유의 패기로 그것을 이겨 나가는 데 있다.

특히 우리 체육 1세대들은 악조건 속의 청춘이었기에 아쉬워했고, 그만큼 절실했기에 더욱 처절하게 그것과 싸웠다. 그리고 끝내 이긴 고통과 번민이었기에 가치 있고, 그래서 그 자체를 보람있는 청춘으로 여기고 있다. 그들은 개인적인 어려움보다도 민족 전체가 함께 짊어져야 했던 더 무거운 짐을 지고 뛰어야 했다. 일제시대에는 나라 잃은 민족의 설움 속에, 광복 후에는 분단과 전쟁 속에 오직 조국애와 생존을 위해 뛰었다. 삶의 현장 자체가 스포츠 무대였던 것이다.

따라서 오늘의 젊은 스포츠인들은 모름지기 역사의식을 가지고 살아야 한다. 젊음을 괴롭고 어렵게, 때로는 깊이 있게, 그리고 체육 1세대가 보여준 젊음의 슬기로 살아야 할 것이다. 역사는 안일한 시대에 오히려 젊음의 슬기를 죽였고 노도의 시대에 젊음의 슬기가 불길처럼 타올랐음을 보여주고 있다는 점을 잊지 말아야 한다. 왜냐 하면, 스포츠인은 역사와 함께 자라기 때문이다.

되새겨 보자.

약간 흐린 듯한 하늘을 배경으로 한 젊은이가 반쯤 눈을 내리깔고 서 있다. 깡마른 얼굴, 빡빡 밀어 버린 머리, 굳게 다문 입, 그리고 상념에 잠긴 그 표정이 무척 어둡다. 잘못을 저질러서 야단맞는 학생 같아 보이기도 한다. 그러나 손에는 꽃다발이 들려 있고 머리에는 화관인 듯한 관을 쓰고 있다. 흰색 티셔츠에는 아무런 표시도 없다. 뭔가 지워 버린 듯하다.

1936년 8월 9일 베를린 올림픽 마라톤에서 세계를 제패한 손기정의 우승 소식을 보도한 동아일보 기사 사진이다. 수많은 관중의 함성과 박수 소리를 뒤로 하고 올림픽 시상대에 서서 자책과 회한에 빠진 듯, 커다란 슬픔을 참고 있는 듯, 그러나 결연한 의지를 보이는 그 사나이야말로 1930년대 우리·민족의 모습이었다.

그것은 1992년 바르셀로나 올림픽에서 '몬주익의 영웅'으로 등장한 황영조가 시상대 위에서 보여준 환희와 감격에 찬 표정과는 너무나 대조적이다. 손기정의 영광이 일제의 암흑 속에서 끝까지 굴복하지 않고 살았던 우리 민족의 희망이었다면, 황영조의 영광은 가난, 분단, 전쟁, 역경, 시련 속에서도 일류 국가로 성장한 민족의 의지를 세계 앞에 확인시킨 축포였다. 손기정이 박토에 뿌리내린 건강한 묘목이라면, 황영조는 그 묘목이 자라서 추위와 바람을 견디고 피워 낸 꽃인 셈이다.

'체력은 국력'이라는 구호가 유행하던 시대가 있었다. 우리가 세계적인 국가로 성장하는 고비 고비마다 스포츠인들의 승전보는 커다란 힘이 되어 주었다. 일에 지쳐 움츠렸던 어깨를 펴게 해주었고 선잠을 추슬러 희망을 안고 일터로 나가게 했다. 무엇보다도 조국에 대한 자긍심을 가슴속에 심어 주었다. 이제 올림픽을 개최했고, 세계 축구인들의 꿈의 잔치 2002년 월드컵을 준비하고 있다. 우리 스포츠인들도 21세기를 준비하면서 우리의 현대 체육사 1백 년을 정리해야 한다. 그것은 무엇보다도 풍요 속에 자란 오늘의 젊은 세대에게 고통과 번민을 이겨내는 힘과 용기를 줄 것이기 때문이다. 그리고 그들은 영원히 한국인이기 때문이다.

가난은 덫이 아니다

30억 아시아인의 '영원한 전진'을 다짐한 1986년 서울 아시안게임에서, 10대 소녀 임춘애가 1,500미터 달리기를 한껏 달려 우승한 뒤 "우유 먹고 달리는 선수가 부러웠어요" 라고 더듬거렸던 말은 온 국민을 눈물짓게 만들었다. 그리고 우리는 아직도 가난의 슬픔을 용감하게 이겨낸 어린 신데렐라에게 보낸 국민들의 열렬한 박수 소리를 생생하게 기억하고 있다. 그러나 우리에게는 라면만 먹고 뛰었다는 임춘애의 가난보다 훨씬 더 혹독하고 힘들었던 식민지 35년의 아픈 시절이 있었다.

'말을 할 줄 아는 놈은 감옥에
들판에 나가 있는 놈은 공동묘지에
애새끼 한 놈이라도 낳을 수 있는 계집은 사창가에
지게를 멜 수 있는 놈은 일본에
이러니 아무것도 남지 않고 텅텅 비었네
여덟간 신작로의 아카시아 가로수가

자동차 달리는 바람에 흔들리고 있네'

민족의 서정시인 김소월이 펴낸『조선 민요선』에 실려 있는 이 글처럼 일제는 35년간 이 땅의 모든 것을 끌어갔고 모든 것을 빼앗아 갔다. 그렇기에 1936년 8월 9일 독일 베를린에서 치러지고 있었던 제11회 올림픽대회 마라톤 레이스에서 손기정이 우승, 남승룡이 3위를 차지한 쾌거는 단순히 우리 겨레가 세계를 제패했다는 이상의 깊은 역사적 의미를 지니고 있다.

당시 식민지라는 억압된 상황에서 우리 민족이 일본을 압도할 수 있었던 유일한 분야는 스포츠였다. 수많은 우리 젊은이들은 마라톤, 유도, 권투, 축구 등 온갖 종목에서 일본 선수를 크게 압도했다. 이것은 일제의 강압 통치로 극심한 좌절감에 빠져 있던 겨레에게 망국의 한과 울분을 한꺼번에 풀어 버리는 돌파구를 열어 주었다. 또 용기를 북돋아 주었고, 광복을 향한 희망을 안겨 주었다. 그야말로 단순한 운동 경기가 아니라 식민지 민중의 울분을 표출하려는 민족주의적 항일 투쟁의 하나였다.

그러나 손기정의 마라톤 세계 제패는 무엇보다도 가난을 이겨낸 인간 승리였기에 더욱 값진 것이었다. 따지고 보면, 세계 최빈국이었던 우리가 지난 반세기 동안 경제 기적을 이룩한 원동력도 '배고픔'이란 원초적인 가난이었다.

흔히 영웅이나 한 분야에서 성공을 거둔 사람들의 이야기를 하자면 '어릴 때부터 뭔가 달랐다' 라고 시작하는 것이 보통인데, 손기정도 예외는 아니다.

평안북도 신의주의 가난한 잡화상에서 3남 1녀의 막내아들로 태어난 그는 어렸을 때부터 달리기를 좋아했다. 집안 살림은 어려웠지만 가난에 마음까지 찌들지는 않았다. 오히려 가난의 품속에 뛰어들어 뜀박질함으로써 가난을 이겨내고자 했다.

그는 집에서 2킬로미터 떨어진 신의주 보통학교에 다닐 때, 광목으로 만든 바지저고리 차림에 책 보자기를 허리에 묶고 고무신을 새끼줄로 동여맨 채 달렸다. 언젠가, 틈만 나면 달리는 아들의 땀 젖은 옷을 빨래할 시간이 없었던 모친이 여자 고무신을 신겼다. 여자 고무신을 신기면 불편해서 달리지 못할 것이라고 여겼기 때문이다. 그러나 모친의 속셈을 비웃기라도 하듯 여자 고무신 위로 새 끼줄을 묶고 달렸다.

그때 신의주에는 스케이트가 유행이었다. 겨울이면 신의주와 중국 안동을 연결하는 압록강 철교 밑에서 스케이트 대회가 열리고, 신나게 얼음을 지치는 수많은 젊은이들의 모습이 어린 소년들의 마음을 설레게 했다. 그러나 집안이 가난한 손기정으로서는 스케이트를 산다는 것은 엄두도 못 낼 일이었다. 그가 스케이트 선수가 아닌 마라톤 선수가 된 것도 달리기에는 돈이 한 푼도 들지 않기 때문이었다. 오히려 그는 압록강 철교를 매일 달음박질하여 출퇴근했는데, 당시 그는 신의주에 있는 곡물 수집 판매상인 동익상회에 취직하여 안동에 있는 취급소에서 일하고 있었다.

보통학교 5학년 여름 때였다. 큰 홍수가 나서 가게가 물에 잠기고 거리로 나앉게 되자, 그는 한 학기를 휴학하면서 집안 살림을 도왔다. 처음에는 참외와 옥수수 행상을, 겨울이 되면서부터 군밤, 각설탕, 털장갑을 팔았는데, 이 때도 역시 그는 뛰어다녔다. 밤에는 뜨개질도 했다. 학교에 다시 다니기 시작한 다음부터는 뛰면서 전보 배달을 했다.

19세 되던 해, 육상 선수로 양정고보에 스카우트되어 입학했어도 수업료만 면제받았을 뿐 숙식 문제는 스스로 해결해야만 했다. 그 시절에 손기정은 한 개 5전 짜리 호떡을 실컷 먹어 보는 것이 소원이었다. 때문에 지금도 그 시절을 생각하면 '잘 먹기만 했으면 더 잘 달릴 수 있었을 텐데' 라고 늘 아쉬워한다.

베를린 올림픽 마라톤에서 세계를 제패한 손기정

1950년 제54회 보스턴 마라톤대회에서 우승을 거둔 함기용에게도 눈물어린 사연이 있다. 그는 중학생 시절, 운동화를 살 수 없어서 맨발로 달리다가 발톱이 세 번이나 빠진 경험이 있다. 아들이 뜀박질을 하는 것을 부모님이 원치 않았던 이유도 있었지만, 그보다는 새 운동화를 사주면 며칠 신지 못하고 해지는 탓에 도저히 운동화 값을 당해 낼 수가 없었기 때문이었다. 그러나 함기용은 운동화 없이 맨발로 달렸고, 훗날 그가 마라톤에서 우승을 하고 귀국했을 때 빠진 발톱을 보관해 온 삼촌으로부터 선물받고는 눈물을 감추지 못했다.

우리 나라에 6인제 배구제를 도입한 선우양국은 가난 때문에 학업을 중단했던 적이 있었다. 정주 보통학교 5학년을 다니다가 가정 형편이 어려워 학업을 중단한 그는 무려 3년 동안 학업을 중단한 채 농사를 짓다가 읍내로 나와 신문 배달, 과자 굽는 일, 외판원 등을 전전했다.

이처럼 배고픔을 이겨내고 정신력을 더욱 강하게 만든 예는 수없이 많다. 어쩌면 일제 시대와 1960년대까지 운동을 한 대부분의 스포츠인들은 가난을 극복하고 승리자가 된 사람들이다. 이것이야말로 우리 체육계가 갖고 있는 무형의, 그리고 최고의 자산이다. 그들이 체육계 곳곳에서 어려움에 처한 어린 선수들의 든든한 정신적 지주가 되어 주고 있는 한 우리 체육계의 미래는 결코 어둡지 않을 것이다.

우리 나라 최초로 세계 선수권을 획득한 레슬링의 장창선은 해방 이후 세대로서 헝그리 정신으로 정상을 정복한 스포츠인의 전형이다. 본래 그의 집안은 가난하지 않았다. 그러나 고향 서산에서 인천으로 이사를 온 직후 부친이 사망하자, 그 역시 먹고사는 문제의 한 가운데에 뛰어들어야만 했다. 시장에서 좌판을 펼쳐 놓고 나물을 파는 어머니의 수입만으로는 도저히 중학교 학비를 충당할 수 없었다. 장창선으로서는 고학으로 학비를 벌 수밖에 없었다. 당시 그의 나이는 14세였다. 그는 새벽에는 신문 배달을, 저녁에는 동네 골목을 누비며 찹쌀떡을 팔았다. 하지만 남과 달랐다. 신문을 배달하는 집도 남보다 두 배 가까이 되었고, 찹쌀떡 통에도 남보다 두 배 가까운 떡이 들어 있었다. 결국 남보다 두 배 가까이 더 일을 해야만 했다. 그는 새벽마다 거의 뜀박질하다시피 달리면서 신문을 돌렸고, 저녁에는 무거운 찹쌀떡 통을 어깨에 메고 이 골목 저 골목 누볐다. 열네 살 짜리 소년이 감당하기에는 벅찬 중노동이었지만, 그는 즐거운 마음으로 일했다.

결국 그는 처음에는 스포츠에 남다른 소질이 있다고 생각하지 않았지만 가난이 만들어 준 강인한 체력, 그리고 그것을 극복하려는 정신적 의지가 1966년 미국 올래도에서 열린 세계레슬링선수권대회 자유형 플라이급에서 정상의 자리에 오르게 만든 원동력이 되었던 것이다.

올림픽대회, 세계선수권대회, 아시안게임 등 3개 대회를 석권한 유도의 안병근 역시 그 화려한 영광의 뒤안길에는 어린 시절 누구보다도 배가 고팠던 과거가 있다. '쌀밥은커녕 보리밥이라도 먹는 게 소원'이었던 중·고등학교 시절, 그는 허기진 배를 달래기 위해서 하루에도 수없이 매트를 뒹굴었다.

태어난 지 열 달만에 어머니가 돌아가시고 아버지 역시 장사가 시원치 않았다. 가난을 이겨내고자 이를 악물었던 그의 투지는 훗날 로스앤젤레스 올림픽을 향해 정신없이 달리던 1984년 초, B형간염으로 '태릉 선수촌 퇴촌

LA 올림픽 유도 결승전에서 이탈리아 선수를 공격하는 안병근

명령'이라는 사형선고와 같은 좌절을 이겨낸 원동력이 되었다.

당시 그는 낮에는 정상적인 치료를 받는 한편, 밤마다 의사는 물론 동료들조차 모르게 매트 위를 뒹굴었다. 그 결과, 1984년 로스앤젤레스 올림픽 유도 결승전에서 경기 시작 2분 10초만에 자신의 특기인 왼쪽 업어치기로 효과를 따냈고, 이어서 누르기로 효과를 추가하여 당당히 우세승을 거두고 우리 나라 올림픽 유도 사상 처음으로 금메달을 땄다.

흔히 권투를 가리켜 '헝그리 스포츠'라고 부른다. 이 길에서 성공한 선수들 대부분이 어려운 환경의 출신이고 그런 환경에서 벗어나려고 힘쓰는 가운데 발달한 경기가 복싱이기 때문이다. 6·25전쟁 당시 가난을 의지로 극복하여 세계를 제패한 복서 김기수가 그 전형적인 인물이었다.

그는 함경도 북청에서 어선 몇 척을 소유한 선주였던 아버지를 두고 비교적 넉넉한 집안에서 태어났다. 그러나 그가 태어나기 사흘 전에 부친이 세상을 떠났고, 그는 유복자로 태어났다. 6·25가 일어났던 1950년은 그가 13세였고, 위로 형이 둘 있었다.

1·4후퇴 때 어머니를 모시고 두 형님과 함께 월남한 그는 포항을 거쳐 여수에 정착했다. 그러나 소도 언덕이 있어야 비비는 법, 몸이 약한 어머니를 대신하여 그는 맨주먹으로 먹는 문제를 해결하지 않으면 안되었다. 정부에서 지원하는 밀가루로 수제비를 만들었으나 허기를 때우기에는 턱없이 부족했다. 그는 우선 새벽에는 신문배달에, 낮에는 엿과 담배를 팔았다. 저녁에는 형과 함께 여수 역전과 여객선 터미널을 오가며 무거운 짐을 운반하는 등 막노동을 했다. 그야말로 눈코조차 뜰 새 없는 생활이었다. 그는 또래의 아이들

보다 힘이 좋았던지 마른 오징어 1백 축을 지고 여객선에 올라 어른들을 놀라게 했었다.

'신이 황금빛 꿀을 만들어 주지 않았더라면 인간은 무화과를 먹고도 달다고 생각했을 것이다.' 옛날의 어느 희랍 철학자는 이렇게 말했다. 인간이 생각하는 가치의 기준이나 감각은 어디까지나 환경적 소산이라는 이야기이다. 말하자면 '달다' '쓰다' '춥다' '덥다' '크다' '작다' 등의 말은 환경의 변화에 따라 그것이 내포하는 의미도 바뀌게 마련인 셈이다. '가난하다'는 말도 마찬가지이다.

예를 더 들어보자. 실험에 의하면, 사슴에게 무통 분만을 시켜 봤더니 이상스럽게도 제 새끼를 돌보지 않더라고 한다. 젖을 먹이려고도 하지 않고 귀여워하지도 않는다. 말하자면 모성애의 본능이 사라진 것이다. 그래서 동물이나 인간이나 모성애는 산고의 그 아픔 속에서 싹트는 것이라고 풀이하는 사람이 있다.

생명을 낳을 때만 그런 것은 아니다. 모든 창조에는 고통이 따르기 마련이고 그러한 괴로움 없이는 창조의 기쁨도 없다. 스포츠도 그렇다. 피땀어린 노력과 숨은 고통 없이는 영광도 있을 수 없다. 뼈를 깎는 고통 없이는 승리할 수 없는 것이 스포츠의 세계이다. 여기에 가난마저 겹친다면 그것 역시 이겨내야 한다. 경기는 강인한 체력과 정신력으로 뭉쳐야만 이길 수 있다. 운동 선수의 가난은 정신력을 키우는 좋은 훈련장이 되어 주는 것이다.

'가난한 사람의 아들이여! 가난한 사람의 딸들이여!

가난하다고 스스로 얕보거나 부끄러워하거나 비웃지 마라.

그대에겐 가난함으로써 상속한 재산이 있지 않은가.

그것은 튼튼한 수족과 굳센 마음과

무슨 일이고 꺼리지 않고 할 수 있는 힘.
가난하기 때문에 그대에게는 참을성이 있고
작은 것도 고맙게 생각하는 마음이 있다.
가난하기 때문에 슬픔을 가슴에 묻고
지그시 견디는 용기가 있다.
가난하기 때문에 친구와 우정이 두텁고
곤궁한 사람을 도울 줄 아는 상냥한 마음씨가 있다.
그렇다! 이런 것들이 다 그대들의 상속 재산이 아니겠는가.'

　어쩌면 성공한 스포츠인은 미국의 여류 시인 로우렌이 그의 시 '가난 예찬'에서 찬미한 가난을 온몸으로 받아들인 인간 승리자일 것이다. 가난은 적어도 스포츠인에게는 덫이 될 수 없다. 가난은 단지 승리하는 운동 선수가 훈련장을 뛸 때 발목에 찬 모래주머니일 뿐이다.

그 때, 스포츠를 선택한 이유

'나에게 주십시오. 신이여, 당신에게 남아 있는 것을 나에게 주십시오. 사람들이 결코 당신에게 구하지 않은 것을. 나는 당신에게 부를 갈구하는 것이 아닙니다. 성공을 갈구하는 것도, 적어도 건강을 갈구하는 것이 아닙니다. … 그것들의 모든 것은 신이여, 사람들이 당신에게 몹시 갈구하는 것이므로 이미 당신은 갖고 있지 않을 것입니다. 나에게 주십시오. 신이여 당신에게 남아 있는 것을 나에게 주십시오. 사람들이 당신에게서 받고 싶어하지 않는 것을. 불편과 불안을 갖고 싶습니다. 나는 고난과 난투를 갖고 싶습니다. 제발 그것들을 주십시오. 신이여 … 그러나 또한 나에게 주십시오. 용기와 힘과 신념을 … '

이 시는 자유 프랑스군의 어느 젊은 전사자의 시체 속에서 발견된 것이다. 그도 남들처럼 어여쁜 소녀와 첫사랑을 하고 싶었을 것이다. 부와 명예를 누리면서 행복하게 살고 싶었을 것이다. 그러나 그 젊은이가 달콤한 꿈을 버리고 오히려 고난과 불안을 달라고 기도를 드린 이유는 무엇일까. 그는 자기 자신보다 더 큰 것을 원했기 때문이다. 그것은 자기를 낳아 준 조국과 고향에 대한 애정이다.

영국을 부흥시킨 빅토리아 여왕은 신하들이 결혼할 것을 권했을 때, "결혼이라니… 나는 영국과 이미 결혼하지 않았느냐"라고 말했다는 유명한 일화도 있다. 적어도 식민지 시대 35년과 해방 후 20년간 스포츠에 몸을 던진 사람들은 자기 자신과 집안을 생각하기보다는 그보다 더 큰 것, 더 넓은 것에 자신의 열정과 사랑을 바치려는 사람들이다.

일제 시대에 우리의 젊은이들이 자신의 분노와 설움을 달랠 수 있는 수단은 운동뿐이었다. 그들에게는 사회에 진출해서 자신의 야망을 실현할 수 있는 기회가 거의 주어지지 않았다. 단지 운동을 통해 끓어오르는 젊음을 불태우고 일본인들의 콧대를 꺾을 수 있었다. 때문에 당시 운동 선수들은 밥 먹는 것보다 운동을 더 좋아했다.

전문 의료인이면서 배구인이었던 선우양국이 배구와 인연을 맺게 된 것도 시대적 환경에서 비롯된 일이었다. 고학생으로 공부하다가 장학생으로 평양사범에 입학하기 전까지 그의 꿈은 학교를 빨리 졸업하여 부모에게 효도하겠다는 것이었다. 그러나 당시 일본인들이 주로 다닌 경성사범에서 일본인 선수들로 짜여진 배구 팀이 이름을 날리고 있음을 보고는 일본인들을 이기고 싶다는 생각에 배구부에 자원했다.

그는 매일 아침마다 널따란 운동장을 20회 이상 도는 것을 시작으로 땅거미가 질 때까지 피나도록 연습했다. 그러나 일본인 교장 때문에 배구부가 해체 위기에 놓이게 되자, 평양사범을 중퇴하고

1945년 자유해방경축 전국종합경기대회. 기수는 손기정, 우측은 1932년 LA올림픽 마라톤에서 6위 입상한 김은배

오산중학교로 옮겨 배구를 계속했다. 배구로서 일본인과의 경기에서 이길 수 없다면 학교 또한 그만둘 수밖에 없다는 생각 때문이었다. 물론 선우양국이 배구를 했던 시절에, 스포츠의 선택은 바람직한 것만은 아니었다. 지금은 많이 달라졌지만, 당시만 해도 운동 선수에게는 매우 불리한 분위기였다. 운동을 천시하는 사회적 풍토 때문에 학부모들조차 운동하게 되면 공부도 못하고 대접도 못 받는다고 하여 반대하는 경향이 강했다.

특히 어려웠던 것은 대다수 교사들도 운동 선수들에게 엄격하게 대했다는 점이다. 예컨대, 숙제를 해 가지 못했을 때나 문제를 풀지 못했을 때에는 어김없이 운동과 결부시켜 '운동 때문에 그렇게 됐다!' 라는 말을 늘어놓곤 했다.

뿐만 아니라 운동 선수들에 대한 학사 적용도 엄격한 편이어서 낙제생이 많았고 비행에 대한 처벌도 엄격했다. 예를 들어 1928년 당시 연희전문 축구팀이 상해로 원정을 갔을 때였다. 일부 선수들이 저녁에 술을 마시고 술값이 모자라 빚을 졌다는 사실이 학교에 통보되었다. 이에 학교는 즉각 선수 처벌은 물론 운동부의 해외 원정을 금지하는 엄격한 조치를 취했다. 그야말로 운동 선수들은 집에서도 학교에서도, 그리고 사회에서도 대접을 받지 못하는 '비운의 주인공' 신세였다.

그럼에도 불구하고 많은 젊은이들이 운동을 선택하고 계속할 수 있었던 것은 타고난 소질과 신체적 조건, 그리고 운동에 대한 매력도 매력이지만 뜻 있는 지사들의 격려가 더 큰 몫을 차지했다. 당시 뜻 있는 민족지사들은 스포츠 활동을 독립운동의 하나라고 여겨 운동 선수들을 따뜻하게 대해 주었고, 이런 격려와 위로가 운동을 계속할 수 있는 가장 큰 힘이 되었다. 운동 선수 자신도 자신의 승리가 독립운동의 연장선상에 서 있다는 자각을 갖고 있었다.

"나는 베를린의 하늘 밑을 질주하면서 비장한 마음뿐이었다. 꼭 이겨야 한다. 그래서 망국의 한을 풀어야 한다. 나를 그토록 차별하고 미워하던 그 놈들에게 분풀이하는 길은 오로지 우승뿐이었다."

베를린 올림픽 마라톤에서 세계를 제패한 손기정이 그의 회고록 『나의 조국, 나의 마라톤』에서 적고 있는 이 항일 정신이야말로 당시 운동 선수 대부분의 정서를 집약한 것에 다름 아니다. 그래서일까, 손기정은 마라톤 우승 후 베를린에서 사람들로부터 사인을 요청받을 때마다 나라 이름을 'JAPAN'이 아니라 'KOREA'로 적고 이름 역시 한글로 '손긔정'이라고 썼다. 때로는 한반도를 그려 넣기도 했다. 그는 또 독립군들이 바지에 모래주머니를 달고 다니면서 다리의 힘을 키운다는 이야기를 듣고는 똑같이 훈련하기도 했다.

이런 정서 탓에 운동 선수들 중에서는 어느 팀에 소속되는가도 매우 중시했다. 풍운아로 이름을 떨쳤던 천하장사 엄동원이 보성전 문에서 럭비의 주력 멤버로 활약할 때였다. 당시 일본인들은 엄동 원을 가리켜 '호랑이'와 같다고 평했는데, 당대의 최고 실업 팀인 철도국과 경성전기가 동시에 엄동원을 스카우트하겠다고 나섰다. 오늘날처럼 많은 돈을 주겠다고 유혹하는 수준은 아니었지만, 당시 철도국이나 경성전기는 한반도 안에서는 엘리트 직장으로 손꼽는 곳이고 취직이 되면 평생 안락한 생활을 보장받는 선망의 일자리 였다.

그러나 엄동원은 '왜놈의 녹은 먹지 않겠다'면서 거들떠보지도 않았다. 그의 마음속에는 적들의 녹을 먹는 것을 끝내 거절한 고대 중국의 백이숙제(伯夷淑齊)와 같은 기개가 살아 있었다. 경성전기 는 경영자가 일본인이었고, 철도국은 조선총독부 행정관서의 하나 였다. 엄동원은 일본인 밑에서 일하는 것이 역겨워 스카우트 제의 를 일축했던 것이다.

그 때 그 시절, 운동을 선택한 이 땅의 젊은이들은 비록 나라는 빼앗겼을 망정 기개와 투지만은 절대로 질 수 없다는 신념으로 온 몸을 불살랐다. 운동 선수로서 일본을 이기는 길은 오로지 경기에 서 승리하는 길밖에 없었다. 특히 그 때는 심판 대부분이 일본인이 었다. 따라서 실력이 월등하지 않는 한 심판의 장난 때문에 승리를 기대할 수 없었다.

당시 권투를 지도하던 노병렬은 일본 심판의 불공정을 염두에 두고 선수를 훈련시키는데 테크닉보다는 강한 펀치와 왕성한 공격력을 강조했다. 오늘날 과거의 코치는 야만적이고 비문명적이라는 비난을 듣는 것도 따지고 보면 시대적 산물인 셈이다. 아무튼 일본인과 싸워서 확실하게 이기려면 선수들로서는 보다 많은 땀과 눈물을 흘려야만 했다.

1947년 보스턴 마라톤대회에서 2시간 25분 39초의 세계 최고기록으로 우승한 서윤복의 경우를 보자. 그가 마라톤을 시작하게 된 계기는 손기정이 베를린 올림픽에서 우승을 했을 때였다. 당시 그는 보통학교 5학년이었는데, 거리마다 학교마다 '손기정 마라톤 만세!'의 함성과 함께 달리는 젊은이들이 수없이 많았다. 서윤복도 그 중의 하나였다. 그러나 그때만 해도 '제법 잘 달리는 소년' 정도였다. 본격적으로 마라톤 인생에 첫발을 내디딘 것은 서울상업학교(숭문중학의 전신) 야간부 1학년 때 학교 뒷산을 한 바퀴 돌아오는 6킬로미터의 교내 주야간 대항 마라톤 경기에서 1등을 한 다음부터였다.

학교에서는 그를 육상부에 들라고 했다. 그러나 낮에는 사환으로 일하고 밤에 공부해야만 했던 그로서는 운동에 매달릴 수만은 없는 노릇이었다. 처음 얼마간은 못하겠다고 버티면서 선배들로부터 수없이 얻어맞기도 했다. 그러던 어느 날 문득 보통학교 담임 선생님의 말씀이 떠올랐다.

"윤복아, 너도 열심히 달리면 손기정과 같은 훌륭한 선수가 될 수 있을 거야."

'그래, 선생님 말씀대로 운명을 걸고 마라톤에 도전해 보자.'

일단 하겠다고 마음먹으면 온 정성을 쏟는 것이 그의 성격이었다. 그는 일을 마치고 등교하기 직전까지 30분 동안 지금의 동대문 운동장에서 주로 연습했다. 시간이 늦어 운동장 문이 닫히면 담을 넘어 들어가곤 했다. 연습에 너무 열중한 나머지 학교에 늦게 간 적도 한두 번이 아니었다. 그때마다 선생님으로부터 호된 기합을 받았지만 결코 결심을 꺾지 않았다.

1947년 보스턴 마라톤에서 우승한 서윤복(가운데)

소질도 있어야 하고 투지와 집념으로 한 우물도 파야 하지만, 무엇보다도 '운명'처럼 다가오는 계기가 있어야만 성공할 수 있는 게 우리 인생이다.

생활의 어려움 때문에 처음에는 운동 선수로서의 길을 회피하려 했던 서윤복은 하나의 '운명'처럼 다가온 길을 외면하지 않았다. 물론 그 밑바닥에는 올림픽을 제패했으면서도 승리의 감격보다 나라 없는 슬픔의 눈물을 더 많이 흘렸던 민족의 한이 자리잡고 있었다. 따지고 보면, 운동 선수로서의 길을 선택하는 그 계기가 고통과 역경에 찬 현실을 극복하는 유일한 희망이 될 때 그 선수의 기량을 성장시키는 강력한 힘이 된다.

어려운 시절에 체육의 길을 선택하는 것은 두 가지의 짐을 짊어지는 고통의 길을 선택하는 것과 같다. 그러나 훌륭한 선수는 고통 속에서 단련된다. 그리고 승리의 신은 고난에 굴하지 않고 투지로 이겨 나가는 선수의 곁에 늘 함께 머물고 있다.

성공한 스포츠인들은 대부분 운명을 겸허하게 받아들이고 자신의 시험장으로 삼아 당당하게 싸워 이긴 인물들이다. 투지와 집념, 주어진 운명을 긍정적으로 받아들이고 승리를 향해 몸을 던질 줄 아는 결단력이 그를 성공의 무대에 서게 만든 것이다.

스승의 눈물을 적시면서

말을 타고 강을 건너던 아버지와 아들이 있었다. 아버지가 강을 건너자, 갑자기 상류에 쏟아진 폭우로 강물이 불어났다. 뒤따라오던 아들은 아버지를 향해 도와 달라고 소리쳤다. 그러나 아버지는 그냥 서서 "말고삐를 당겨라!" "강기슭만 봐라!" "용기를 내라!" 하며 외치기만 했다. 아들이 무사히 강을 건너자 아버지는 이렇게 말했다. "만약에 내가 직접 강물에 뛰어들어 너를 도와주었더라면 너는 영원히 어른이 되지 못했을 것이다. 스스로의 힘으로 강을 건너는 기회를 주기 위해서 나는 너에게 그 위험을 준 것이다."

이 이야기는 미국의 초등학교 어린이들이 배우는 교과서에 등장하는 일화이다. 말하자면 자립정신을 가르쳐 주기 위한 교훈인 것이다. 운동 선수와 스승과의 관계도 이와 다르지 않다.

뛰어난 선수의 성장 과정을 보면, 그 뒤에는 언제나 훌륭한 스승이 자리하고 있다. 어떻게 해야 할지 막막하고 어려운 인생 길에서 훌륭한 인생 선배의 경험과 지혜 덕택에 자신의 고민과 나약함, 무기력을 떨쳐 내고 용기와 신념을 되찾은 예는 얼마든지 있다. 특히 스포츠 세계에서 스승은 선수의 꿈과 이상을 키워 주고 어루만져 주는 정신적 지주이다. 또 지혜와 땀을 제공해 준 경쟁 사회의 대화자이면서 동반자이다.

스승은 때로는 먹을 것을 챙겨 주고 잠자리를 보살펴 주는 어머니 역할을 하기도 하고, 훈련 경비와 생활비, 출전 비용을 조달하고 방황하는 선수에게 회초리 치는 아버지의 역할을 하기도 한다. 때로는 경기력 향상을 위해 같이 뒹굴고 뛰고 연구하는 코치의 역할도 하고, 작전을 구상하고 지시하는 감독의 역할도 한다. 그리고 고민이 있을 때 어루만져 주는 상담자 역할을 하기도 하고, 장차 나아갈 진로를 걱정하며 일자리를 마련하기 위해 뛰어 다니는 매니저 역할도 한다.

특히 어려운 시절을 살았던 스포츠인들은 식민지 치하와 전쟁과 궁핍의 세월을 겪으면서 그들 곁에서 함께 울고 웃으며 뛰었던 스승들이 있었기에 운동을 계속할 수 있었다.

우리 나라 축구계에 그 이름을 깊이 새겼던 축구인 엄동원과 보성전문 교수 홍성하의 인연에는 시대적 아픔이 새겨져 있다.

고향이 간도인 엄동원이 숭실중학에 재학하고 있을 때였다. 1926년 서울에서 열린 조선신궁경기대회 중등부 결승에서 숭실중학이 배재고보를 4대 0으로 완파할 때 두 사람은 처음으로 만났다. 홍성하는 한눈에 엄동원의 우수한 자질을 간파하여 보성전문에 입학할 것을 권했다. 그러나 가난한 집안 살림에 서울에서 공부할 학자금이 내려올 턱이 없었다. 망설이는 엄동원에게 홍성하는 다달이 자신의 봉급에서 10원씩을 주겠다고 했다. 조건이라고 하면 열심히 기량을 닦고 훈련에 열중하여 훌륭한 선수가 되어 달라는 것뿐이었다. 한 달 수입 10원은 홀몸이 서울에서 살아가기에 충분한 금액이었다. 당시 학생들의 한 달 하숙비가 6~7원이었던 시절이었다. 게다가 그 시절 보성전문은 학교 재정이 별로 좋지 않아 교수들에게 봉급도 제대로 지급하지 못하는 형편이었다. 그런데도 홍성하는 자신의 호주머니를 털어 장래성 있는 선수들을 키우고자 했다.

엄동원은 감격했다. 훗날 그는 이에 값하여 보잘것없던 보성전문의 축구 실력을 한층 드높였고, 이 때부터 스포츠를 통한 영원한 맞수 연세대와 고려대의 대결이 제자리를 잡게 된 것이다.

스포츠인에게는 생활 자체가 곧 훈련 도장이다. 때문에 프로 선수가 아닌 바에야 운동을 하면서 경제적인 어려움에 부딪히게 되면 선수는 좌절하기 쉽다. 더욱이 집안 살림을 꾸려 나가야 할 처지라면 그 고통은 배가 된다.

누구나 없이 어려웠던 시절에 스승이라고 하여 풍족할 수 없었다. 그러나 유독 우리 체육계에는 선수의 생활에 경제적인 도움을 준 스승의 숨은 이야기가 많다. 돈보다는 선수의 성장 가능성을 더 귀하게 여기고 아낄 줄 아는 진정한 스승은 우리 스포츠인들이 일찍부터 깨우친 고고한 정신의 결과일 것이다.

초창기 근대 체육이 이 땅에 뿌리내릴 무렵부터 삶의 전부를 스포츠 발전에 헌신해 왔던 야구인 백기주에게도 잊지 못할 스승이 있었다.

어린 시절, 아버지가 대구의 조그만 회사 서기로 있어 궁핍한 생활을 면치 못했던 그는 '왜 우리 아버지는 다른 친구들의 아버지 같이 돈을 많이 못 벌어 오는가?' 라고 원망한 적이 많았다. 특히

보통학교 전학년을 우등생으로 보낸 그는 당시 대구의 최고 명문
으로 꼽히던 대구중학교 입학시험에서 우수한 성적을 냈다. 하지만
등록금을 제때 낼 수 없을 지 모른다는 이유로 떨어지고 말았다.
그는 억울한 마음에 아버지를 직장으로 찾아가 울고불고 했던 일
이 있었다.

원하던 학교에 입학하지 못한 실망감으로 의기소침해 있던 그는
보통학교 담임 선생님의 권유로 계성중학교에 운동 선수로 입학했
다. 그리고 평생 잊을 수 없는 선생님 김무술을 만났다. 선생님은
학교에서 사회, 과학, 영어를 가르치면서 운동 선수들을 지도하던
교사였다. 그는 불과 1학년 학생으로서 전조선 중등부 대항 축구경
기에 출전하여 우승하는데 일등공신 역할을 한 백기주의 소질을
눈여겨보고는 서울로 유학을 갈 것을 권유했다. 대구에 두기에는
백기주의 그릇이 너무 크다는 것을 깨달았던 것이다.

선생님의 권유를 받은 백기주는 망설였다. 집안 형편이 어려웠기
때문이다. 이 때 김무술은 백기주를 더욱 따뜻한 애정으로 설득했
다. '말은 제주도에서 키우고 사람은 서울에서 커야 한다'면서 격려
를 아끼지 않았다. 선생님의 격려에 자신을 얻은 백기주는 40원을
들고 서울로 올라와 배재고보 2학년에 편입했다. 당시 배재고보는
기독교 학교로서 실력이 우수한 학생에게는 학비를 면제해 주고
기숙사 시설도 마련해서 숙식을 해결해 주었기에 그로서는 퍽 다
행이었다.

이 때부터 그는 야구, 축구, 육상 선수로 활약하면서 온갖 대회를
휩쓸다시피 했다. 1924년 5월에 열린 전조선 야구대회에서는 유격
수로 활약하여 우승했고, 이듬해에는 투수로 활약하여 대회 2연패

를 했다. 또 전조선 축구대회에 출전하여 3년 연속 우승을 차지하는데 주역이 되었다. 그는 연희전문에 입학한 다음에도 축구와 야구에서 발군의 기량을 과시하여 라이벌인 보성전문을 여러 차례 이기고 우승하는 주역이 되었다. 자질을 알아본 스승의 충심 어린 권유가 평생을 스포츠인으로 살아갈 수 있는 길을 열어 준 것이다.

"이런 못난 자식! 찌그러지고 으깨진 두 귀를 봐! 매트 위를 뒹굴며 피땀 흘린 흔적이 아니냐. 그걸 금메달과 바꾸지 못한다면 너무 억울하지 않겠어!"

이 말은 독립 국가로 올림픽에 참가한 이후 28년만인 1976년 몬트리얼 올림픽에서 첫 금메달을 차지하여 온 국민의 가슴을 벅차오르게 했던 레슬링의 양정모가 한때 실의에 빠져 운동을 포기하려 했을 때 대표팀 코치 정동구로부터 자주 듣던 꾸지람이었다.

양정모는 청소년 시절 방황하면서 태권도, 유도, 씨름 등 이것저것 다 해보다가 건국상고에 진학하면서 레슬링에 전념했는데, 1972년 뮌헨 올림픽에 출전할 대표선수 선발전에서 우승하고도 입상 가능성이 없다는 이유로 탈락했다. 그는 극도의 실의에 빠져 운동마저 그만두려 했다. 그러나 그는 스승의 호통에 다시금 매트 위를 뒹굴었다. 실의에 빠진 양정모 선수의 가슴을 흔들어 놓았던 정동구의 호통이 곧 우리 나라의 첫 올림픽 금메달리스트를 탄생시킨 것이다.

정동구는 다시 매트로 돌아온 양정모에게 무서운 채찍을 휘둘렀다. 1주일에 두 번씩 15킬로그램 짜리 재킷을 입고 태릉 선수촌에서 불암산까지 8킬로미터를 왕복하게 했고, 한밤중에 느닷없이 깨워 산중이나 얼어붙은 중량천 위에서 윗통을 드러낸 채 뜀박질을 시키면서 정신 훈련을 시켰다.

그 훈련이 얼마나 고되고 힘들었던지, 양정모는 스승을 미워하기
도 했고 선수촌을 이탈할까 생각하기도 했다. 평소 과묵하고 신중
한 성품에 별명이 '두꺼비'로 불리는 양정모가 포기할 정도였으니
그 훈련이 어느 정도였는가는 능히 짐작되고도 남는다. 어쨌든 양
정모는 그것이 인생의 패배를 의미한다는 것을 이내 깨닫고는 다
시금 어금니를 깨물고 훈련에 열중했다.

마침내 양정모가 올림픽 시상대에 섰을 때 정동구의 얼굴은 눈
물과 웃음이 뒤범벅이었다. 제자의 영광이 그 동안 자신에게 애정
과 존경, 그리고 인간적 신뢰를 보여준 결과였기 때문이었다. 그래
서일까, 양정모는 금메달을 획득하고 난 뒤에도 경박하게 자랑한다
거나 교만하지 않았고 항시 신중하고 사려 깊은 자세를 유지하는
삶을 살고 있다.

1956년 멜버른 올림픽 권투의 은메달리스트(밴텀급)인 송순천을
키운 사범 노병렬 역시 마찬가지였다. '명마(名馬)는 명장(名將)만이
알아본다'는 말처럼, 그는 어려운 가정 형편 때문에 학교에 다니면
서 야간에 목공소 일을 하던 송순천을 가혹할 정도로 몰아붙였다.
당시 송순천은 목공소 일이 끝나면 허기진 배와 일에 지친 몸을 이
끌고 왕십리에서 체육관이 있는 을지로 3가까지 걸어와 남들이 운
동을 마치고 돌아간 밤 9시부터 운동을 시작했다.

그러나 노병렬은 더 많은 피와 땀을 요구했다. 그는 매일 20라운
드씩 스파링을 치르게 했는데, 어떤 날은 상대가 10여 명씩 동원되
기도 했다. 담력을 기르기 위해 당시 호랑이가 나온다는 인왕산을
혼자 오르게 하고, 발목과 팔에 쇳덩어리를 달고 산을 뛰어다니게

했다. 동료들이 송순천을 가리켜 '연습 벌레'라고 부르게 된 것도 순전히 노병렬의 작품이었다.

1970년 초, 노병렬이 작고했을 때 송순천은 목놓아 통곡했다. 가혹하게 훈련을 시키면서도 자상한 아버지처럼 자신을 대해 준 스승이었기에 그의 슬픔은 더욱 컸다. 노병렬에게는 두 아들이 있는데, 그들이 학창 시절 꾸중을 들을 때에는 언제나 송순천도 함께 무릎을 꿇고 스승의 가르침을 들을 정도로 친자식처럼 귀여워했던 것이다.

스포츠의 세계에서 스승이라고 하여 반드시 체육을 전공한 사람만 있는 것은 아니다. 원로 역도인 김성집이 휘문고보에 다니던 1930년대에, 담임 선생님은 시인으로 유명한 정지용이었다.

어느 날, 김성집이 평행봉으로 몸을 부드럽게 만들면서 착지 연습을 하다가 발을 헛디뎌 크게 삐는 사고를 당했다. 당시 뼈의 탈골에는 별달리 특효약이 없었기에 김성집은 이히치올이란 도포제(塗布劑)를 발라 부기를 빼고 침을 맞았다. 다음날, 다리를 절룩거리며 평소와 다름없이 등교하여 수업을 받는 김성집의 성실한 인품을 높이 평가한 정지용은 그를 부급장에 임명하면서 '공부도 열심히, 운동도 열심히' 하도록 격려했다. 선생님으로부터 성실성을 인정받은 김성집으로서는 더욱 신이 났다. 그는 부상당한 몸이었지만 연습을 게을리 하지 않았다.

그런데 1988년 당시 레슬링 코치로 초청받아 우리 나라 선수들을 지도한 헝가리의 헤게디시 코치는 부상당한 선수들도 쉬지 않고 훈련할 것을 강조하여 눈길을 끌었다. 그는 태릉 선수촌에서 손가락을 다쳐 연습을 중단하고 있는 선수를 보자, 당장 기브스를 풀

1948년 런던 올림픽 역도에서 동메달을 획득, 광복 후 첫 메달리스트가 된 김성집

게 하더니 다친 손가락을 제외한 나머지 부위로 훈련을 계속하도
록 다그쳤다. 부상 선수라도 예외를 인정하지 않았다. 국가 대표로
뽑힌 몸이라면 그에 따른 응분의 책임이 있다는 논리이다.

국가대표 선수가 손가락을 다쳐 훈련을 할 수 없는 상황이라면
대표 자리에서 물러나야 하고, 물러나지 않겠다면 대표 선수에 버
금가는 훈련을 계속 해야 한다는 것이다. 몸을 전혀 움직일 수 없
다면 모르되, 움직일 수 있다면 능력껏 훈련해야 한다는 것이 그의
신조였다.

따지고 보면, 이같은 신조를 가장 먼저 실천한 사람이 바로 김성
집이었다. 그는 발이 완쾌될 때까지 1개월 반 동안 다친 발에만 힘

을 주지 않고 바벨을 들어올리는 연습에 열중하여 오히려 자신의 폼을 완벽에 가깝도록 교정하는데 성공했던 것이다. 비록 직접적인 스승은 아니었을지라도 담임 선생님의 격려 한 마디가 그를 오늘의 자리에 있게 만든 원동력이 되었던 것이다.

김성집의 경우처럼 체육과 무관한 선생님의 도움이 중요한 계기를 마련해 준 예는 얼마든지 많다. 1956년 멜버른 올림픽 마라톤에서 4위를 차지한 대구의 준족 이창훈이 마라톤 선수가 되도록 결심하게 만든 동기가 그 대표적인 예이다.

불과 2명의 교사가 재직하고 있는 작은 학교(선남동부 초등학교)에 다니던 1947년의 일이다. 당시 이수석 교장은 그 해 보스턴 마라톤을 제패한 서윤복 선수의 쾌거에 감격하여 학교 운동장에 전교생을 모아 놓고 신문 호외를 들어 보이며 이렇게 말했다.

"여러분들도 큰 뜻을 품고 제각기 지닌 특성을 살려 세계에 으뜸가는 인물이 되어 달라."

이수석 교장은 이어 4~5학년 학생들을 대상으로 매주 교내 마라톤대회를 열었는데, 학교에서 약 4킬로미터 떨어진 곳을 왕복하는 장거리 로드 레이스였다. 이 대회에는 남녀를 막론하고 4~5학년생 모두 의무적으로 참가해야 했다.

당시 5학년이었던 이창훈도 뛰었다. 그런데 두 번째 대회에서 우승을 차지한 데다가 2위와의 거리가 엄청나게 벌어진 것을 알게 된 이수석 교장은 이창훈을 불러 세계적인 마라톤 선수가 되라고 격려했다.

이 무렵, 이창훈은 신발을 신은 기억이 없다. 교내 마라톤이 열릴 때마다 그는 항상 맨발로 달려 1등을 했다. 이수석 교장은 13세의 어린 이창훈으로 하여금 고장의 여기저기서 열리는 운동회에 참가하도록 주선했다. 그 때마다 학용품을 우승 상품으로 받았는데, 가정 형편이 어려웠던 그로서는 참으로 요긴하게 쓸 수 있었다.

한 번은 왜관 초등학교에서 운동회가 벌어졌다. 이 운동회는 원래 성인만이 출전할 수 있는 대회였지만, 그는 왜관 - 약목간 국도를 달리는 14킬로미터 왕복 레이스에 출전하여 완주하면서 10위를 차지했다. 이 날도 물론 맨발이었다. 자갈만이 깔린 험한 길을 맨발로 달렸으니 발바닥에 피가 맺혔고, 종아리와 발 등 여러 곳에 멍이 들었다. 그런데도 이창훈은 상품으로 받은 풍로를 안고서 다시 10리 떨어진 집을 달려 부모님을 기쁘게 했다.

운동은 고독한 자기와의 싸움이다. 철저한 자기 관리와 훈련, 강인한 정신력 없이는 승리자가 될 수 없다. 그러나 곁에서 늘 위로하고 보살피고 채찍질하는 스승이 없다면 그것마저 불가능한 일이다. 훌륭한 운동 선수로 성장하여 성숙한 스포츠인으로 자리매김하고 있는 사람들 중에는 도량이 넓고 선배들에게 예의 바르고 후배를 아끼는 훌륭한 인품의 소유자가 많다. 그것은 자신이 어려움에 처했을 때 그 고비 고비마다 도움을 준 스승이 있었기 때문이다. 바로 그들 스승의 올바른 가르침에 순종하고 따를 줄 아는 미덕을 일찍부터 몸에 익히고 배웠기 때문이다.

투혼을 불사른 젊은 날의 추억

사고는 행동을 낳고, 행동은 습관을 만들며, 습관은 성격을 형성한다. 그리고 그 성격은 그 사람의 운명을 좌우한다. 아무리 어려운 고난이나 시련이 닥칠지라도 그것과 싸워야지, 그대로 눌러앉으면 끝내 패배자가 될 따름이다. 성공과 승리라는 단어는 결과로 평가되는 것이 아니라 얼마나 노력하고 실천했는가 하는 과정의 결산인 것이다.

귀머거리, 벙어리, 장님의 3중고(三重苦)를 겪었던 헬렌 켈러, 귀머거리가 되었을 때의 베토벤, '보리피리'의 문둥이 시인 한하운 등 훌륭한 사람들 가운데 유달리 고난과 시련을 겪었던 인물들이 많다는 것은 널리 알려진 사실이다. 그들은 한결같이 자신에게 주어진 고난과 시련을 탓하고 안타까워하기보다는 자신을 시험하고 단련시키는 기회로 삼았다. 좌절의 늪에 빠지지 않고 영광과 축복으로 바꾸는 지혜와 투혼을 불살랐다.

일제 시대뿐만 아니라 광복 이후 한국인들이 보여준 삶을 상징

적인 단어로 표현하면, 가난, 분단, 역경, 시련, 실패, 좌절, 후회, 역
전, 감동, 환희 등 격렬한 의미가 대부분이다. 특히 스포츠 세계에
서는 더욱 치열한 역경의 장이 주어져 있다.

우선 환경부터 열악했다. 실내 체육관이 거의 없었기에 대부분의
연습을 야외에서 했는데, 운동장도 변변치 못해 대부분 한 군데에
서 여러 종목의 훈련이 동시에 이루어졌다. 예컨대, 복판에서 축구
를 하면, 트랙에서는 육상이 벌어지고, 골 포스트 동쪽에서는 농구
를, 서쪽에서는 배구를 하는 형편이었다. 1929년 당시 보성전문 럭
비 팀의 코치겸 선수였던 이종구는 연습장인 서울운동장에 들어갈
입장료(1인당 5전)가 없어서 집에서 술을 가져와 문지기에게 주고
그냥 들어가기 일쑤였다. 공간도 부족했지만 연습 상대를 구하기도
힘들었다. 당시 운동 선수들은 운동장을 돌아다니며 자기 학교 학
생들이 있으면 서로 편을 갈라 운동을 하는 경우가 많았다.

배구인 안종호와 김명수가 제일고보 선수 생활을 했던 1930년대
의 배구장을 엿보자.

비만 오면 물웅덩이가 되기 일쑤여서 한 해에도 몇 번씩 곡괭이
와 삽을 들고 땅 고르기 작업을 손수 해야만 했다. 네트 역시 몇 번
하다 보면 이 구석 저 구석 실이 끊어지고 구멍이 뚫려 서브 볼이
나 스파이크 볼이 네트 구멍을 통과하는 바람에 그것을 놓고 시비
가 벌어지기 일쑤였다. 공 또한 1년에 10여 개 정도밖에 사용하지
못해 겉이 찢어지면 깁고 또 깁고, 펑크가 나면 자전거포나 구둣방
에 가서 수선했다. 때문에 공에 와셀린을 발라 소중하게 다루는 게
유일한 대비책이었다. 해진 곳을 덕지덕지 기운 공으로 연습을 하
자니 자연히 손가락의 아픔이 눈물을 질금거리게 했다. 특히 지금

과 달리 공은 튜브를 안에 넣고 끈으로 매는 것이었으므로 겨울철 이면 끈으로 맨 부분이 손에 닿아 손에서 피가 났다. 심지어 배구 공이 새빨갛게 피로 물들기도 했다.

운동화는 한 켤레밖에 없어 구멍난 신발이 예사였고, 유니폼 역 시 정식 경기 때만 입을 정도로 극진히 아꼈는데, 광목 팬티와 러 닝 셔츠 한 벌뿐이었다. 게다가 화학섬유가 아닌 순모로 만들어진 탓에 세탁을 몇 번 하고 나면 줄어들어 상의가 허리 위까지 올라가 는 웃지 못할 모습들이 자주 연출되었다. 어떤 선수들은 단을 대서 길이를 늘이거나 찢어서 늘려 입었다.

그런 형편없는 시설과 장비들 속에서 요령 있게 가르쳐 줄 코치 나 감독도 없었기에 기술 습득의 어려움도 심했다. 외국 서적은 전 무했기에 무조건 손가락이 퉁퉁 붓고 피가 나는 스파르타식 훈련 을 감내해야만 했다. 선수 훈련과 운동도 모두 선수들이 자치적으 로 이끌어 갔다. 대회가 임박하여 합숙에 들어가면, 선수들은 각자 집에서 쌀을 가져오고 스승의 사택을 돌아다니면서 깍두기를 얻어 와 식사 문제를 해결했다.

당시 비교적 부유한 경기 종목으로 치부되던 빙상도 사정은 마 찬가지였다. 빙상인 손인실이 이화여전 빙상 선수로 활약하던 때이 다. 그 시절, 연습장은 창경원의 공원 연못, 청량리 부근의 논두렁, 한강변이 고작이었다. 연습장에 가려면 얼음이 빨리 얼어붙는 곳을 찾기 위해 새벽 5시에 일어나 날을 갈고 집을 나서야 했다. 빙판의 질은 여간 나쁜 게 아니었다. 표면이 마치 빙수처럼 매끄럽지 못해 스피드가 없으면 쓰러지기 일쑤였다. 유니폼 역시 스타킹 위에 고 작 교복으로 입던 치마를 걸친 모습이었다.

  이같은 사정은 광복 이후라고 해서 별로 나아지지 않았다. 레슬링 매트를 보자. 1950년대까지만 해도 국제연맹이 공인하는 탄력 있는 매트는 그 어느 곳에서도 구할 수 없었다. 매트 없이 레슬링을 한다는 것은 밥상을 차리지 않고 밥을 먹으라는 것과 같다. 때문에 일본인들이 살던 가옥에 아직도 남아 있는 다다미를 수집하여 바닥에 깔고 그 위를 군용 텐트로 덮어 매트로 대용했다. 군용텐트는 거칠기 이를 데 없다. 살갗이 심하게 스치면 피부가 벗겨져 피가 나기 일쑤였다.

  이처럼 열악한 환경 속에서도 운동 선수들의 가슴에는 오직 한 가지 믿음밖에 없었다. '오늘의 문제는 싸우는 것이요, 내일의 문제는 이기는 것이다'라는 빅토르 위고의 지적대로 필승의 신념과 비상한 각오로 연습에 매달렸다. 가난하고 굶주렸으므로 피가 나도록 뛰고 달리고 공을 때렸다.

  신체 훈련이 기본인 선수 생활은 육체적 피로와 고통이 가장 힘들다. 그리고 생활고와 가족에 대한 부담, 승리에 대한 부담, 불확실한 미래에 대한 불안감 등 이중 삼중의 고통 속에서 뛰고 달려야 한다. 그야말로 스포츠인들의 불타는 청춘 시절은 고통과 함께 싸우는 시절이었다.

  흔히 성공한 선수에는 두 가지의 타입이 있다. 예리한 단검에서 뿜어져 나오는 냉기처럼 번뜩이는 재능을 바탕으로 일거에 세계를 휘어잡은 사람이 있는가 하면, 무딘 칼날을 벼리기 위해 수없이 망치질을 해낸 끝에 비로소 빛을 본 사람이 있다. 1958년 동경 아시안게임 때 마라톤을 석권하여 광복 후 처음으로 일본을 누르는 감격을 겨레에게 안겨 준 이창훈의 마라톤 신화는 후자의 전형이다.

이창훈에게는 무엇보다 허
기와의 싸움이 가장 처절했다.
어릴 때부터 남달리 몸집이
큰 그는 배불리 먹는 것이 유
일한 소원이었다. 그는 영남중
학교 2학년 초에 교장 사택 사
랑채에 마련된 육상선수 합숙
소에서 기거했다. 3·1절 기념
마라톤에 출전하기 전날에는
허기를 면하기 위해 동료와
함께 교장 선생님이 애지중지
하는 거위를 몰래 잡아먹기도
했다. 훗날 멜버른 올림픽 마
라톤에서 4위 입선을 하고 모
교인 영남중학교에서 베풀어

1958년 동경 아시안게임 마라톤에서 우승한 이창훈

준 환영회에서 이 사실을 고백하자, 당시 주덕근 교장은 "이놈들아,
그렇게 배가 고팠다면 왜 말을 못했느냐. 말만 했다면 거위 아니라
그 이상의 것도 잡아 먹여 주었을 게 아니냐" 하면서 눈물을 펑펑
쏟았다. 배고픔과 싸워 가면서 세계 무대에서 활약한 이창훈의 처
지를 마음껏 도와주지 못한 것을 한으로 여긴 것이다.

그런가 하면, 웃지 못할 에피소드도 있다. 가난 때문에 학업을 잠
시 중단하고 집에서 농사일을 거들 때였다. 어느 날, 누가 밥을 많
이 먹는가 하는 시합이 있었다. 이창훈은 비행기 동체를 두들겨 만
든 알루미늄 식기로 가득가득 여섯 그릇을 먹고 우승을 했다. 그런

데 문제는 먹고 난 다음이었다. 밥이 목구멍까지 차서 숨이 가빠 견딜 수 없었다. 그는 목에 손가락을 넣어 토하려 했으나 웬일인지 반응이 없고 눈물만 쏟아졌다. 이번에는 위경련이 났는지 배가 견딜 수 없이 뒤틀렸다. 이웃 헛간에 가서 혼자 때굴때굴 구르면서 얼마를 보냈을까, 지쳐서 잠들었는데 눈을 떠보니 아픔은 가시고 몸에 아무 이상이 없었다. 그만큼 그의 위는 크고 든든했던 것이다. 밥을 많이 먹으면 장사라고 하는데, 이창훈은 천성이 장사였던 모양이다.

가난이 가져다 준 어린 시절의 삶은 더욱 순탄치 않았다. 본디 형제가 여덟이었으나 가난한 소작농 집안에서 태어난 탓으로 다섯 형제가 요절했다. 초등학교 5학년 때부터 마라톤의 재능을 인정받은 그는 초등학교를 수석으로 졸업했으나 경북 제1의 명문인 경북사대 부속중학교에서 낙방의 고통을 처음으로 맛본다. 몸집이 매우 큰 탓에 입학하면 문제를 일으킬 학생으로 오해를 받아 신체 검사장에서 쫓겨난 것이다.

다시 계성중학교에 입학했으나 2학년 되던 해에 6·25가 터지면서 학업을 포기해야만 했다. 초등학교 5학년 때 부친이 작고하여 집에 남자라고는 형뿐이었는데, 그 형이 군에 입대했기에 할아버지 혼자 힘으로 농사를 짓는 모습을 보고 있을 수 없었기 때문이다.

일 년 남짓 농사일을 거들은 그는 다음해 공무원 시험에 응시했으나 낙방하고 주덕근 영남중학교 교장의 도움으로 영남중학교 야간부에 편입했다. 교장 선생님의 도움으로 학비는 면제받았지만, 숙식하던 고모부의 살림이 넉넉지 못해 하루 세끼조차 제대로 잇지 못하는 고생이 지겨워 1년간 고향에서 농사일을 하기도 했다.

이처럼 가난으로 굴곡진 생활 속에서도 그는 달리기 연습을 게을리 하지 않았다. 영남고등학교 시절, 좁은 보폭으로 다리를 빨리 놀려 전진하는 소위 피치 주법을 고치기 위해 무척 노력했다. 이같은 피치 주법으로는 언덕을 올라갈 때에는 앞서지만, 내려갈 때엔 넓은 발놀림으로 쭉쭉 달리는 것을 이겨낼 수 없었기 때문이다.

언젠가 선배들이 "창훈아, 너는 달릴 때 허리가 처져 있는 게 문제야. 허리가 뒤처진 채 다리만 놀리면 보폭이 짧아 빨리 달릴 수 없어!" 라고 충고한 적이 있었다.

이 때부터 그는 길을 걸을 때면 반드시 앞굼치로만 걸었다. 번쩍번쩍 무릎을 높이 올려 걷기도 했다. 그러면서 엉덩이가 처지지 않았나 하고 자주 뒤돌아봤다. 지나가는 사람들이 의아한 눈초리로 쳐다봤으나 개의치 않았다. 틈만 나면 담 짚고 무릎 올리기를 수없이 되풀이했고 윗몸 굽히기도 수백 번을 거듭하면서 허리를 부드럽게 만들었다. 그의 운동량이 얼마나 많았던지, 70킬로그램이던 몸무게가 57킬로그램까지 줄어들어 훈련을 자제하지 않으면 안될 정도였다.

운동뿐만 아니라 공부하는 데에도 투혼을 발휘했다. 한문은 어려서부터 할아버지의 가르침으로 익히 알고 있지만, 영어나 독일어, 수학같이 꾸준한 예습·복습 없이 따라갈 수 없는 과목의 수업은 빠지지 않고 수강했다. 훈련은 늘 수업을 모두 마친 다음에 했다. 운동장을 수십 바퀴 달리고 나서는 목욕탕에 가서 땀을 씻을 여유가 없는지라 아무리 추운 겨울에도 교정 수돗가에서 타월로 냉수마찰을 했다. 그리고 하숙집에 돌아가 손수 밥을 지어 먹고는 새벽까지 복습과 예습을 했다. 대구 바닥을 휩쓴 장거리 주자이면서 학교에

서는 학업성적이 10위 안팎을 유지하는 모범생이었던 것이다. 그가
마라톤에 처음으로 도전한 것은 1955년 멜버른 올림픽 1차 예선대
회였다. 그 이전까지 주로 장거리 육상 선수로 뛰었던 그로서는 내
심 불안한 마음이 없지 않았으나 농사꾼 정신으로 달린다면 못 달
릴 것이 없다는 심정으로 임했다. '배불리 먹지도 못하면서 농사일
을 해낸 내가 아닌가. 게다가 나무를 해서 닷새마다 10리 길 떨어
진 장터에 지고 나가 팔았던 내가 아닌가. 농사꾼 정신으로 달린다
면 골인하지 못할 것이 없다!'

그의 기록은 2시간 49분 57초 3이었다. 생전 처음으로 완주한 마
라톤대회에서 2위를 차지했다. 사람들은 결승점에 들어오는 그의
모습을 보고는 '염밥을 먹은 송장이 걸어온다' 라고 했다. 땀이 마
른 소금과 그가 미처 뱉다 만 침이 입 언저리에 붙어 그렇게 처참
하게 보였으리라. 아무튼 '죽을 각오로 뛴다면 기권은 없다'는 자신
감을 심어 준 계기였다.

이처럼 어려운 시대 상황에 맞서 싸운 운동 선수의 살아 있는 휴
먼 스토리는 적어도 50대 이상 스포츠인들에게는 인생의 축소판이
다. 그들에게 운동은 나라 사랑의 길이면서도 생존 수단이었고, 동
시에 생존 전략이기도 했다. 그러나 타고난 재능보다는 혹독한 훈
련과 자기와의 처절한 싸움에서 이길 수 있는 끈기, 집념에 승부수
를 던진 경우가 대부분이었다.

1950년 보스턴 마라톤에서 우승을 한 함기용은 "겨울에도 가파
른 산길에서 심한 훈련을 치르면서 허벅지를 단련시키다 보니 피
오줌을 쏟을 때가 한두 번이 아니었다" 라고 고백한 적이 있었다.
보성전문에서 검도, 럭비 선수로 이름을 날렸던 이종구 역시 "연습

'동양의 축구 신동'이라 불리던 김영근이 활동하던 숭실전문과 연희전문과의 축구 경기

을 너무 심하게 해서 화장실에서 벨트를 잡고 일어나야 할 정도로 고달팠다" 라고 회상한 적이 있었다. 이같은 기억은 젊은 시절의 추억이라기보다는 투혼 그 자체였다.

따지고 보면, 스포츠인의 투혼은 시대의 거울이기도 했다. 그 대표적인 인물이 김용식과 더불어 1930년대 한국 축구의 '전설적인 스타' 김영근이다. 그는 훤칠한 키에 사내다운 용모까지 겸해 여성 팬과의 러브 스토리로 뭇 사람들의 입방아에 오르내리면서 최고의 인기와 명성을 구가했다. 그러나 선수 생활을 마감한 다음에는 매우 불우한 삶을 보낸 비운의 주인공이기도 하다.

그는 19세 때 중학생으로는 유일하게 조선축구단 상해 원정경기에서 빼어난 활약으로 중국 언론이 '동양에 축구 신동이 나타났다'고 대서특필할 정도로 일찍부터 축구 선수로서의 자질을 인정받았다. 김용식과 함께 베를린 올림픽에 출전할 일본 대표팀의 일원으로 선발되는 등 기량이 출중했다. 하지만 그는 끝내 출전하지 못했다. 당시 일본측의 민족 차별에 분개한 조선축구협회 여운형 회장이 올림픽 출전을 거부하도록 종용하기도 했지만, 보다 근본적인 이유는 조선인으로서의 수모를 견디지 못한 그의 민족주의적 풍운아 기질 탓이었다.

올림픽 출전을 앞두고 축구 대표팀은 합숙훈련을 하면서 때마침 일본을 방문중인 영국 함대 축구팀과 친선경기를 가졌다. 이 때 일본인 코치는 선수들에게 자기 포지션만을 지키는 구식 전법을 고집했고, 영국 팀은 그때 그때의 상황에 맞는 전술을 구가하는 이른바 'WM 포메이션'을 구가하여 전반전을 아마추어 팀인 영국이 2대 0으로 이겼다. 이에 답답함을 느낀 김영근은 후반전에 코치의 지시를 무시한 채 적진에 뛰어들어 혼자 6골을 집어넣음으로써 경기를 승리로 이끌었다.

그러나 문제가 일어났다. 일본인 코치는 게임이 끝난 후 김영근을 불러 '조선 놈!'이라는 모욕과 함께 심하게 질책했다. 평소 김영근을 달갑지 않게 여겼던 코치였다. 김영근으로서도 참을 수 없었다. 경기가 끝나고 샤워장에서 김영근은 코치에게 대나무로 만든 물바가지를 들어 코치의 등을 후려치면서 조선인으로서의 울분을 토해 냈다. 올림픽에 못 갈 망정 민족 차별을 더 이상 용서하지 않겠다는 결의의 표시였던 것이다.

뛰고 달리고 차고 때리던 젊은 시절의 힘든 기억은 스포츠인의 삶으로 평생을 살아가는데 커다란 원동력이 된다. 그것은 청춘의 한 시절을 보낸 꿈과 희망과 투지가 한데 모여 고요한 빛을 품고 기다려 주는 고향이기 때문이다.

이 한 몸, 조국의 영광을 위하여

'나비처럼 날아가 벌처럼 쏜다'는 말을 유행시킨 무하마드 알리가 헤비급 챔피언으로 세계의 프로 복싱계를 휘어잡고 있을 때, 권투의 매력이 무엇이냐 하는 질문을 받고는 이렇게 답했다.

"매력을 느끼다니, 그저 때리고 얻어맞는 것밖에 없다. 코가 비뚤어지고 얼굴이 볼처럼 부어오르고…. 그것을 보고 관중이 즐거워하는 것뿐이다. 권투의 매력이 있다면, 그저 돈뿐이다. 평생 살 돈만 벌면 언제라도 그만두겠다."

그가 한국에 왔을 때, 사람들 앞에서 잘 떠벌리는 이유를 묻는 질문에는 다음과 같이 엉뚱한 대구를 했다.

"흑인으로서 빨리 출세하는 길은 복서가 되는 길밖에 아무것도 없다. 그렇지 않으면 도어맨으로서 '예스 서, 예스 서' 하며 평생을 지낼 수밖에 없는 것이다. 그러기에 가급적 많은 사람의 입에 올라 빨리 유명해지고 싶어 마냥 떠벌리고 욕지거리를 한다."

프로의 세계에서는 명예보다 돈을 중시하는 게 당연하다. 몸이 곧 상품이기 때문에 상당한 쇼맨십도 필요하다. 그러나 명예를 중시하는 아마추어 스포츠인이라면 이와 정반대이다. 우선 올림픽 금메달을 인생의 가장 큰 목표로 꿈꾼다. 단순한 세계 제패가 아니다. 일제 시대에는 민족의 자존심을 되찾아 주고 겨레의 앞날에 희망을 안겨 주기 위해, 광복 후에는 강대국에 눌려 살아야 했던 민족의 기개와 자존심의 회복을 표현하기 위해, 그리고 우리 국민이 지닌 가능성을 확인하기 위해 도전하기를 소망했다.

우리 민족의 근·현대사는 질곡으로 점철되어 있다. 그러나 그 때마다 우리의 선배 스포츠인들은 민족의 아픔을 딛고 경기장에서 투혼을 발휘함으로써 꺼지지 않는 희망을 보여 주었다. 실제로 우리 나라의 근대 스포츠는 민족운동과 함께 발전해 왔다. 그 단적인 예가 1920년 7월 3일 창립된 조선체육회와 그 성격이다.

조선체육회는 그 출발부터 단순한 스포츠 단체이기 전에 스포츠를 통해 항일 운동을 주도한 민족운동 단체로서의 성격이 짙었다. 70여 명의 발기인에는 동아일보 주필 장덕수를 비롯한 훗날의 부통령 김성수, 참의원 의장 백낙준, 국무총리 최두선, 그리고 동경 조선인기독청년회장 신흥우 등 쟁쟁한 민족 지도자급 인사들이 주축이 되었다. 교육자, 의사, 변호사, 지방 유지들이 포함되었고, 순수한 경기인 출신은 많지 않았던 것이다.

또 어느 경기를 막론하고 선수든, 관중이든 단순한 스포츠 경기가 아니라 나라를 빼앗긴 울분을 표출시키는 현장이었다. 국내 경기든 국제 경기든 우리 선수들은 일본과의 대결에서 투지를 불태웠고, 축구, 농구, 권투 등 인기 종목에서는 언제나 일본 선수들을 크게 압도했다. 코치 역시 작전을 지시할 때마다 "지금은 경기를 하는 것이 아니다. 우리 민족을 대표해서 독립운동을 하는 것이다"라고 선수들을 격려했다.

1936년 베를린 올림픽에서 당당히 1위를 차지한 손기정이 태극기 대신 일장기, 애국가 대신 기미가요, 그리고 손기정이란 이름 대신 '기테이손'이라는 이름이 오르는 시상대에서 '다시는 이런 욕된 세계 무대에 서지 않겠다' 라고 결심한 것도 스스로 한 사람의 마라톤 선수이자 독립투사라고 믿었기 때문이었다. 훗

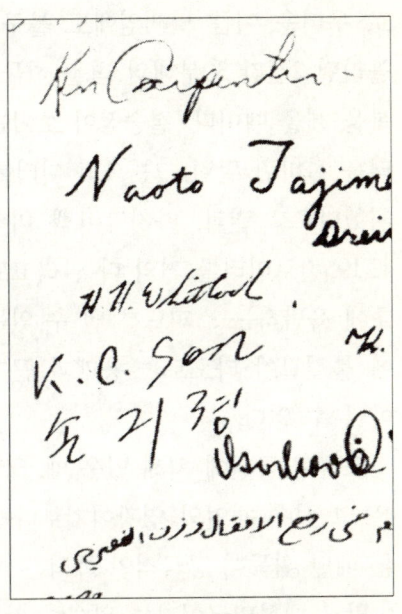

1936년 베를린 올림픽 우승자들의 사인.
손기정은 한글을 고집하여 '손긔졍'이라 적었다

날 동아일보 이길용 기자가 주도한 일장기 말소 사건도 그 일환이었다. 그런가 하면 일본의 스포츠 라이터인 가마다(鎌田忠良)는 그의 저서 『일장기와 마라톤』에서 "조선 선수들이 주먹 힘을 키운 것은 불리한 판정을 피하고 KO로 이기기 위한 뜻도 있었지만 관중이 보는 앞에서 일본인을 공공연히 두들겨 패서 코피를 흘리도록 만들고 쓰러질 때까지 때려 주는 데에도 목적이 있었다"라고 적고 있을 정도였다.

내 한 몸을 불살라 조국의 영광을 위한다는 선수들의 신념은 무서운 투혼을 보여주기도 했다. 등을 만지면 소금 가루가 날릴 정도

로 무더운 여름 날씨임에도 불구하고 손기정이 '마(魔)의 벽'이라 불리던 2시간 30분대의 벽을 허물며 2시간 29분 19초라는 최고 기록을 세울 때이다. 결승점이 보이는 스타디움에 들어서면서 4백 미터를 한바퀴 달린 그는 1백 미터를 앞두고 거의 결사적인 힘을 발휘했다. 그 결과, 마지막 1백 미터의 기록이 놀랍게도 13초였다. 42.195킬로미터를 거의 다 달리고도 당시의 단거리 선수 기록인 11초에 육박하는 스피드를 낼 수 있는 그 힘이야말로 울분의 역사 위에 불길같이 타오르는 용맹과 끈기를 극명하게 보여준 산 증거가 아닐 수 없다.

조국이 국난에 처해 있을 때, 국제 스포츠 경기에서 승리하는 것은 그 선수 개인의 영광이기보다는 민족의 영광이요 승리이다. 물론 메달 획득이 궁극적인 목적은 아니다. 최선을 다하는 것, 그것이야말로 대한민국이라는 위대한 건물을 세우는 데에 쓰여지는 단단한 벽돌 한 장이다.

세계 무대에서 우리 나라의 이름을 드높인 훌륭한 선수들은 일일이 열거할 수 없을 정도로 많다. 그들이야말로 하나같이 오늘의 스포츠 선진국을 만들어 준 한 장의 벽돌들이다. 또한 비록 메달을 획득하지 못했을지라도 자신의 위치에서 자신이 가진 모든 것을 바쳐 뛴 더 많은 선수들이 있다. 그들의 땀과 투지가 모여 더 많은 벽돌이 됐다. 어떤 의미에서는 그들은 조국의 운명을 건 전쟁터에 나가 흔적도 없이 산화한 무명용사이기도 하다.

우리 나라가 '코리아'라는 이름으로 태극기를 앞세우고 처음으로 출전한 1948년 런던 올림픽에서 역도 페더급에 출전한 남수일의 경우를 보자.

1948년 우리 나라가 태극기를 앞세우고 처음으로 참가한 런던 올림픽의 입촌식 광경

　그는 런던에 도착하면서 음료수를 잘못 먹어 크게 앓아 자리에 눕고 말았다. 주위에서는 나이가 많은 것과 관련하여 출전하지 말 것을 권했다. 그러나 그는 만류를 뿌리치고 출전하여 끝내 4위를 차지했다. 경기 후 "어린 소년들이 태극기를 휘두르며 어떻게 해서든지 이기고 돌아오라고 응원하던 모습이 선한데, 죽으면 죽었지 어떻게 기권하겠는가. 있는 힘을 다했지만 원체 앓던 몸이라 제 무게를 들지 못해 기대를 저버리게 되었다" 라고 고개를 떨구었다. 그의 가슴속에는 국민의 뜨거운 성원에 보답하지 못했다는 자책감이 첫 출전 4위 입상이라는 좋은 기록보다 먼저 자리잡고 있었던 것이다.

　원로 역도인 김성집은 1954년 제3회 마닐라 아시안게임 역도 경기에 출전할 때 치렀던 곤욕과 해프닝을 아직도 잊지 못하고 있다. 당시 그의 나이는 35세. 그리고 제1의 강적은 유력한 우승 후보였던 이란이었다. 이란은 뉴델리에서 열렸던 제1회 아시아역도대회 7 개 체급을 모두 휩쓴 역도 강국이었다. 그런데 우리 선수단이 마닐라에 도착하고 보니 이란이 출전하지 않았다. 이란 국내에 정변이 일어나 불참한 것이다.

우리 역도 선수단 코칭 스텝은 작전회의를 열고 두 명씩 신청한 체급에는 한 선수만 출전하고, 나머지 선수는 한 체급씩 올려 위 체급에 도전하기로 했다. 이왕이면 많은 메달을 따기로 작정한 것이다. 당시 역도 규정상 7개 체급에서 1개 국당 8명 이내, 1체급당 2명 이내의 선수를 출전시킬 수 있었는데, 우리 나라는 페더, 라이트, 미들급 등 3개 체급에 2명씩 출전시켰던 것이다. 갑작스러운 조치에 따라 체급을 올려야 하는 선수들은 갑자기 몸무게를 늘려야 하는 곤욕을 치러야 했다.

통상적으로 권투, 레슬링, 유도, 역도 등 체급경기 선수들에게는 체중이 알파이자 오메가이다. 때문에 많은 선수들이 체중을 유지하기 위해 절식하는 등 제약된 생활을 해야 하며, 그래도 체중이 떨어지지 않으면 온몸의 수분을 쥐어짜기 위해 격렬한 운동을 하고 사우나에 뛰어들어 끙끙거리며 땀을 흘려야 하는 게 상식이다. 어쩌면 이 시대에 가장 보기 안쓰러운 '스포츠 피에로'들이다. 그런데 이와는 정반대로 체중을 늘리기 위해 애를 써야 하니 그야말로 아이러니컬한 일이 아닐 수 없었다.

당시 김성집이 출전한 미들급의 한계 체중은 75킬로그램이고, 그의 평소 체중은 73킬로그램이었다. 따라서 그는 여느 경기 때에도 체중을 전연 줄이지 않고 출전하는 선수였다. 실제로 그는 한 번도 사우나 도크에 들어가 본 적이 없다. 대신 철저한 훈련으로 몸무게를 조절한다. 그런데 갑자기 체중을 늘리라니….

무더운 마닐라의 날씨는 선수들의 체중을 자연스럽게 빠지게 해준다. 너무나 더워서 허리에 타월만 감고 지내더라도 땀이 흘러 체중은 저절로 빠지게 된다. 김성집 역시 73킬로그램의 체중이 더위에 시달려 71킬로그램으로 줄었는데, 한 체급을 더 올려 라이트 헤비급으로 출전하려면 미들급의 한계 체중을 넘어 75.1킬로그램으로 만들어야 한다.

그는 경기 당일, 여느 때와 달리 아침 식사를 잔뜩 하고는 경기장으로 갔다. 저울 위에 올라서니 1.5킬로그램이 부족한 73.6킬로그램이었다. 김성집은 그 자리에서 세 홉들이 오렌지 주스 다섯 병을 벌컥벌컥 마셨다. 다시 올라서니 간신히 계체량에 통과할 수 있었다. 결국 이 대회에서 한국이 8개의 금메달을 차지하여 일본(금 38개), 필리핀(금 14개)에 이어 종합 순위 3위를 차지한 이면에는 모든 영광을 나라에 바친다는 선수들의 인생 철학이 철저하게 배여 있었다고 하겠다.

1992년 바르셀로나 올림픽에서 또다시 마라톤 신화를 만들어 낸 황영조는 레이스가 막판에 이르렀을 때, 일본의 모리시다와의 싸움이 된 것을 알고는 '일본에는 져서는 안된다'는 손기정의 평소 말을 떠올리고 필사적으로 피치를 올렸다. 결국 모리시다는 무너졌다. 몬주익 언덕은 황영조의 것이 아니라 대한민국의 것이 된 것이다. 그는 또 96년 히로시마 아시안게임에서 일본 선수들을 제치고 마라톤에서 우승한 후에 "나는 이곳에서 숨겨 간 동포들의 원혼을 달래 주겠다는 의지로 뛰었다" 라고 밝혀 온 국민의 눈시울을 붉게 만들었다.

널리 알려진 것처럼, 그는 훈련을 받으면서 심장이 터질 것 같은 고통을 여러 차례 겪었으며, 지옥훈련이 너무 힘들어 연습 도중 자동차에 뛰어들고 싶은 충동도 여러 번 있었다고 털어놓은 적이 있었다. 그래서일까, 그는 바르셀로나 올림픽 우승 후에 선수 생활을 은퇴하겠다고 밝힌 적이 있었다.

그러나 그는 다시 트레이닝 복을 입었다. 히로시마 아시안게임에서 원폭 희생자의 원혼을 풀어 주어야 한다는 우승의 소망을 잊을 수 없었던 것이다. 더욱이 골인 지점이 바로 위령비가 있는 평화공원 앞이었기에 그는 더욱 힘을 냈다. 그는 자신이 42.195킬로미터를 달릴 때 온 국민의 살아 있는 눈과 역사 속에서 명멸해 간 민족의 영혼들이 그와 함께 달리고 있다는 것을 잘 알고 있었다. 또 우승이야말로 한 많은 민족의 영령들을 위로하는 지름길이라는 것도 알고 있었다. 마침내 그는 일본의 자존심을 누르고 당당히 우승함으로써 일본인의 압제 속에 갖은 멸시와 수모를 받으며 살다가 가슴에 맺힌 한을 풀지 못한 그들을 위로해 주었다.

'마라톤은 과학적으로 되는 것도 아니고 기록이 좋다고 해서 이기는 것도 아니다. 강한 지구력과 독한 마음이 필요하다'는 그의 진솔한 고백은 이 땅의 운동 선수들에게 왜 운동을 하는가 하는 명제를 다시금 되새기게 해준다.

'어머니'란 이름 세 글자

　2차대전 당시 미국이 필리핀을 점령하려 할 때의 일이다. 마닐라 해안을 향해 함포 사격을 할 때, 한 해병의 옷이 바다에 떨어졌다. 상사가 말렸으나 그 해병은 물에 뛰어들어 옷을 건졌다. 그러나 '명령 불복종'이란 죄로 군법회의의 법정에 서게 되었다. 재판관인 듀이 장군이 그 사병에게 상사의 명령을 거부하고 물에 뛰어든 까닭을 물었다. 그러자 그 해병은 옷 속에서 낡은 한 장의 사진을 꺼내 보이고는 어머니의 사진이라고 했다. 이에 장군은 감동하여 그 해병에게 악수를 청하면서, 어머니 사진 때문에 이처럼 희생정신을 발휘할 수 있는 사람이야말로 용감한 병사라고 칭찬하고는 특별 사면했다. 비록 명령은 어겼으나 자신의 목숨을 걸면서 어머니의 사진을 바다에서 건져내게 만든 어머니의 위대한 사랑을 강조한 실화이다.

　이런 이야기도 있다. 어느 날, 하느님이 세 천사에게 세상에서 가장 아름다운 것 한 가지씩을 가져오라고 했다. 세 천사는 각각 어린아이의 눈망울, 물가에 핀 백합의 향기, 그리고 아기에게 젖을 먹이는 어머니의 미소를 가져갔다. 어린아이의 눈망울은 자라서 어른의 눈동자가 되었고, 향기로운 꽃은 이내 시들어 버렸는데 어머니의 사랑만은 언제까지나 변치 않았다고 한다.

프랑스의 여류작가 프랑스와즈 사강은 "여성은 인간이지만 어머니는 인간이 아니다" 라고 말했다. 어머니는 인간 그 이상의 존재로서 인간의 차원에 놓아서는 안되겠기에 사강은 어머니를 인간이 아닌 신적인 존재로 올려놓았던 것이다. 인간의 속성, 인간의 한계를 훌쩍 뛰어넘는 초월성을 우리는 역사의 어머니에게서 너무 많이 보아 왔다. 스포츠의 세계에서도 위대한 기록을 남긴 인물의 뒤안길에는 항상 평범한 인간의 모습을 뛰어넘은 어머니가 자리잡고 있다.

"엄마! 나, 챔피언 먹었어!"

4전 5기의 신화를 창조한 홍수환 선수가 어머니와의 전화 인터뷰에서 첫 마디로 외친 이 말도 다소 어리광부리는 투 같지만 어머니의 위대한 사랑을 느끼게 하는 진솔한 고백이다. 따지고 보면, 운동 선수를 자식으로 둔 부모가 겪는 아픔처럼 유별난 분야도 드물다. 짧게는 10초, 길게는 서너 시간에 결판나는 승부의 세계이기에 어머니로서는 자식을 험악한 싸움터로 보내는 심정이나 다름없다.

더욱이 너나 없이 어렵던 시절, 우리의 선배 스포츠인들은 가난하게 성장한 선수들이 대부분이었다. 제대로 못 먹고 못 입으면서도 집안 살림을 거들기도 했다. 그런 어려운 형편에서도 의지를 꺾지 않고 끝까지 자신의 길을 갔던 선수들의 뒤에는 늘 어머니의 정성과 눈물겨운 희생정신이 있었고 그 이야기는 사람들에게 항상 가슴 뿌듯한 감동의 드라마가 된다.

레슬링의 장창선은 1964년 동경 올림픽에서 건국 후 최초의 은메달, 1966년 미국 올래도 세계선수권대회에서 금메달을 획득하여 세계를 깜짝 놀라게 했다. 이같은 레슬링의 '장창선 신화'를 잉태한 밑그림은 빽빽이 들어선 인천 신흥동 달동네로 상징되는 가난과, 사춘기 시절을 홀어머니 밑에서 자란 아픔이었다.

그의 고향은 충남 서산이다. 고향에서 살았을 때 집안은 넉넉했다. 그러나 부친이 인천에 직장을 얻고 이사한 지 얼마 안되어 저 세상으로 떠나면서 어머니는 혼자 가정을 꾸려야 했다. 시장에 나가 콩나물을 판 돈으로 하루하루 근근히 끼니를 이어가는 어려운 생활이었다. 그러면서 어머니는 새벽마다 정한수 한 그릇을 떠놓고 4대 독자인 아들을 위한 기도를 단 하루도 멈추지 않았다.

어머니는 새벽에 신문 배달을, 저녁에 찹쌀떡을 팔면서 학비를 버는 아들이 대견스러웠지만, 과외활동으로 레슬링을 시작할 때에는 밤마다 남몰래 눈물을 훔쳤다. '서양 씨름'으로 출세를 해주면 그만이지만, 그것을 뒷바라지하기에는 너무나 벅찬 살림살이가 안타까웠던 것이다. 어머니로서는 아들이 얌전하게 공부에만 열중하기를 바랬다. 작은 실랑이가 계속되다가 아들이 끝내 레슬링을 포기하지 않고 인창고등학교에 레슬링 선수로 스카우트되자 비로소 아들의 자질을 인정하고는 신문 배달과 찹쌀떡 장사를 그만두게 했다. 학업과 레슬링에만 전념할 수 있도록 배려한 것이다.

1964년 동경 올림픽에 출전한 장창선은 비록 한국 체육계의 숙원인 금메달을 획득하지는 못했지만, 복싱 밴텀급의 정신조와 함께 은메달을 땄다. 결승전에서 일본 선수인 요시다의 스파트에 불의의 기습 태클을 당해 1점을 뺏기고, 그것을 만회하기 위해 맹렬한 반격을 시도했지만 상대방이 도망 작전으로 시간을 버는 바람에 아쉽게 2위에 머무르고 말았던 것이다. 당시에는 선수가 경기 중에 도망을 하면 경고를 주는 규칙이 없었다.

"기쁘기는 하지만 금메달을 못 따서 섭섭하구나."

집에서 아들이 2위의 영광을 차지했다는 소식을 전해들은 어머니의 첫 소감이다. 모르긴 해도 내심으로는 한없이 기쁘고 반가웠을 것이다. 그러나 아들의 승부 기질을 누구보다도 잘 알고 있었던 어머니로서는 아들이 다시 정상에 도전하기를 바랬던 것이다.

장창선은 다시 일어섰다. 올림픽에서 메달을 딴다는 것은 스포츠맨이라면 평생을 두고 자랑할 만한 명예이다. 더구나 우리 나라 최초로 은메달을 딴 것은 대단했다. 그러나 그는 같은 메달일지언정 금과 은의 차이는 하늘과 땅만큼 크다고 생각했다. 무엇보다도 정상에 올라서지 못하고 우승자의 발 아래 산다는 것 자체가 평생 씻지 못할 굴욕으로 여겨졌다. 그 굴욕에서 벗어나려면 정상에 서는 길밖에 없다고 다짐한 그는 다시 매트 위를 뒹굴었다. 그리고 괴롭거나 힘들 때마다 '굴욕에서 벗어나자'고 외치며 다시금 훈련에 매달렸다.

2년 뒤인 1966년 미국 올래도에서 열린 세계레슬링선수권대회에서 장창선은 경기의 순간마다 어머니를 떠올렸다. 하루 온종일 좌판 앞에 쪼그리고 앉아 더우나 추우나 콩나물을 팔면서 자식을 위해 제 몸을 불사르며 살아가는 어머니의 모습이 눈에 선했다. 때로는 나직한 목소리로 '엄마'를 부르기도 했다.

미국의 텃세도 만만치 않았다. 미국 선수인 선더즈와의 경기에서

1964년 동경 올림픽 레슬링에서 은메달을 획득한 장창선

는 시종 여유 있는 경기를 펼치면서 상대방의 무릎을 꿇게도 만들
었으나 심판은 득점을 인정치 않았다. 혈전을 끝냈으나 뚜렷한 승
부를 가리지 못한 세 선수는 계체량에서 순위를 가렸다. 체중이 가
장 가벼운 장창선에게 우승의 영광이 돌아갔다.

　"장하다, 아들아. 그렇게 못하도록 말렸건만 마음먹은 길을 끝끝
내 우겨서 가더니 결국 세계를 제패했구나."

　"어머니, 이제 우리 고생은 다 끝났어!"

　시상대에 오르기 전, 두 모자가 국제전화로 주고받은 대화였다.
어머니는 끝내 울먹였다. 비로소 아들의 영광 앞에 참고 인내했던
세월의 아픔을 한꺼번에 씻어 내는 순간이었다. 그러나 어머니는

역시 아들보다 더 강했다. 장창선이 은퇴하고 사회인으로 입지를 굳힌 뒤에도 쉬지 않고 시장에서 나물 장사를 계속했던 것이다.

'육신이 멀쩡한데, 아들이 잘 되었다고 어찌 쉴 수 있는가?'

이러한 삶의 신조야말로 아들의 세계 제패를 일구어 낸 숨은 힘이 아닐까. 어머니는 기업체 직원이 된 아들에게 나물을 팔아서 번 돈을 용돈으로 주었다고 한다. 그런가 하면 장창선은 강화 훈련을 받을 때 받은 목욕비 50원을 꼬박꼬박 모았다가 어머니에게 드렸다고 한다. 훌륭한 부모 밑에 훌륭한 자식이 나온다는 옛말은 하나도 그릇됨이 없는가 보다.

옛날, 어느 시인이 장난 삼아 노모를 업어 보고는 어찌나 가벼운지 눈물이 앞을 가려 몇 발자국도 옮겨 놓을 수 없었다는 이야기가 있다. 결혼하면 며느리가 혹시 어머니의 속을 썩히지 않을까 걱정하여 한평생을 독신으로 지냈다는 사람도 있다. 어머니의 은혜를 생전에 깨닫는 것도 소중하지만, 그것을 깨닫고 보답하려고 애쓰는 것도 중요한 일이다.

바르셀로나 마라톤의 영웅 황영조는 금메달을 획득한 뒤 "레이스 중 심장이 터질 듯한 고통을 느낄 때면 자동차에라도 뛰어들고 싶었지만 고향 삼척의 어머니를 생각하면 이내 안정을 되찾고 달리기를 계속했다" 라고 말했다.

가사를 별로 돌보지 않았던 아버지와 가정의 생계를 이어가기 위해 검은 무레옷(해녀 복장)을 입고 열 길 동해 바다 밑에서 전복이며 해삼을 따던 어머니의 모습을 떠올릴 때마다, 그는 어떻게 하면 어머니와 함께 고통을 나눌 수 있을까 하는 생각이 운명처럼 압박해 왔다. 때문에 마라톤으로 어머니를 불행의 늪으로부터 구해 내겠다는 그의 집념은 상상을 초월할 정도로 처절했다.

예를 들면, 잠을 자야 할 시간에 동료들이 불을 끄지 않으면 그는 자신이 불을 끄고 동료들까지 잠자리에 들기를 강요한다. 어떤 이유로도 어머니를 고생으로부터 해방시킬 수 있는 유일한 도구인 마라톤이 방해를 받아서는 안된다는 것이 그의 마라톤 철학이기 때문이다.

어머니의 사랑이 자식을 품에 안는 사랑이라면 아버지의 사랑은 묵묵히 지켜보며 흔들리지 않는 기둥과 울타리가 되어 주는 사랑이다.

이런 이야기가 있다. 한국 최초의 세계 챔피언인 김기수는 유복자로서 열두 살인 1·4후퇴 때 월남하여 여수 피난민 수용소에서 어머니, 형과 함께 구두닦이로 보낸 불우한 시절이 있었다. 1958년 동경 아시안게임에서 금메달을 획득할 당시, 그는 경기를 앞두고 이상한 꿈을 꾸었다. 꿈속에서 다른 선수들과 함께 있는데, 아버지가 나타나서는 '적이 쳐들어오니까 빨리 도망가라'고 하면서 명마를 내주더라는 것이다. 서로 도망가려고 발버둥치다가 백마에 올라탄 사람은 송순천, 김득봉, 김기수였다. 말을 타고 달아나는데, 송순천이 적의 총탄에 쓰러지고 김득봉은 안전 지대에 들어설 무렵 말에서 떨어졌다. 결국 김기수만 남은 셈이다.

그런데 이 대회에 우리 나라는 모두 8명이 출전, 김기수와 라이트급의 정동훈이 금메달, 송순천과 김찬황은 동메달, 김득봉을 포함한 나머지 4명은 예선 탈락하고 말았다. 김기수 부친의 꿈의 계시가 신통하게 맞아떨어진 것이다. 비록 세상은 떠났지만, 언제나 자식의 곁을 지켜 주는 수호신 역할을 한다고나 할까.

1974년 북한이 처음으로 참가한 테헤란 아시안게임의 복싱 페더급에서 금메달을 딴 유종만은 소감을 말해 달라는 기자들의 질문에 이렇게 답했다.

"아버지처럼 열심히 오늘을 살고 싶습니다."

그의 부친은 가난한 철도 공무원이었다. 20여 년 동안 이리에서 디젤 기관차를 끌고 있지만 워낙 대쪽같은 성품인지라 집안 살림은 늘 넉넉지 못했다. 그러나 유종만은 한 번도 아버지가 어두운 표정을 짓거나 자신의 직업을 원망하는 말을 들어본 적이 없었다. 비록 박봉의 철도 기관사이지만 아버지는 자신의 직업에 언제나 최선을 다했다. 그리고 6남매 자식들이 떳떳하고 자랑스럽게 살도록 솔선수범했다.

그래서일까, 그는 '아버지를 닮아야 하는데 잘 안된다'는 말을 입버릇처럼 되풀이했다고 한다. 유종만의 동료들은 그가 당시 우리나라 복싱 대표선수 가운데 가장 말이 적고 내성적인 선수였다고 말한다. '남에게 뒤지지 않겠다. 패배하면 반드시 복수하겠다'는 집념이 오싹할 정도의 귀기(鬼氣)를 느끼게 했다고 한다. 아마도 자신의 삶에 최선을 다해 살아가는 아버지 앞에 서더라도 결코 부끄럽지 않겠다는 집념의 표현이었을 것이다.

아시안게임에서 돌아온 직후 곧바로 고향으로 내려와 3개월 동안 하루도 빠지지 않고 체육관에서 펀칭 백과 씨름한 것이라든가, 1974년 전북 향토문화상 체육부문 수상자로 선정되었으나 상을 받을 자격이 없다고 거절한 것도 바로 자기 나름대로 살려고 노력하는 강렬한 개성의 결집체였던 것이다.

1936년 베를린 올림픽 마라톤에서 1위 손기정에 이어 세 번째로 결승점에 들어선 남승룡은 경기 때마다 어머니의 사진을 들여다보는 버릇이 있었다. 아니, 경기에 나가기에 앞서 어머니 사진 앞에서 기도를 올린다. 경기가 없더라도 매일 아침과 저녁으로 어머니 사진을 꺼내 들고는 혼자 중얼거리며 대화를 나눴다.

그는 한창 응석을 부릴 9세 때 어머니를 잃었다. 그 때부터 그는 때로는 말없고 숫기 많은 소년으로, 때로는 무엇이든 도전하기를 좋아하고 일단 도전했다 하면 이기지 않고는 못 배기는 승부 근성이 강한 소년으로 변했다.

중학교 3학년 때의 일이다. 친구들에게 이끌려 빵집에 간 적이 있었는데, 그곳 소녀가 컵에 물을 따라 주자 대경실색하여 의자를 든 채 바깥으로 뛰쳐나오기도 했다. 그런가 하면 한 동네에 서정권이란 이름의 권투 선수가 있었는데, 한날 한시에 태어난 인연으로 두 사람은 피를 나눈 형제처럼 다정하게 지냈다. 그러나 일단 싸움이나 시합이 붙었다 하면 절대로 물러서지 않았다. 그러나 마라톤을 시작하면서 그는 어머니를 향한 애틋한 마음을 트랙에 쏟아 부었다.

마라톤의 싸움은 승부 싸움이 아니라 근성 싸움이다. 베를린에서 달릴 때, 심장이 터질 것 같고 호흡이 정지해 버릴 것 같은 상황에서 그가 위안을 받을 것이라고는 우승이 아니었다. 매일 아침마다 사진 속에서 얼굴을 맞대는 어머니의 모습밖에 없었다. 그는 결승점을 눈앞에 두고 더욱 힘찬 목소리로 어머니를 힘껏 외쳤다. 그 결과, 2위를 차지한 미국의 하퍼보다 불과 9초 뒤진 기록으로 골인할 수 있었다.

모성이야말로 '본능의 가장 숭고한 원천'이라고 했던가. 사실 어머니의 사랑이란 본래 후천적인 것일 수가 없다. 어떻게 교육으로 모든 어머니를 한결같이 사랑의 화신으로 개조할 수 있단 말인가. 자식을 위해 제 몸을 불사르는 드높은 희생과 봉사 정신을 인위적인 작업으로 불어넣기란 아무리 생각해도 불가능하다.

지금 웬만큼 나이가 든 스포츠인이라면 누구나 한번쯤 새벽밥을 짓기 위해 어머니가 쌀을 씻어 안치는 소리를 들은 적이 있을 것이다. 중·고등학교 시절, 출전하기 전날 설레는 마음에 제대로 잠을 못 이루고 있다가 설핏 잠든 새벽녘에 꿈결처럼 부엌으로부터 들려 오던 양은 대아에 쌀을 씻는 소리. 평소에는 그렇게 말리면서 공부나 하라고 나무라던 어머니가 소주병에 넣어 벽장에 모셔 두었다가 약으로나 쓰던 귀한 찹쌀을 꺼내 밥을 지어 먹이고 계란을 삶고 감자 따위를 조려서 챙겨 주던 도시락. 지전 한 장을 호주머니에 찔러 주시고 대문 밖까지 나와 잘하고 오라며 배웅해 주던 기억 등을 갖고 있을 것이다. 어머니의 마음은 그런 것이다

1964년 동경 올림픽에 출전하여 장창선과 함께 우리 나라 최초의 은메달을 획득한 복싱 밴텀급의 정신조는 6세 때 아버지를 여의었다. 결혼한 누나 집에 더부살이하던 그는 하루가 멀다 하고 동네 골목 어귀를 장악한 골목대장들로부터 온갖 시달림을 당해야만 했다. 이에 견디다 못한 그는 고명상고에 진학하면서 복싱 선수가 되기로 마음먹고는 본격적인 복싱 수업을 받기 시작했다.

어머니는 "애비 없이 키운 자식이 복싱을 배워 깡패가 됐다는 소리를 듣고 싶지 않다"면서 극구 반대했다. 그러나 교장 선생님의 간곡한 설득과 아들의 진지한 훈련 태도에 마음을 돌리고는 그 누구보다도 든든한 마음의 응원자가 되어 주었다.

1970년 부산 동아대 재학 중 처음으로 국가대표 선수로 뽑혀 일본 동경에서 열린 세계주니어선수권대회에 출전, 페더급에서 자유형 2위, 그레코로만형 3위에 입상하여 '한국에 양정모란 유망주가 있다' 라고 세계의 주목을 받는 존재가 된 양정모의 경우도 이와 다르지 않다.

양정모의 어머니 역시 아들이 레슬링하는 것을 별로 달가워하지 않았다. 무엇보다도 온통 상처투성이인 아들을 보기가 안쓰러웠기 때문이다. 양정모는 건국중학교에 입학하면서 밤낮을 가리지 않고 체육관 매트를 뒹굴면서 기술을 익혔는데, 상대의 공격을 목으로 지탱하기 위해 심한 브리지 연습을 하는 통에 목이 부어 올랐고 매트에 얼굴이 짓이겨져 귀가 찌그러지기도 했다. 어머니는 뭉그러져 가는 아들의 귀를 볼 때마다 제발 레슬링을 그만두라고 간청했다.

운동 선수인 자식이 걸어가는 길이 늘 불안하고 안타까우면서도 끝까지 힘을 주고 응원해 주는 어머니의 모습이야말로 마음의 고향이요, 마지막 귀의심(歸依心)을 자극시키는 가장 순정적인 원점이다. 그 힘으로 쓰러졌다가 다시 일어선 운동 선수들이 얼마나 많을까.

처절한 승부세계의 매력

인생이란 어쩌면 자기와의 투쟁의 역사이다. 자신을 이기는 것이 곧 수많은 타의 도전을 꺾는 것이고, 그 과정의 연속이 결국 인간의 삶이 되는 것이다. 어떤 분야이건 성공한 사람은 자기 자신에 대해 철저하게 승리한 사람이다.

스포츠의 세계는 승부의 세계이다. 그리고 승부란 항상 벼랑 끝이다. 그 누구도 구원의 손을 내밀어 주지 않는다. 어차피 자기 자신이 헤쳐 가지 않으면 좌초되고 말 파도이다. '인간이 본래 외톨이라면 승부사는 더욱 외톨이'라는 말이 있지 않은가. 때문에 스포츠의 세계는 처절할 수밖에 없다. 흔히 스포츠는 상대방과의 기량 다툼으로 이해하기 쉽지만, 자기 자신의 한계와 싸워서 이를 극복하고 이기는 오기와 근성과 집념의 세계이다.

그런 뜻에서 1956년 멜버른 올림픽 복싱 밴텀급에서 은메달을 획득한 송순천의 처절한 이야기는 어떤 위인 못지 않게 값지다. 아무나 흉내내기 힘든, 자기와의 치열한 싸움에서 값진 승리를 일구어 냈기 때문이다.

한국체육관 사범인 노병렬의 눈에 띄어 권투를 시작한 지 얼마 안된 그가 올림픽 대표선수 선발전에 도전하는 과정부터 특유의 정신력이 아니면 극복해 내기 힘든 시련이었다.

송순천의 키는 1백67센티미터, 평소 체중은 64킬로그램이었다. 대표선수 선발전을 한 달 남짓 앞둔 어느 날, 노병렬은 그의 몸무게보다는 키를 고려하여 밴텀급에 출전하도록 했다. 밴텀급의 한계 체중이 54킬로그램이므로 결국 한 달 안에 몸무게를 10킬로그램 줄여야만 했다. 몸무게가 1백 킬로그램쯤 나가는 사람이 10킬로그램 빼는 것과 달리, 64킬로그램에서 10킬로그램을 줄인다는 것, 그것도 한 달 내에 감량한다는 것은 거의 고문이나 다름없었다.

때는 8월 한여름이었다. 성북고등학교에 재학 중이던 송순천은 두터운 겨울 내의를 꺼내 입고 학교에 다녔다. 겉은 여름 교복이었으나 속은 한겨울 차림이었다. 학교에서 6시간 수업을 받고는 체육관까지 달렸다. 학교는 성북동, 체육관은 을지로 3가에 있었으므로 10리 길은 족히 된다. 학교에서 온종일 땀을 흘리다가 다시 10리 길을 달리노라면 땀이 비오듯 쏟아져 속옷은 물론 교복까지 흥건히 젖었다. 수분이 빠져 몸무게가 줄어드는 효과는 있었지만, 짜증이 나는 것은 어쩔 수 없었다. 반소매 차림으로 시원스럽게 거리를 천천히 걷는 수많은 젊은 남녀들이 보기 싫었다. '이렇게까지 해야만 하나?' 하는 의문을 품기도 했고, 자신의 몸무게를 고려하지 않고 밴텀급으로 정한 스승에 대한 원망도 솟구쳤다.

"어느 놈이고 걸리기만 해 봐라!"

울화가 치밀 때마다 그는 열심히 샌드백을 두들겨 댔다. 링에 올라온 스파링 파트너마다 그의 강렬한 주먹에 대부분 KO로 나가떨어지기 일쑤였다.

무엇보다도 고통스러운 것은 먹고 싶은 음식을 눈앞에 두고도 참아야 한다는 것이다. 요즘에는 하루 세끼 식사를 거르지 않는 대신 물과 쌀밥은 가급적 섭취하지 않고 고기와 야채만을 먹어 에너지를 축적하고, 고기 역시 육회를 먹음으로써 영양을 섭취하는 등 과학적으로 체중을 감량할 수 있다. 하지만, 그 시절에는 그런 방법을 가르쳐 주는 사람이 없었다. 그저 사우나에 가서 땀을 빼던가 밥을 굶어 체중을 줄이는 것이 고작이었다.

그는 매일 저녁 식사를 걸렀다. 그렇다고 아침이나 점심을 제대로 먹는 것도 아니었다. 대부분의 운동 선수들처럼 어려운 환경에서 성장한 송순천이었다. 가정 형편이 어려워 고등학교 진학도 제대로 못하고 체육관에서 권투를 하다가 성북고등학교 교장 선생님의 눈에 띄어 스물 한 살에 고등학생이 되었다. 결국 밤중에 연습을 끝낼 때가 되면 머리가 핑핑 돌 정도로 허기가 졌다. 생각 같아서는 체육관 뒷골목의 싸구려 음식점에 가서 이것저것 실컷 먹고 싶었지만, 아직 한계 체중에 4, 5킬로그램 초과한 상태였다.

어느 날, 체육관을 나선 그는 먹고 싶은 욕망을 애써 참으면서 집으로 향했다. 한 시간 정도 걸은 것 같은데, 정신을 차리고 보니 아직도 체육관 앞이었다. 땀을 너무 많이 흘린 데다가 허기가 져서 정신이 혼미해진 것이었다. 그는 체육관으로 도로 들어가 마루에 벌렁 드러누웠다. 희미해지는 정신 속에서도 자신이 싸워야 할 상대 선수들이 떠올랐다. 그들은 혹시 이 시간에도 훈련을 하고 있지 않을까, 문득 떠오르는 불안에 그는 다시금 일어나 미친 듯 샌드백을 두들겨 댔다.

체중 관리를 위한 그의 초인간적인 집념은 멜버른 올림픽에 참가한 다음에도 또 한번 연출되었다. 당시 그는 복싱에 입문한 지 1년 6개월 남짓한 신예였지만, 아무도 의심치 않은 메달 유망주였다. 그는 올림픽의 링이 두렵지 않았다. 가장 두려운 것은 어떻게 한계 체중을 유지하는가 하는 것뿐이었다.

선수촌에 입촌한 당일부터 그는 두터운 트레이닝복을 겹으로 껴입고 땀을 뻘뻘 흘리며 몸무게를 조절했다. 몸이 어지간히 가벼워졌다고 여겨져 저울 위에 올라섰으나 58킬로그램이었다. 아직도 4킬로그램을 더 빼야 했다. 사우나에 들어가 몸 속의 수분을 짜낼 대로 짜내어 체중을 줄였다. 먹지 않고 연습에 매달리고 사우나에 들어가 땀을 빼고 나니 힘이 빠져 견뎌 낼 리 없건만, 그래도 기(氣)만은 살아 있어 눈만은 반짝거렸다.

경기 4일을 앞두고 몸무게를 쟀으나 55.5킬로그램이었다. 아직도 1.5킬로그램을 더 빼야만 한계 체중에 도달할 수 있었다. 그는 제 몸 속에 남아 있는 노폐물을 배설해 버리면 한계체중에 한 발짝 접근할 것이라고 여겨 화장실에 쭈그리고 앉아 힘을 주었다. 원래 먹은 것이 없어 체내에 많이 밀려 있지 않은 노폐물을 힘주어 밀어내려는데 무엇인가 쭉 뻗치는 느낌이 들었다. 심상치 않아 밑을 내려다보니 피가 홍건했다.

그에게는 치질 기운이 있었다. 서울에서는 조심하여 몸을 관리했기 때문에 증상이 나타나지 않았지만, 멜버른에 와서 개막일에 맞추어 체중을 조절하느라고 무리를 하다 보니 그만 환부가 터진 것이었다. 그 와중에도 그는 쇠약해진 몸에 빈혈 증상이라도 생기면

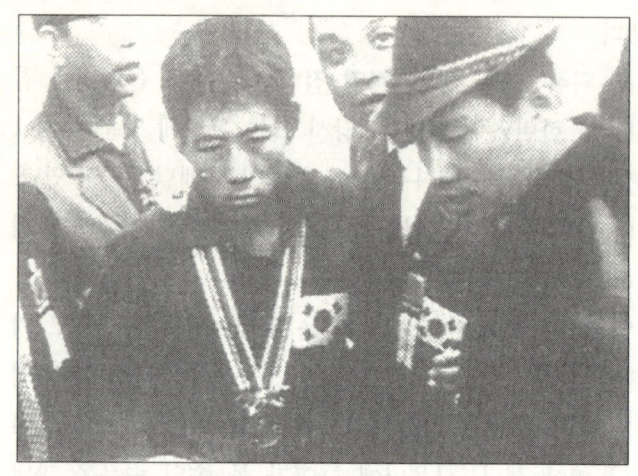

기자와 인터뷰하는 1964년 동경 올림픽 복싱의 은메달리스트 정신조

출전을 못할 지 모른다는 걱정에 의무실로 달려가 응급치료를 받았다. 그러나 다음부터는 도저히 식사할 용기가 나지 않았다. 그래도 이를 악물고 연습장으로 뛰어갔고, 훈련이 끝난 다음에는 사우나에 들어가 또다시 땀을 흘렸다. 몸이 극도로 쇠약해진 상태에서 이틀을 견뎌 내니 저울 바늘이 간신히 54킬로그램에 멈춰 섰다.

경기가 있던 날, 그는 마지막 투혼을 발휘했다. 당시 우리 나라는 복싱에서 5명이 출전했는데, 모두 2, 3회전에서 탈락하고 송순천 한 사람만 남아 있었다.

링에 올라선 그의 눈에는 투지가 가득 차 있었다. 체중 관리를 위한 처절한 싸움, 그리고 세계의 어느 복싱 선수보다도 많은 훈련을 쌓았다고 믿은 그는 기만 살아 있으면 결코 패하지 않을 것으로 믿고 결승전에서 맞붙은 서독 선수 베렌트에게 맹공을 퍼부었다. 시종 우세한 경기를 펼쳐 승리를 확신했다. 그러나 심판은 상대방

선수의 손을 들었고, 시상대에 올라선 그의 눈에는 눈물이 흘렀다.

1962년 자카르타 아시안게임 복싱 플라이급에 출전한 정신조가 금메달을 따기까지 흘린 땀의 결실 역시 처절했다. 자카르타에 도착했을 때, 이미 그의 체중은 한계체중인 51킬로그램을 6킬로그램이나 초과하고 있었다. 서울을 떠날 때는 53.5킬로그램이었으나 비행기 안에서 제공하는 음식이 너무 맛있어서 많이 먹다 보니 그만 체중이 초과된 것이다.

그러나 불행하게도 당시 선수촌에는 사우나 시설이 없었다. 그는 주방용 양철통을 빌려 와 전기곤로로 데운 물을 퍼붓고는 일주일 내내 그 안에 들어가 땀을 흘렸다. 그리고 무려 6킬로그램이나 줄었다. 자신만만하게 계체량에 나섰으나 몸무게는 0.2킬로그램 초과였다. 결국 그는 화장실로 달려가 관장약으로 배 안에 든 것을 모두 배설해 내고 나서 겨우 통과할 수 있었다.

많은 사람들이 알고 있는 사실이지만, 스포츠는 다른 어떤 분야보다도 엄격한 자기 관리를 요구한다. 자기와의 싸움에서 지면 내일이 없는 게 바로 스포츠의 세계이다. 아무리 쉬운 상대와 싸우더라도 최선을 다하는 겸허함이 필요하다.

승패를 가르는 한순간 한순간마다 신경을 써야 하기에 정신적인 스트레스는 물론, 직업병처럼 고질적인 소화불량에 걸리기 일쑤이다. 때리고 맞아서 흘리는 피보다 알게 모르게 쥐어짜는 심혈의 아픔이 더욱 처절하다. 잠시라도 긴장을 풀면 컨디션 난조는 물론 체급경기의 경우 체중 조절에 실패하기 마련이다. 내노라 하던 숱한 국내외 스타들이 방탕한 생활고, 체중 관리 실패로 초라하게 쓰러져 간 것은 새삼스런 일이 아니지 않는가. 그렇다면 처절한 자기와의 싸움에서 이길 수 있는 힘은 과연 어디서 나오는 것일까.

"맨손으로 피난 와서 터득한 건 맨주먹으로 일어서야 한다는, 그래서 내 인생은 혼자서 이루고 혼자서 책임져야 한다는 사실이었습니다. 남에게 의존하지 않는 것처럼 남을 생각할 필요도 없는 것 아닙니까. 후배들이 찾아오면 네 일은 네가 해결하라고 말합니다."

프로 복싱에서 우리 나라 최초의 세계 챔피언이었던 김기수는 스스로 일어날 의지가 없으면 누구도 도와주지 않는다는 것을 누구보다도 뼈저리게 체험했다. 그것은 게임할 때마다 상대방에게 무섭게 파고들며 마구 부수는 파괴 전법에서도 드러난다.

그는 일단 링에 오르면 성난 사자처럼 혼신의 힘으로 상대방을 밀어붙여 기선을 제압한다. 퍼팅도 마다하지 않는다. 혹자는 이를 가리켜 고의로 퍼팅을 하며 교묘하게 상대를 신경전으로 몰고 가는 얄팍한 선수라고 평하기도 했지만, 전문가들은 권투에서 필수적인 테크닉일 뿐이며, 세계적 선수가 되기 위해서는 퍼팅이 자기에게 유리해지도록 게임을 운용하는 능력이라고 칭찬해 마지 않았다. 그에겐 권투가 바로 생존 수단이었고 홀딩 클린치는 생존전략이었다. 열정과 투혼의 승부사임을 인정해주는 대목이다.

링에 올라갈 때마다 그는 자신이 아니면 도저히 이해하지 못하는 애환을 떠올린다. 함경도 북청 출신으로 1·4 후퇴 때 월남하여 피난민 수용소에서 구두닦이, 담배 장사 등으로 생존 경쟁에 뛰어든 젊은 시절, 북청 물장수답게 허리띠를 졸라매고 먹고살기 위해 글러브를 잡을 수밖에 없었던 애환이 바로 그것이다.

그는 늘 이런 문제를 자신이 해결해야 한다고 믿었다. 때문에 그는 복싱을 위해서는 그 어떤 달콤한 유혹도 뿌리쳤다. 노력과 근면,

그리고 술과 담배와 여자를 멀리하는 '절제된 삶'을 생활 신조로 삼고 있는 것도 여기서 연유된다. 비록 타이틀 롱런에는 실패했지만 철저한 자기 관리, 지독한 재산 관리로 어느 사업가 못지 않은 성공 사례를 만든 배경에는 바로 자기와의 싸움에서 이기는 것, 그것만이 처절한 승부 세계인 스포츠에서 승리자가 되는 길이라는 것을 그는 알고 있었고 실천했던 것이다.

확실히 진정한 운이란 노력하는 자, 그리고 실력 있는 자에게 신이 내리는 선물이다. 기량이 엇비슷한 수준에서라면 정신력이 승패를 좌우하게 된다. 그런데도 운이 따르지 않는 경우는 너무나 많다. 스포츠가 처절한 승부의 세계임을 다시 한 번 일깨우는 대목이다.

1952년 헬싱키 올림픽에 역도 페더급 대표 선수로 출전한 남수일 선수는 우리 선수단의 최고참 노장이었다. 일찍이 1939년 세계 최고 기록을 수립한 역도의 명장으로서 꾸준히 훈련을 쌓다가 '역도 인생'의 마지막을 장식하려는 큰 뜻을 가지고 출전했다. 그런데 헬싱키에 도착하자 그의 몸에는 이상이 생겼다. 썩은 어금니가 쑤셔 대는 바람에 제대로 연습을 할 수 없었다. 그는 선수촌 내 치과를 찾아갔는데, 의사는 앞뒤 가리지 않고 썩은 치아를 몽땅 뽑아 버렸다. 역도는 위아래의 이에 힘을 주고 질끈 깨물어야 바벨을 들 수 있는 경기이다. 힘을 받쳐 줄 한쪽 이를 빼 버리니, 그야말로 '이빨 빠진 사자' 꼴이 되고 말았다. 결국 그는 페더급 제1의 우승 후보였지만 치통으로 뜻을 펴지 못하고 자신의 기록에 크게 미달하는 9위에 그치고 말았다.

남수일과 함께 헬싱키 올림픽에 출전하려던 레슬링의 황재운은 불의의 사고로 늑골에 금이 가는 바람에 출전해 보지도 못하고 귀국을 하는 불운을 겪어야만 했다.

운명은 그야말로 운명일 뿐 최선을 다해 자신의 길을 달려가는 것만이 선수가 할 수 있는 모든 것이다. 최후의 순간, 운명이 승리의 미소를 보내 준다면 물론 기쁜 일이다. 그러나 그것은 인간의 힘으로는 어찌할 수 없는 것, 자신의 몫은 아니다. 스포츠는 분명 승부의 세계이다. 그러나 진정한 스포츠인이라면 도박사가 되어서는 안된다. 어디까지나 자신과의 싸움이다. 운명의 신이 변덕을 부려서 승리의 월계관을 씌워 주지 않는다고 해도, 자신과의 싸움에서 승리자가 된다면 그는 진정한 승리자라 할 것이다. 그것이 곧 스포츠의 매력이며 마력이다. 진정한 스포츠인의 길은 자기 완성의 길이기 때문에 그만큼 스포츠는 위대한 것이다.

불가능을 가능성으로 바꾸는 마력

제2장 · 불가능을 가능성으로 바꾸는 마력

스포츠는 선수와 관객이 한데 어울려 펼치는 축제의 마당이다. 때문에 스포츠 정신은 근본적으로 화합과 평화에 있다. 물론 경쟁의 장이기도 하다. 특히 엘리트 스포츠에서는 스포츠의 경기적 측면이 극대화되기 때문에 비정하리만치 철저한 승부의 세계이기도 하다.

스포츠의 승부 세계는 서부 영화에 나오는 총잡이들의 싸움과는 전혀 다르다. 매너와 규칙 속에서 정정당당히 승부를 가르고 이긴 사람이 진 사람에게 위로를, 진 사람은 이긴 사람에게 축하를 해주는 멋진 세계이다. 그러므로 스포츠 경기에서는 드라마보다 더 극적인 살아 있는 감동 이야기가 펼쳐지기도 한다.

스포츠는 영원해 보이는 세계에 자신을 던지는 모험의 세계이며 도전의 세계이다. 모험의 세계에서 위험은 오히려 매력적이다. 마찬가지로 스포츠의 매력은 스포츠가 자신의 한계를 시험하고 끊임없이 실패와 좌절을 요구하는 데 있다. 스포츠가 경기를 통해 승부를 가르는 비정한 세계임에도 불구하고 궁극적으로 자기 자신과의 싸움이며 자신의 성취감이 스포츠의 목적이 되는 것은 스포츠가 도전의 세계이기 때문이다. 자기 자신의 한계를 향해 떠나는 모험 여행, 그것이야말로 진정한 스포츠 정신이다.

스포츠는 관중과 함께 하는 축제의 장이지만, 또한 역사의 현장이기도 하다. 일제 시대 때 일본인과의 경기에서 조선인이 이기는 것을 보고 독립을 꿈꾸는 민족의 마음을 하나로 묶었듯이, 스포츠는 그 사회가 꿈꾸는 공동의 이상을 상징적으로 충족시켜 준다. 특히 국가간의 경쟁을 통해 국민들을 화합의 장으로 이끌어 내는데 스포츠만큼 효과적인 것은 드물다. 또 국제사회에서 국위를 선양하는 데에도 커다란 선전 매체가 된다. 88년 서울 올림픽을 통해 전세계에 '코리아'의 이름을 심어 준 것이 그 단적인 예이다.

스포츠는 선수에게는 철저한 자기와의 싸움이며, 관중에게는 자기 이상의 대리 만족과 실현의 장이고 선수와 관중이 한 몸이 되는 축제의 장이다. 스포츠를 종합예술로 보는 이유도 거기에 있다.

너는 한국인, 자부심과 긍지를 가져라

　크리스천 디올 안경에 루이 비통의 핸드백을 들고 칸타르 치즈에 코냑을 매일 마신다 해도 우리가 프랑스인의 역사적 체험을 우리 것으로 체질화시킬 수는 없다. 역시 귀여운 딸에게 독일제 피아노를 사주고 아침저녁으로 모차르트나 베토벤을 치게 한다고 해서 독일인이 될 수 없으며, 블루진을 입히고 록 음악을 들으며 아침저녁으로 햄버거를 먹는다 해도 미국적인 생활 체험까지 우리 것으로 만들 수는 없다.

　어느 민족이든, 그 민족에게는 나름의 기억이 있다. 프랑스인의 기억은 곧 프랑스적인 것이요, 프랑스인은 프랑스적인 것을 자랑하고 긍지를 갖는다. 영국인도, 중국인도 그렇고 유태인도 그렇다. 한국인이라고 해서 예외가 아니다.

　작은 나라에 태어난 한국인에게는 설움이 많다. 예로부터 중국과 일본 사이에 끼어 제 말과 제 풍속으로 살아오면서 제 나라를 지켜야 했던 선조들의 고초를 헤아릴 때 눈물이 나는 것은 마음이 약한 감상 탓만은 아니리라. 대륙과 섬으로부터 갖가지 침략을 견디고 살아온 선조들의 한결같은 염원은 언제나 다음 대에 가면 모든 것이 좀더 나아지려나 하는 바램이었다.

할아버지는 아버지의 세대에, 아버지는 아들의 세대에, 아들은 손자의 세대에 기대를 걸면서 우리는 이 터전에서 수천 년을 살아왔다. 그 미래에 대한 기대에의 푸념은 언제나 '우리는 이렇게 고생했지만 너희들이 크면 달라질 것'이라는 희망이었다. 그런 푸념도 대를 이어온 것이라고 생각할 때, 우리는 남달리 혈육의 정을 느끼는 동시에 영원히 계속되는 일종의 '운명'에 대한 깊은 시름을 느끼게 된다.

우리는 수천 년 동안 행복했던 시대를 살아 본 적이 별로 없다. 그래서일까, 개인과 겨레의 비운을 한탄하는 나머지 실의에 빠져 삶에의 적극성을 저버리는 사람들이 많았고, 눈앞의 개인적인 부귀영화에 사로잡혀 민족의 정기를 외면하는 부류도 없지 않았다. 그러나 대개는 투철한 민족의식을 바탕으로 선조들의 슬기를 포기하지 않으면서 스스로를 달래고 질타하면서 민족의 뿌리를 지키려 애를 써 왔다. 생각하면 생각할수록 대견스러운 민족이 아닐 수 없다. 예를 들어보자.

"의태에게 유도를 배우라고 한 것은 일본 사람들에게 지지 말라고 한 데 있었습니다. 어릴 때부터 주위 사람들로부터 귀여움을 받기는 했지만, 어쩌다가 얻어맞고 들어올 때는 분통이 터졌습니다. 같은 나라 사람이면 몰라도 타국의 객지에서 당하는 일이고 보면 그 분함은 이루 말할 수 없었습니다. 이런 감정은 타국에서 살아보지 않고는 아무도 모를 것입니다."

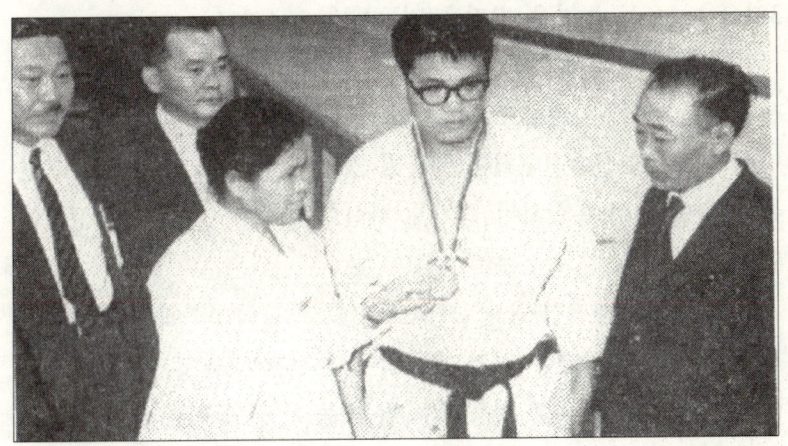

1964년 동경 올림픽 유도에서 동메달을 획득한 재일동포 선수 김의태

  유도가 올림픽 정식 종목으로 처음 채택된 1964년 동경 올림픽
에서 김의태 선수가 재일동포로서 태극 마크를 달고 출전하여 3위
를 획득, 훗날 유도의 종주국 일본을 제치고 세계 최강으로 자리잡
게 된 기틀을 마련한 것은 일제 식민지라는 시대적 역경을 딛고 일
어선 기백의 결실이었다.

  1925년 어쩔 수 없이 일본으로 건너간 그의 부친은 아들에게 유
도를 배우게 했다. 일본인들에게 천대받고 멸시받은 것이 서러웠기
때문이었다. 김의태 역시 일본인으로부터 설움을 받으면서 자랐다.
일본인들은 한때 식민지였던 조선 출신 재일동포들을 깔보았고 자
기들이 저지른 잘못을 부끄러워할 줄 모른 채 오히려 조선을 식민
통치한 것을 자랑으로 여기기도 했다. 이러한 분위기 속에서 성장
한 김의태는 타고난 소질과 체력, 그리고 굽힐 줄 모르는 투지 속
에 중학교 2학년 때 초단, 3학년에 2단, 이어서 고등학교 2학년 때

3단을 따는 등 놀라운 발전을 거듭했다.

1961년 천리대에 재학 중이던 그는 파리 세계유도선수권대회에 출전하여 4위를 차지함으로써 세계적인 선수로 주목받기 시작했다. 당시 세계유도선수권대회는 체급별 경기가 아니라 모든 체급의 선수가 구별 없이 통합하여 경기를 치렀으므로 4위는 대단한 성적이었다.

김의태가 세계적인 유망 선수로 떠오르자 학교측에서는 일본인으로 귀화해서 1964년 동경 올림픽에 출전할 것을 회유했다. 그러나 재일동포로서 온갖 설움과 차별을 몸소 겪고 아버지로부터 깊은 애국심을 이어받은 그는 이를 단호히 뿌리쳤다. 올림픽이 일본에서 열리고, 당시 일본은 유도 종주국으로 국제 유도계에 무소불위의 막강한 파워를 갖고 있었기에 일본인으로 귀화하여 출전했다면 김의태에게도 장미빛 미래가 보장되었을 것이다. 그러나 김의태에게는 오늘의 자신을 있게 해준 모국이 더 소중했다

"태극기를 단다면 몰라도 일장기를 달고 가지는 않겠다."

결연한 김의태의 의지였다. 이보다 1년 앞선 1963년 천리대학이 소련 원정을 계획했을 때도 그는 똑같은 말로서 거절한 적이 있었다. 그래서일까, 1961년 파리 세계유도선수권대회에 출전했을 때 프랑스 주재 한국 대사관의 극진한 대접에 감명 받고는 다음과 같이 말했다.

"한국 사람으로 태어났다는 자부심을 처음 느꼈습니다. 부러워하는 일본 선수들 앞에서 큰 소리로 우리 역사를 강의했습니다."

스포츠가 국민들에게 얼마나 커다란 자긍심을 심어 주는가는 일제하 35년의 암흑기에 자전거 선수 엄복동이 비행사 안창남과 함

께 큰 인기를 누린 데서도 잘 나타났다.

그 시절, '떴다 하면 안창남, 탔다 하면 엄복동'이란 유행어와 함께, 콜롬비아 레코드사에서 만든 '이팔청춘가'의 가사를 바꿔 '떴다, 보아라 안창남의 비행기, 내려다보니 엄복동의 자전거, 간다 못 간다 얼마나 울었나…'의 노래가 유행했었는데, 여기에는 은빛 두 바퀴에 식민지 백성의 한과 뜨거운 민족애를 싣고 30여 년간 조국의 산하를 누비면서 일제를 극복했던 민족의 긍지와 자부심을 일깨워 준 그의 기상이 생생하게 살아 숨쉬고 있었다.

엄복동은 1892년 서울에서 태어나 보통학교를 졸업하고 상점 점원으로 전전하는 등 어린 시절을 매우 불우하게 보냈다. 그러나 25세 때인 1913년 그가 일하던 자전거 대리점(일미상회)의 선수로서 전국자전거대회에 출전하여 우승하면서부터 '은륜의 삶'을 본격적으로 시작했다. 그는 1913년부터 1928년까지 전국 방방곡곡을 누비며 거의 모든 대회를 석권하다시피 했다. 강직하고 집념이 강한 그는 경기 때 상대 선수와 부딪치거나 코너를 잘못 돌아 넘어져 부상을 당해도 끝까지 달려 역전극을 펼치기 일쑤였다. 1920년 5월 2일자 동아일보의 기사를 보면, 이러한 그의 면모가 잘 드러나 있다.

"다른 일본 사람이 엄군보다 몇 회를 뒤떨어져 명예의 일등은 의심 없이 … 심판석에서는 별안간 중지를 명령함에 엄군은 분함을 이기지 못하야 나를 일등을 안이주려고 하난 교활한 수단이라 브르지즈며 '이까진 우승기를 두엇다 무엇하느냐'고 우승기를 잡아꺾으매 열해잇든 일본 사람들이 일시에 달녀드려 엄군을 구타하야 … 피까지 흘리게 되매 일반 군중들은 소리를 치며 엄복동이가 마저죽는다고 운동장 안으로 물결가치 달녀드러 욕하는 자, 돌던지는

일제 때 사이클로 울분을 달랬던 엄복동의 현역 시절

자, 꾸짖는 자 형형색색
에 분개한 활동은 자못
위험한 지경에 이르러
스나…."
(당시 표기대로임)
그의 자전거에 대한 대
중의 인기는 폭발적이
어서 당시로서는 엄청
난 규모인 2~3만 명의
관중이 입장했는가 하
면, 그의 사진을 담은
카드까지 등장하여 불
티나게 팔리기도 했다.
말하자면 우리 겨레는
그의 뛰어난 기량을 통
해 망국의 한과 피압박
의 울분을 풀었고, 민족
의 힘을 재확인했던 것

이다. 스포츠뿐만 아니라 모든 분야에 걸쳐 '우리도 노력만 하면
반드시 일본을 이겨낼 수 있다'는 희망과 자긍심을 불어넣어 주었
던 것이다.

1936년 베를린 올림픽에서 손기정, 남승룡이 1, 3위를 차지하고,
뒤이은 동아일보의 일장기 말소 사건 역시 한국인으로서의 자부심
과 긍지를 극명하게 드러낸 한 예이다. 상해 임시정부 김구 선생이

1946년 베를린 올림픽 마라톤 우승 10주년 기념 축하회에서 손기정 때문에 세 번 울었다는 고백을 되새겨 보자.

"10년 전, 베를린에서 망국민의 한 청년으로서 세계 열강의 젊은이들과 사투를 벌여 우승했으나 조선 사람이면서도 조선 사람으로 행세하지 못해 신문지상에서 그대들의 가슴에 달린 일장기를 보면서 나는 울었다. 태평양 전쟁이 일어났을 때 중국의 중경에서 손기정이 일본군에 지원, 필리핀에서 전사했다는 소식을 듣고 불쌍해서 울었다. 그리고 오늘 죽었다던 손군을 광복한 조국 땅에서 다시 보니 감격해서 또 눈물을 흘리고 말았다."

누구나 외국에 나가면 애국자가 된다고 말한다. 특히 조국에 대한 자부심과 긍지를 안고 국제경기에 출전하는 운동 선수라면 누구랄 것 없이 애국자가 되게 마련이다. 그러나 우리 선수에 대한 국민적 기대는 다른 나라에 비해 남다르다. 유럽의 국민들은 경기에 임하는 선수들에게 행운을 빌거나 최선을 다하라는 격려만이 있을 뿐이지만, 우리의 경우는 '이번 시합은 반드시 이겨야 한다'는 정신적 압박감이 한결 무겁게 작용한다. 물론 이 압력이 때로는 선수 자신의 기량과 기술과 힘의 안배를 흩어 놓아 역효과를 낳을 때도 있지만, 패하더라도 민족의 기개와 정신을 극명하게 드러낼 것을 요구한다.

일찍이 단재 신채호가 서간도에서 궁색한 망명 생활을 하고 있을 때, 춘원 이광수가 같은 집에서 기거하고 있었다. 신채호가 아침마다 세수만 하고 들어오면 단벌인 누비옷 앞자락이 물에 흠뻑 젖어 있곤 하여 춘원이 그 옷을 볕에 말리는 일이 일과였다고 한다. 고개를 뻣뻣이 세우고는 세숫물을 두 손으로 걸어 올려 얼굴을 씻으니 그 물이 옷섶에 떨어지지 않을 수 없었다.

옷 말리기에 짜증이 난 춘원이 "세수할 때 고개를 좀 숙이고 하시면 옷이 젖지 않을 게 아닙니까" 라고 투덜거리자, 신채호는 "그 천한 세숫대야에게 존귀한 머리를 숙인단 말인가?" 라고 하면서 우리 나라가 기를 못 펴고 살아왔고, 또 이 꼴로 망명해서 살아야 하는 원인이 모두 줏대 없는 버릇 때문이었다고 훈계했다. 고루한 습벽에서가 아니라 그의 주체적 집념을 세수하는 데까지 생활화하고 살았던 셈이다. 그러기에 그는 "내가 죽으면 왜놈들이 발길질하지 못하도록 화장을 해서 재를 만들어 바다에 뿌려라" 라고 유언에 남겼다.

승리의 미소를 짓는 우승자는 한 명뿐이며, 많은 참가자들이 도중에 좌절을 겪는 것이 스포츠의 속성이자 생리라는 것은 당연하다. 누구나 마지막에 흐뭇한 승리의 미소를 지으려고 노력하지만 그렇게 될 수는 없다. 어쩌면 스포츠에서 승리의 기쁨을 만끽하기 전에 먼저 패전과 좌절의 아픔을 추스르고 극복하는 지혜를 터득해야 할지 모른다.

그러나 승리자가 되었든 패배자가 되었든, 한국인이라는 자부심과 긍지를 잃지 말아야 할 것은 분명하다. 고통과 고난, 역경으로 점철된 우리의 근대 체육사에서 수많은 운동 선수들은 2천여 년 동안 고개 숙여 살아온 민족의 등뼈가 아픈데도 유독 머리를 뻣뻣이 세우고 세수하고 있는 단재 신채호 선생의 선명한 조국관을 기억하고 있었다.

스포츠 외교의 탁월한 성과

서울 올림픽이 막을 내린 지도 어느 새 10년이 되었다. 널리 알려진 것처럼 서울 올림픽은 동서 진영의 갈등으로 와해 위기에 놓여 있던 국제올림픽 운동을 하나로 다시 뭉치게 한 인류의 제전이었다. 세계 정치사의 흐름을 '냉전'에서 '탈냉전'으로 바꿔 놓았을 뿐더러 선진 공업국만이 주최하여 왔던 올림픽을 개발도상국가인 우리 나라가 주최했다는 점에서 전세계의 수많은 개발도상국가들에게 꿈과 희망을 심어 준 이벤트였다.

무엇보다도 서울 올림픽은 식민지, 분단, 전쟁, 폐허, 가난이 대명사였던 변방의 우리 나라가 세계사의 중심, 인류 무대의 한복판에 당당히 우뚝 서게 한 쾌거였다. 그 때까지만 해도 대부분의 외국인들은 '코리아'라고 하면 '전쟁' '가난' '분단국'이란 이미지만을 떠올리고 있었던 것이다. 그렇기에 서울 올림픽은 큰소리 한 번 쳐보지 못하고 어깨 한 번 제대로 펴 보지 못한 우리들에게 크나큰 민족적 긍지와 자부심을 갖게 했으며 온 국민을 한 덩어리로 묶는

1972년 사라예보 탁구 신화의 주역 이에리사(우측)와 정현숙

기폭제 역할을 했다.

6백만 해외동포들에게도 마찬가지였다. 우리 나라는 1970년 아
시안게임을 유치한 적이 있었다. 그러나 경제적 여건이 여의치 못
해 자진 반납하고 배상금 25만 달러까지 물면서 태국에 넘겨줬다.
이렇게 볼 때, 서울 올림픽은 스포츠 행사 이상의 의미를 우리들에
게 던져 주었다. 말하자면, 스포츠는 정상적인 외교적 접근으로는
수십 년 걸려도 이루지 못할 일들을 일거에 해결하는 마력을 지니
고 있는데, 그 효과를 톡톡히 본 것이 서울 올림픽인 셈이다.

1972년 당시 동구 공산권 국가이던 유고의 사라예보에서 개최된
세계탁구선수권대회에 우리 여자 선수단은 사상 처음으로 '죽의 장
막'으로 일컬어지던 난공불락의 중국 탁구를 제치고 단체전에서 우
승을 차지했다. 사라예보 신화의 주역 이 에리사 선수는 이렇게 말

했다.

"경기가 끝난 다음날 깨어 보니 우리 모두가 유명해져 있었습니다. 사라예보 전체가 우리를 알아보았습니다. 가는 곳마다 '코리아' 바람이었어요. 그들은 우리를 보고 '작은 나라에서 큰 일을 해냈다' 고 칭찬하더군요."

스포츠가 아니었으면 이곳 유고에까지 동쪽 변방의 작은 국가인 코리아가 알려지기 위해 얼마나 긴 시간이 더 필요했을지 모른다. 이보다 더 큰 외교적 성과가 어디 있겠는가.

미군정 시기였던 1947년, 보스턴 마라톤대회에서 서윤복 선수가 2시간 25분 39초의 세계 최고기록으로 우승하자, 누구보다도 가장 먼저 기뻐한 사람은 당시 뉴욕에 머물고 있던 임영신(중앙대 설립자) 여사였다. 당시 그녀는 한반도에 대한 4강대국의 신탁통치를 해제 하고 하루라도 빨리 대한민국의 완전한 독립정부 수립을 위한 외 교 활동을 펴고 있었는데, 우승 소식을 듣자마자 "됐어!" 하고 크게 손뼉을 쳐 댔다. 스포츠 경기에서 승리한다는 것이 외교적으로 얼 마나 큰 힘을 발휘하는가를 잘 알고 있는 그녀였다.

그녀는 서윤복 선수 일행으로 하여금 곧바로 귀국하지 말고 재 미교포 가정을 몇 차례 방문할 것을 권유했다. 일제 박해를 피해 미국에 와서 언어와 풍습이 다른 가운데 갖가지 수모를 참으며 조 국 광복의 날을 기다려 온 동포들의 손을 일일이 만져 준다면 재미 교포들은 자랑스런 모국이 있다는 것을 기쁘게 생각하고 씩씩하게 살아갈 것이며, '코리아'라는 이름을 미국에 알리고 우리의 입장을 유엔에 우호적으로 전달할 수 있는 분위기를 조성할 수 있을 것이 라는 그녀의 생각은 적중했다.

당시 뉴욕에는 임영신 외에 조병옥, 장면 등 한국 정계를 대표한 많은 인물들이 독립 외교를 열심히 펴고 있었으나 힘이 부치고 있던 상태였다. 유엔 주재 각국 대표들에게 신생 독립국가를 지향했던 '대한민국'의 위상이 제대로 먹혀들지 않고 있었다.

임영신 여사를 비롯하여 뉴욕에 있던 우리 정치인들은 서윤복의 마라톤 우승을 축하하는 자리를 마련하고 뉴욕의 체육계, 경제계 및 저명인사들, 그리고 유엔 주재 외교사절들을 초청했다. 장소는 뉴욕에서도 손꼽히는 명문 펜실베니아 호텔이었다. 축하 모임은 그해의 뉴욕 사교사에 기록될 만큼 대성황을 이루었다. 초청한 유엔 주재 외교사절 중 참석치 않은 사람은 거의 없었다. 평소 고자세를 취하면서 잘 만나 주지 않던 각국 외교관들로서도 미국 전역을 떠들썩하게 만든 한국의 마라톤 선수가 궁금했던 모양이었다.

그 자리에서 마음껏 외교 활동을 펼친 임영신 여사는 그 때까지 해결될 기미가 전혀 보이지 않던 일이 뜻하지 않은 곳에서 돌파구를 찾은 기쁨에 감격해서 엉엉 울었다. 서윤복의 손을 잡고 연신 고맙다는 말을 되풀이했다.

이 자리는 훗날 한국 스포츠계에 커다란 경사를 가져온 계기가 되기도 했다. 개인 사정으로 참석하지 못해 미안하다는 국제올림픽위원회 브런디지 부위원장의 전보가 그것이었다. 전보에는 한국의 국제올림픽위원회 가맹을 위해 적극 노력해 주겠다는 내용도 담겨 있었다. 당시 국제올림픽위원회가 어떤 단체인지 미처 파악하지 못하고 있었던 우리로서는 그 때부터 부랴부랴 국제 스포츠계의 움직임을 조사하기 시작했다. 말하자면, 서윤복의 세계 마라톤 제패가 한국 스포츠 외교의 서장을 열게 한 지렛대 역할을 한 것이다.

그런가 하면, 1950년의 보스턴 마라톤대회에서 1, 2, 3위를 모조리 휩쓸어 한국 마라톤의 제2의 황금기를 장식한 함기용, 송길윤, 최윤칠은 외국 기자와 인터뷰할 때마다 "우리처럼 잘 달리려면 한국 고유의 음식인 김치, 고추장, 깍두기 등을 많이 먹어야 한다"고 말하여 민간 외교사절로서의 역할을 톡톡히 하기도 했다. 따지고 보면, 우리 선수가 국제경기에서 영광을 차지할 때마

88 서울 올림픽 개막식에서 입장하는 한국 선수단

다 느끼는 기쁨은 분명 경기에 이겼다는데 있다. 하지만, 그보다 더 귀한 것은 거기서 우리 국민이 지니는 가능성을 실감하게 된다는 데 있다.

베를린 올림픽에서 손기정, 남승룡 두 선수가 1등과 3등의 영광을 차지했을 때, 소설 '상록수'를 쓴 심훈이 세계를 향해 절규한 것은 "이래도 너희들은 우리를 약한 족속으로 생각하겠느냐"는 선언이었다. 거기에는 강대국에 눌려 살아야 했던 한민족의 정당한 반

항과 자신감 회복이 세차게 표현되어 있다. 물론 스포츠 경기 자체는 외교 활동이 아니다. 스포츠 경기는 어디까지나 기(技)와 힘을 겨루는 승부의 장일 뿐이다. 그러나 올림픽을 비롯한 국제 스포츠가 국력의 대결장으로 변모한 오늘날, 거기에는 전쟁을 방불케 하는 스포츠 외교가 펼쳐지게 마련이다.

70년대 본격적으로 이륙을 시작하여 오늘날 '동방예의지국'이란 낱말 대신, '동방 체육대국'이란 낱말이 나올 정도로 한국이 세계적인 체육 강국으로 발돋움한 밑바탕에는 많은 체육 지도자들의 탁월한 역량과 노고가 깃들어 있다.

국제무대에서 체육 한국의 위상을 높이기 위해 밤낮으로 뛴 지도자들은 여기서 일일이 열거할 수 없을 정도로 많다. 대한체육회와 올림픽위원회, 종목별 경기단체, 그리고 각종 민간단체 등에서 수많은 인물들이 지금 이 순간에도 국위 선양을 위해 스포츠 외교 무대에서 활동하고 있다.

스포츠 외교의 선구자인 이상백을 보자.

대구고보 재학 시절인 17세 때 3·1운동에 앞장섰다가 옥고를 치르기도 했던 그는 1920년 일본 와세다대학에 유학하면서 본격적으로 스포츠 활동을 시작했다. 1백 84센티미터나 되는 등 신체 조건이 좋아 비교적 일찍 대성할 수 있었던 그는 선수 시절 국제대회에서 뚜렷한 성과를 내지는 못했지만, 일본 체육계를 주름잡는 지도자로 자리잡으면서도 자신이 한국인임을 결코 잊지 않았다.

그가 최연소 일본체육협회 이사를 거쳐 상무이사, 전무이사 등 일본 체육 행정의 사령탑 노릇을 할 때였다. 1932년 로스앤젤레스 올림픽 마라톤에 일본 선수단의 일원으로 참가한 권태하가 부산을 떠나 일본 시모노세키에 내렸다. 일본 당국은 경찰의 도항 증명서가 없다는 것을 빌미로 권태하를 체포하려 했다. 이 과정에서 일부 격투가 벌어졌다. 이 소식을 전해들은 이상백은 한걸음에 일본 경시청으로 달려가 항의, 사과를 받아 내고 관련자를 처벌토록 했다. 조선인으로 일본 대표단에 낀 것도 서러운데, 민족 차별까지 당한 설움이 응어리진 분노였던 것이다.

그는 1941년 태평양전쟁의 전운이 짙어지자 일본체육협회 전무이사와 일본농구협회 상무이사 등 일체의 공직을 내놓고 와세다대학 재외 특별연구원의 자격으로 북경으로 갔다. 그곳에서 연구 활동보다는 상해 임시정부와 접선하여 광복 활동에 더 열심히 참가했다. 항일 독립투사로 중국군 육군 중장이었던 맏형(이상정)의 뒤를 이어 활동한 것이다. 우리에게 너무나 잘 알려진 항일 민족시 '빼앗긴 들에도 봄은 오는가'를 지은 시인(이상화)이 그의 둘째형이고 보면, 그의 핏속에는 남다른 저항 의식이 자리잡고 있었으리라. 광복 후 귀국한 그는 지난날의 정통하고 전문적인 지식과 경험을 살려 조선체육회, 올림픽위원회를 조직하고 국제기구에 가입하는 데 크게 기여했다.

한국 스포츠의 막전 막후에서 활동하는 스포츠인 중에는 경기인 출신이 대부분이다. 이들은 선수 시절 피나는 훈련 과정에서 쌓은 물러나지 않는 투지와 배짱, 도전 의식을 무기로, 그리고 스포츠에 대한 남다른 애정으로 국제 스포츠 무대에서 탁월한 역량을 발휘했다. '한번 스포츠인이면 영원한 스포츠인'이란 말이 있듯이, 평생을 체육계에 몸담아 살아온 이들 덕택에 지금 우리의 체육은 당당히 선진국의 대열에 서 있는 것이다.

자기 한계와 싸우는 용기

의학계에서는 '죽음의 정의'로 다음 네 가지 조건을 들고 있다. 첫째, 심장의 고동이 15분 이상 정지한 상태, 둘째 인공호흡이 끝난 후 5분이 지나도 숨을 쉬지 못하는 상태, 셋째 뇌파를 기록하는 기계가 둘 이상 5분간 아무런 반응도 나타내지 않는 상태, 넷째 최후로 두 명 이상의 의사가 환자의 죽음을 증명할 때이다.

그러나 죽음의 정의는 여러 가지이다. 의학적인 죽음은 어디까지나 신체적인 면에서만 정의되지만, 세상에는 단지 심장이 뛰고 숨을 내쉬고 있다고 해서 살아 있다고 볼 수 없는 경우가 너무나 많다. 경제적으로 볼 때 '돈'이 없으면 살아 있어도 허수아비나 다름없다. 어쩌면 세상에는 병에 걸려 죽는 사람보다도 돈 때문에 죽는 사람이 더 많을지 모른다. 그렇다면 스포츠인에 대한 죽음의 정의는 무엇일까. 두말할 나위 없이 그것은 투혼이다.

'풍파에 놀란 사공, 배 팔아 말을 사니…'라는 옛 시조가 있다. 풍파가 무서워서 배를 파는 사공만 있다면, 인간은 영원히 바다로 진출할 수 없었을 것이다.
풍파를 두려워하지 않는
사공, 그리고 풍파를 이기
기 위해 더욱 노련한 기술
과 더욱 큰배를 만들려는
의지에서 인간의 문명은
비로소 발전된 것이라 할
수 있다.

　무슨 일이 닥쳤을 때, 그
것에 대응하는 인간의 행
태는 두 가지로 나타난다.
하나는 그것을 극복하는
사람이고, 다른 하나는 그
것을 피하는 사람이다. 스
포츠인이라면 당연히 경쟁
의 소용돌이에 뛰어드는
적극적인 삶의 자세가 전

1996년 애틀랜터 올림픽 성화 봉송에 나선 12세의 지체장애 소년

제되어야 한다. 아니, 죽더라도 최선을 다한다는 용기와 신념이 각
인되어 있어야 한다.

　1956년 멜버른 올림픽의 레슬링에서 4위에 입상한 '손가락이 없
는 레슬러' 이상균의 투혼이야말로 진정한 스포츠인의 정신을 집약
시킨 대표적인 사례이다. 레슬링은 상대방의 몸을 잡아 매트에 누
르는 경기이다. 따라서 손가락의 힘이 경기에 크게 영향을 미친다.
그러나 이상균은 왼손 엄지에서 중지까지 손가락 세 개가 없다.

1951년 특무대 문관으로 근무하던 중 수류탄 폭발 사고로 손가락을 잃어버렸던 것이다. 그 내막을 살펴보자.

1951년 5월의 어느 날, 당시 육군 특무대 문관으로 있으면서 레슬링 훈련에 전념하고 있던 이상균에게 불법무기 수색 작전 명령이 하달되었다.

이상균은 서울 분견대 소속 2명과 함께 무기가 숨겨져 있다는 금호동으로 출동했다. 수색 장소는 일제 시대 때 일본인이 살던 집이었다. 지하실에 가보니, 총기 몇 자루와 수류탄 수십 개가 있었다. 중공군이 서울에서 도망칠 때 내버려두고 간 것이었다. 오랫동안 쓰지 않았던지 수류탄 손잡이에는 녹이 슬어 있었다.

그는 동료 대원들과 함께 수류탄을 마당으로 옮기기 시작했다. 양손에 수류탄들을 한 움큼 쥐고 마당으로 나서려는 순간이었다. 불현듯 손에 쥐고 있던 수류탄에서 '딸깍!' 하는 소리가 났다. '깡통 수류탄'이라고 불리는 것이었는데 꼭지가 삭아 안전장치가 느슨해져서 손으로 잡을 때 안전핀이 떨어진 것이었다. 놀란 대원들은 이상균에게 소리쳤다.

"수류탄을 던져 버려!'

주위를 둘러보니 마당에 사용하지 않던 우물이 있었다. 그러나 어린아이 서너 명이 우물 근처에서 놀고 있었다. 순간, 그는 주저했다. 혹 파편이 튀어 어린아이들가 상처를 입으면 어쩌나 하는 생각이 머리를 스쳐 지나갔다. 엉거주춤 머리 위로 치켜들고 있는데 그만 꽝 하는 소리와 함께 수류탄이 터졌다.

파편이 몸 여기저기에 꽂히는 느낌이 들면서 이상균은 '아차, 양복이 못쓰게 됐구나' 라는 생각을 했다. 그날 따라 이상균은 한 벌밖에 없는 여름 양복을 입고 수사에 나섰던 것이다. 다행히 수류탄이 머리 위에서 터져 허벅지에 파편이 꽂혔지만 가슴 부위에는 맞지 않아 목숨만은 구할 수 있었다. 그러나 레슬링 선수에게 목숨과도 같은 손가락 세 개를 잃어버리고 말았다.

병원에서 퇴원한 그는 손가락이 날아가고 없는 환부에 솜을 대고 목장갑을 낀 채 부산으로 갔다. 레슬링을 지도해 주던 스승 황병관을 찾았다. 스승은 제자의 참담한 몰골을 보고는 눈물을 감추지 못했다. 그러나 이내 입술을 깨물면서 "레슬링은 손가락 없어도 할 수 있어! 마음먹기에 달린 거야" 라고 위로했다. 스승의 격려는 어쩌면 레슬링을 포기해야 할지 모른다고 걱정하고 있던 이상균으로 하여금 다시 매트 위에 올라설 용기를 불어넣어 주었다.

우선 황병관은 이상균이 경남도청 구내의 상무관에서 훈련할 수 있도록 주선했다. 그리고 손가락이 없는 불구의 몸으로 상대방을 제압하는 공격법을 개발했다. 그것은 불편한 왼팔로 상대방의 팔을 빗지르고 오른팔은 상대방의 겨드랑이 밑으로 돌려 상대방의 목을 휘감아 힘을 주는 기술이었다. 레슬링의 정통 공격법 가운데 하나였지만, 이상균처럼 손가락을 활용할 수 없는 선수에게는 매우 안성맞춤인 전법이었다.

이상균은 밤낮을 가리지 않고 이 전법을 몸에 익혔다. 그리고 그해 10월 전남 광주에서 열린 제32회 전국체육대회에 출전했다. 전선에서는 아직도 혈전이 벌어지고 있는 전쟁시기에 열린 대회인지라 출전 선수가 별로 많지 않았다. 그렇지만 이상균은 48킬로그램급(플라이급)에서 투혼을 발휘하여 우승을 차지했다.

경기를 하면서 이상균을 가장 괴롭힌 것은 손가락이 잘린 부위

1956년 멜버른 올림픽 레슬링 최종선발전에서의 이상균

에 조그마한 자극만 가해도 어김없이 찾아오는 통증이었다. 환부가
완전히 아물기에는 시간이 너무 빨랐던 것이다. 그는 환부에 소스
라치는 통증을 느낄 때마다 2, 3분간 주춤거리면서 통증이 멈추기
를 기다렸다. 스승으로부터 터득한 기술을 마음대로 쓸 기회가 별
로 없었다.

　어쨌든 손가락 세 개가 없는 손으로 차지한 우승은 그에게 남다
른 각오를 다지게 해주었다. 손가락이 없지만 레슬링은 얼마든지
잘 할 수 있다는 결연한 결의가 아니라, 태어날 때부터 손가락이
없었다고 하자는 비극적인 결의였다. 그 이듬해 10월 서울에서 열
린 제33회 전국체육대회에도 또다시 출전했다. 역시 북쪽으로 1백
리가 채 떨어지지 않은 전선에서 유엔군과 공산군 사이에 총화가
치열하게 오가고 있을 때였다.

　서울운동장 축구장 한 모퉁이에서 열린 레슬링 경기에서 이상균

은 결승전에 진출하여 서울대 사대의 이근이란 선수와 맞붙었다.

상대방을 어렵지 않게 넘어뜨려서 폴 직전까지 몰고 갔는데, 마침 눈앞에서 군악대가 멋진 행진곡을 연주하며 지나갔다. 이상균은 상대방을 누른 채 경쾌한 리듬에 맞추어 행진하는 군악대 행진을 신기한 눈초리로 쳐다봤다. 상대방을 누르던 팔에 힘이 빠진 것은 자명했다. 찬스를 놓칠세라 상대방의 되치기 공세가 시작되려는 것을 느낀 이상균은 정신을 차려서 공격을 계속하고자 자세를 바로 잡는데 옆구리에서 뚝 소리가 났다. 늑골이 무너진 것이다.

순간, 견디기 어려운 아픔을 느꼈으나 이상균은 자세를 흐트러뜨리지 않고 끝내 우세를 지켜 판정승으로 우승을 차지했다. 심판이 승자의 팔을 들어올리려고 하자, 이상균은 외마디 비명을 질렀다. 비로소 심판은 그가 부상을 입은 것을 알고는 서둘러 병원으로 향하게 했다. 그날 저녁, 임원들은 늑골 부상을 입고 뼈가 나갔는데도 경기를 포기하지 않고 승리를 따낸 이상균의 투지에 놀라 '천하에 다시없는 독종'이라면서 혀를 내둘렀다.

결국, 멜버른 올림픽에서 4위를 차지하여 우리 나라 레슬링 역사상 첫 입상 기록을 남긴 그의 쾌거는 이처럼 불구의 상흔, 그리고 부상을 딛고 일어서 싸운 투혼의 값진 결과이기에 더욱 소중한 것으로 우리들에게 기억되고 있다. 그래서일까, 그는 선수 생활을 마치고 지도자의 길을 걸으면서 1964년 동경 올림픽 은메달리스트인 장창선을 비롯한 수많은 후진을 양성했으며 한국 레슬링 발전에 전 생애를 바쳤다. 주어진 조건의 한계를 극복하고 자신이 추구하는 삶의 목표를 향해 온갖 역경을 이겨낸 인간 승리인 것이다.

1968년 멕시코 올림픽에 출전한 레슬링의 안천영은 목숨을 건

투혼을 발휘하여 사람들에게 잊을 수 없는 강한 인상을 심어 주었다. 유망한 메달 후보였던 그는 1차전에서 모로코 선수에게 판정승, 2차전에서 폴란드 선수와 무승부를 기록했다. 그러나 3차전에서 터키 선수와 경기를 벌이다가 늑골을 크게 다치고 말았다. 근육이 파열되고 늑골이 튀어나왔다. 무승부를 기록하여 4회전에 진출할 수 있게 되었지만, 더 이상 경기를 진행할 수 없는 상황이었다. 코치스텝은 더 큰 불상사를 우려하여 다음 기회를 보자고 달래면서 출전을 말렸다. 그러나 안천영의 의지는 확고했다.

'내 사전에 포기란 단어는 없다.'

그는 튀어나온 늑골 부위를 붕대로 칭칭 동여매고 4회전에 출전했다. 마주한 상대는 이 대회에서 4위를 차지한 그리스 선수 모치다스였다. 모치다스의 기량은 안천영에 비해 한 수 아래였지만, 늑골 부상을 입은 안천영으로서는 힘을 쓸 수가 없었다. 결국 태클한 번 제대로 걸어 보지 못하고 판정패 당했다. 경기가 끝난 직후, 안천영은 앰블런스에 실려 병원으로 갔다.

혹자는 안천영의 이런 태도를 가리켜 '미련하다'고 할지 모른다. 그러나 그는 그 길만이 자신의 삶을 제대로 사는 길이라고 믿었고 실천에 옮긴 것이다. 비록 메달 획득에는 실패했지만 최선을 다했다는 흐뭇한 마음에 그는 자신의 패배를 스스로 위로할 수 있었을 것이다.

"머리끝에서부터 발끝까지 올림픽을 향해 매진해야 금메달을 딸수 있습니다. 조금이라도 한눈을 팔면 이미 올림픽 금메달은 내 것이 아닙니다."

이 말은 1984년 로스앤젤레스 올림픽의 레슬링 자유형 68킬로그램급에서 금메달을 차지한 유인탁의 우승 소감이다. 동양인으로는 비교적 무거운 체급인 68킬로그램급에 출전한 그는 일본 선수와 준결승전을 치르면서 허리를 크게 다쳤다. 이기기는 했지만 결승전에 출전하는 것은 무리라는 의사의 진단이 내려졌다. 그러나 그는 쓰러지더라도 매트 위에 있겠다는 각오로 의사의 만류를 물리치고 결승전에 나갔다. 상대는 미국 선수 레인 엔드류였다.

유인탁은 경기 시작을 알리자마자 공격적으로 덤벼들었다. 부상당한 몸으로는 초반에 득점을 따 놓지 않으면 이기기 어렵다는 판단이었다. 점수는 3대 0. 이 때부터 그는 점수 지키기에 들어갔다. 그러나 상대 선수 역시 만만치 않았다. 경기 종료 20초를 남겨 놓고 엔드류는 5대 4까지 추격해 왔다.

경기 종료 10초 전이었다. 엔드류가 유인탁의 부상당한 허리를 껴안고 공격해 왔다. 여기서 허리가 돌아가면 5대 5 동점이 된다. 연장전이 벌어지면 부상당한 몸으로 사력을 다한 유인탁으로서는 승산이 없다. 그는 눈을 질끈 감고는 있는 힘을 다하면서 버티게 해 달라고 기도했다. 상대 선수의 두 손이 악마처럼 조여 왔고 숨 가쁜 시간이 흘러가면서 허리는 점점 아파 왔다. 그러나 머리 속에는 오로지 버텨야 산다는 생각만이 전부였다.

3초 전, 2초 전…. 마지막 순간, 유인탁은 허리에 알 수 없는 힘이 솟구치는 것을 느꼈다. 체력의 한계를 뛰어넘으려고 안간힘을 쏟는 그에게 신이 미소를 보낸 것이다. 곧이어 경기 종료를 알리는 벨이 울렸다. 그 순간, 허리 아픈 것도 잊은 채 벌떡 일어나서는 한 손을 치켜들고 매트 위를 정신없이 돌았다.

기적처럼 마지막 20초를 견뎌 낸 그의 눈에는 눈물이 가득했다.

허리의 통증은 참아 냈지만 흐르는 눈물은 막을 수 없었다. 그러나 유인탁은 쓰러지고 말았다. 금메달을 확정시키고 나서 소변 검사를 받기 위해 의무실로 가던 도중 복도에서 쓰러지고 만 것이다. 결국 유인탁은 올림픽 사상 최초로 휠체어를 타고 시상대에 나온 선수가 되었다.

그는 우승자이므로 당연히 금메달을 목에 걸었다. 그러나 그 메달에는 단순히 경기에서 우승했다는 의미 이상의 것이 담겨져 있었다. 부상을 입었지만, 자신의 한계와 싸워 이겼다는 투혼의 값진 승리였던 것이다. 뮌헨 올림픽에서 수영 7관왕에 오른 미국의 수영 선수 마크 스피츠는 이렇게 말한 적이 있다.

"세상 사람들은 내가 금메달을 따는 것을 마치 사과나무에서 사과를 따는 것처럼 생각할지 모르나 결과보다는 원인 행위가 무엇보다 중요한 것임을 알아야 한다."

스포츠 선수라면 누구나 승자이기를 바란다. 그리고 세상 사람들은 승자만을 영웅으로 대접한다. 그러나 승리라는 결과보다는 그것을 가능케 만들기 위해 얼마나 노력했는가 하는 그 과정에 진정한 스포츠 정신이 담겨져 있다. 성공한 삶이 그렇지 못한 삶보다 더 가치 있는 삶이라고 단정지을 수는 없다. 스포츠도 마찬가지인 것이다. 특히 스포츠는 다른 분야와 달리 자신의 한계를 극복하기 위해 얼마나 노력했는가 하는 눈물의 땀과 피의 가치를 요구한다. 때로는 생명의 위협을 느끼기도 하기 때문이다. 그럼에도 불구하고 선수가 그 자리에 서 있는 것은 그 길이 선택한 삶이기 때문이다.

'라이벌'은 승부의 묘약

'라이벌'이라는 단어를 쓸 때, 우리말로 바꾸면 어떻게 해야 할까 고민하는 경우가 많다. '적'이나 '원수'라고 번역하면 그 뜻이 너무 약해지고, '경쟁자'라고 하면 그 뜻이 너무 넓어진다. 선의의 적수라고나 할까. 그 말 속에는 가깝고 친근하면서도 서로 상대방에 신경을 쓰며 경쟁하는 묘한 뉘앙스가 담겨져 있다.

원래 라이벌이란 말의 어원은 강가에 사는 사람들을 뜻했다고 한다. 리버(江)와 사촌쯤 되는 말이라고 할까. 똑같은 강물을 마시고 사는 강촌 사람들은 사이가 가까우면서도 강물의 이해관계 때문에 한편으로는 경쟁심이 생겨난 데서 유래된 말이다.

세상에는 별의별 라이벌이 많다. 대중들의 인기를 자기편으로 끌어들이기 위한 연예인의 라이벌, 권력과 명성을 얻기 위한 정치적 라이벌, 돈을 놓고 다투는 기업 세계의 라이벌 등 종류도 다양하다. 그러나 스포츠 세계의 라이벌은 좀 유별나다. 혼자 하는 경기이건, 여러 사람이 어울려 하는 경기이건 간에 스포츠의 승패는 우선 자

영원한 맞수 연세대와 고려대의 정기전 럭비 경기

기와의 싸움에서 결정되기 때문에 가장 큰 라이벌은 바로 자기 자신이 될 수밖에 없다. 말하자면 정신력이 승패의 관건이다.

스포츠 경기에서 승부를 좌우하는 요인은 체력, 기량, 팀워크, 작전 등 여러 가지가 있다. 그러나 가장 중요한 요인이 정신 자세이다. 왜 이겨야 하는가를 알고 반드시 이기겠다는 각오로 최선을 다할 때 팀은 객관적인 전력 평가 이상의 성과를 가져온다는 것은 너무나 잘 알려진 사실이다.

1993년 농구대잔치에서 연세대 팀은 경이적인 연승 기록을 세우며 대학 팀으로서는 첫 우승을 차지했다. 화제가 된 것은 코치와 선수들이 전원 삭발을 하고 경기에 임했다는 점이다. 개막 당시, 전문가들은 연세대 팀을 강력한 우승 후보로 점쳤다. 그러나 대회 초반에 연세대 팀은 의외로 부진을 면치 못했다. 성적 부진의 원인이 어디에 있는가를 곰곰이 분석한 코치가 선수들의 정신력 해이에 원인이 있다고 여겨 자신이 머리를 짧게 깎았고, 뒤이어 선수들 역시 삭발했던 것이다.

그로부터 한 달 뒤, 이번에는 고려대 팀이 한결같이 머리를 짧게 깎고 봄철 대학선수권대회에 출전하여 영원한 맞수 연세대를 꺾고 승리를 차지했다. 고려대 팀은 유능한 신인 선수가 보강되어 전력

상 우위에 있었음에도 불구하고 연달아 참패를 면치 못하자 연세대와 마찬가지로 삭발하여 흐트러진 정신을 재무장했던 것이다. 말하자면 자기와의 싸움에서 이기기 위해 삭발이란 충격요법을 선택한 것이다.

언젠가 농구의 슛 도사였던 이충희가 대관령에서 강릉 경포대까지 뛰었던 일화 역시 자기 자신의 나태한 정신력을 라이벌로 생각한 단적인 예이다.

그가 최고의 스타플레이어란 인기를 누리면서 현대 농구팀에 소속되어 있을 때의 일이다. 어느 해인가, 버스를 타고 현대 농구팀이 해마다 하계 훈련을 실시하는 강릉 경포대로 가는 도중이었다. 버스 안에서 감독이던 방열이 이충희의 몸이 평소보다 약간 불어 있음을 발견하고는 지나가는 투로 가볍게 한마디했다.

"이충희, 너 요새 살찌는구나."

그러나 그 말을 들은 이충희의 표정은 심각해졌다. 그리고 잠시 뭔가 생각하더니만 버스에서 내리겠다고 했다. 대관령 정상을 막 지나 아흔아홉 고개를 내려가고 있는 중이었는데, 거기서부터 뛰어서 목적지인 경포대까지 뛰어가겠다는 것이었다. 물론 선수단 일행이 경포대에서 가쁜 숨을 몰아쉬며 뛰어오는 이충희를 맞은 것은 꽤나 오랜 시간이 지난 뒤였다.

그는 현역 시절, 오전에 5백 개, 오후에 5백 개, 저녁에 5백 개 등 하루 1천5백 개 이상의 슛을 던진 '연습 벌레'로 잘 알려져 있다. 보기에 따라서는 이충희야말로 남다른 노력파라고 평할 수도 있지만, 스타 플레이어로서 혹 자만에 빠지기 쉬운 자기 자신을 조절하려는 그 투지야말로 승부 근성과 함께 스포츠인이라면 누구나 지

녀야 할 자기관리 방안의 하나가 아닐까.

"라이벌이 있음으로 해서 '질 수 없다'라는 오기의 차원이 더 나아가 높은 테크닉과 전력 경쟁 차원으로 승화되면서 팀이 발전하는 원동력이 된다."

실업 농구계의 영원한 라이벌 현대와 삼성팀 가운데 현대의 사령탑을 맡았던 방열의 말이다. 라이벌은 어느 모로 보나 없는 것보다 있는 것이 낫다. 라이벌이 없는 선수는 고독하다. 스포츠는 궁극적으로 자기와의 싸움이지만 라이벌이 있으면 자기 자신의 한계를 측정할 수 있는 척도의 역할을 해주기 때문에 목적지가 쉽게 정해진다. 라이벌이 있어서 자기 자신과의 싸움을 더욱 가열차게 할 수 있기도 하다. 말하자면 라이벌은 극복해야 할 또 하나의 자기 자신이 되는 것이다. 그래서일까, 라이벌은 때로는 가장 가까운 벗이 되기도 한다. 그 예를 들어보자.

"경기가 끝나고 내 손이 올라가지 않아 억울했지만 당신을 영웅으로 만들어 줬으니 이제라도 한턱 내시오."

"이번 올림픽에 제자도 출전합니까?"

"라이트 헤비급에 나가는 박병진이 제자입니다. 당신 아들도 복싱을 한다고 들었는데…."

"큰아들이 모스크바 올림픽에 출전했지요. 입상은 못했지만…."

1956년 멜버른 올림픽의 복싱(밴텀급) 결승전에서 숙적으로 맞붙었던 송순천과 동독의 볼프강 베렌트는 30년이 지난 1988년 서울 올림픽 선수촌에서 대학교수와 사진기자로 재회했다. 한눈에 상대방을 알아본 두 사람은 소리치며 얼싸안았다.

멜버른 올림픽에서 베렌트는 1위, 송순천은 2위였다. 당시 송순

천은 시종일관 컨디션 난조에다가 아픈 몸을 이끌고 우세한 경기
를 펼쳐 승리를 굳힌 듯 했었으나 심판은 의외로 베렌트의 손을 들
어주었다. 채점 결과는 3대 2였다. 승부야 어쨌든 결승전의 의미는
컸다. 두 사람이 거둔 금, 은메달은 동독과 한국으로는 올림픽 사상
처음으로, 그리고 두 사람 개인에게도 국제대회에서 처음으로 획득
한 메달이었다. 그 때 그들의 나이는 똑같이 스무 살. 그로부터 30
여 년의 세월이 지나 50대 초반을 맞은 두 사람은 이야기꽃을 피우
며 밤을 지샜다고 하는데, 스포츠에서의 라이벌이 얼마나 멋있는가
를 보여주는 좋은 실례가 아닐 수 없다. 따지고 보면, 스포츠는 상
대가 있음으로써 즐길 수 있다. 스포츠 경기에서 맞상대하는 선수
나 팀은 상대방(opponent)이며 결코 적(enemy)이 아니다. 따라서 경
기장은 만남의 장이며 함께 경기를 벌이는 상대방은 소중한 친구
가 된다. 서로의 기량과 힘을 뽐내며 안간힘을 다해 싸우되, 승자는
패자에게 위로를, 패자는 승자에게 축하를 보낼 수 있는 마음의 여
유와 태도야말로 스포츠 정신의 참 맛이다. 스포츠 세계에는 승부
를 다투던 맞수끼리 오랜 친구보다 깊은 우정을 이어가는 사람들
이 많다.

라이벌이 갖는 장점은 무엇보다도 특정 상대 팀이나 특정 경기
에 대해 선수 스스로가 투지를 불러일으킬 수 있게끔 확실한 동기
를 부여해 준다는 점이다. 1960년 로마 올림픽 복싱(웰터급)에서 이
탈리아의 니노 벤베누티에게 패했던 김기수가 6년 뒤에 프로 복싱
으로 무대를 옮겨 설욕한 것이 그 좋은 예이다.

로마 올림픽 당시 김기수는 1회전에서 아일랜드 선수를 가볍게
판정으로 누르고 2회전에 올랐다. 2회전의 상대는 이 대회 금메달

리스트인 벤베누티였다. 그러나 그는 2라운드에서 한 번 슬립 다운을 당했고, 3회전이 끝났을 때에는 이미 자신의 패배를 솔직하게 인정할 수밖에 없었다.

당시 그가 느낀 좌절감은 말로 표현할 수 없을 만큼 깊었다. 1957년 아마 복싱 무대에 데뷔하여 1962년 프로로 전향할 때까지 그의 전적은 88전 87승 1패였는데, 이 유일한 1패가 바로 니노 벤베누티와의 경기 결과였다. 벤베누티는 공교롭게도 김기수와 동갑네기였다. 그는 로마 올림픽에서 우승한 이듬해에 프로로 전향하여 1971년 3월 은퇴하기까지 10여 년 동안 90전 82승(35KO) 7패 1무승부를 기록한 불멸의 복서였다.

김기수는 벤베누티에게 패하고 난 뒤 설욕을 위해 이를 갈았다. 적어도 김기수의 가슴에는 니노 벤베누티라는 이름이 언젠가는 반드시 꺾어야 할 필생의 라이벌로 각인되어 있었던 것이다.

드디어 기회가 왔다. 이번에는 아마추어 무대가 아닌 프로 무대였다. 1966년 6월 25일 두 사람은 WBA 주니어 미들급 타이틀을 걸고 서울에서 맞붙었다. 당시 니노 벤베누티의 전적은 65연승이었다. 경기가 시작되자마자 김기수는 무서운 기세로 돌진했다. 벤베누티 역시 만만치 않았다. 3년 전, 이탈리아의 프로 복싱 미들급 챔피언으로 등장한 벤베누티는 1965년 챔피언인 산드로 마징기에 도전하여 15회 판정승으로 세계 정상에 올라 있었던 선수였다. 그러나 결과는 김기수의 승리였다. 6년여 동안 갈고 간 비수였으니만큼 김기수의 기량은 범에게 날개를 달아 준 격이었던 것이다.

결국 김기수로 하여금 우리 나라 최초로 세계 타이틀을 거머쥐게 만든 원동력은 다름 아닌 라이벌 의식이었던 것이다.

우리 나라 스포츠의 최대 라이벌이라고 하면 뭐니뭐니해도 일본을 들 수 있다. 경기 종목이나 성별, 연령은 물론이고 선수와 지도자, 국민 감정 자체도 그렇다. 일본과의 경기에는 무조건 이기고 봐야 한다는 생각이 국민의 잠재의식으로 확고하게 자리잡고 있다. 선의의 경쟁의식보다는 적대 감정에 가깝다. 물론 그 라이벌 의식은 불행했던 양국의 역사에서 비롯된다.

1992년 바르셀로나 올림픽에서 몬주익의 신화를 창조한 황영조의 이야기가 그 단적인 예이다. 황영조는 바르셀로나 마라톤에서 꼭 이긴다는 확신은 없었다. 다만 해볼 만하다는 야망만이 있을 뿐이었다. 여러 가지로 불안해하던 그는 손기정이 일본 기자들과의 인터뷰에서 이번 마라톤은 한국과 일본의 싸움이 될 것이라고 전망하고 황영조에 상당한 가능성이 있다는 개인적인 예상을 밝혔다는 소식을 듣고는 마음을 다부져 먹었다.

"우연하게도 마라톤 경기일은 베를린에서 손기정 선생님이 우승하시던 그날과 일치했습니다. 그래서인지 기록은 내가 다소 뒤지지만 무엇인가 될 것 같았습니다. 사실 나는 이런 예상과는 관계없이 단단한 각오가 되어 있었습니다. 레이스가 막판에 이르렀을 때, 일본의 모리시다와의 싸움이 된 것을 알고는 손 선생님의 평소 말씀을 떠올리지 않을 수 없었습니다. '일본에는 져서는 안된다'는 당부 말씀이었습니다."

확실히 우리 나라 선수들은 일본과의 경기에서 다른 나라 팀과 달리 평소 기량의 플러스 알파를 발휘하고 싶어한다. 국민들도 그것을 요구하고 있다. 때문에 어떤 때는 과분한 기대를 감당하려는 정신적 압박에 오히려 평소의 실력보다 이지러지고 빨리 지쳐 버리는 경우가 종종 있다.

아마도 우리 나라와 일본과의 숙명적인 라이벌 의식은 특별한 이변이 없는 한 향후 상당 기간 지속될 것으로 보인다. 비록 2002 년 월드컵 축구대회를 한일간에 공동 주최하기로 했지만, 이란과 이라크, 영국과 프랑스, 스코틀랜드와 잉글랜드간의 수세기에 걸친 라이벌 관계처럼 지속될 것은 분명하다. 그러나 한일간의 라이벌 의식이 반드시 부정적인 역할만을 하는 것은 아니다. 선수에게는 기량의 향상과 정신 무장을, 국민들에게는 경기의 박진감과 스포츠 붐을 일으키는 중요한 변수이기 때문이다.

한일간의 역사의식이 낳은 또 하나의 시대적 산물은 연세대와 고려대의 라이벌 관계이다. 두 학교의 불꽃 튀는 라이벌 의식은 그 전신인 일제시대의 연희전문과 보성전문 시절로 거슬러 올라가는 데, 그 계기는 묘하게도 오늘날 연고전(또는 고연전)의 대명사로 불리는 농구 경기에서 비롯되었다.

두 학교의 라이벌 의식은 단순히 스포츠 경기에서의 맞수 대결이라는 의미가 아니었다. 동대문운동장에서 열렸던 축구를 보자. 우선 관중부터 남달랐다. 학생보다는 일반 시민이 더 많이 운집했는데, 그 수가 무려 1만여 명을 헤아렸다. 당시 서울의 인구는 40만 명 수준이었다는 점을 감안하면 가히 폭발적이다. 일반 시민들은 자연스럽게 편을 갈라 응원했고, 골이 터지면 만세를 외치며 자리를 박차고 일어나 환호를 터뜨렸다. 억눌렸던 식민 국민의 한을 환호로서 달랬던 것이다. 그것은 경비하는 일본 경찰의 간담을 서늘케 하는 무서운 에너지의 폭발이었다.

경기가 끝나고 학생들은 사물놀이 패를 앞세운 채 연희전문은

을지로 거리를, 보성전문은 종로 거리를 행진했다. 이 때의 시위 대열은 3~4백 명의 학생들이 중심이지만 수많은 시민들이 합세하여 수천 명이 대열을 짜서 만세를 외쳤다. 비록 구호는 '보전 만세!' '연전 만세!'였지만, 그들은 마음속으로 '조선 독립 만세!'를 외치고 있었던 것이다.

시위 행진이 있을 때마다 일본 관헌들은 혹시 시위 대열이 과격한 방향으로 가지 않을까 노심초사했다. 말하자면 두 학교의 라이벌 경기나 시위 행진은 일제의 식민통치로부터 조국과 민족의 광복을 소원하는 겨레의 시위였던 것이다. 그런 탓에 일제는 경기가 있는 날이면 흥분한 관중들의 시위가 민족운동으로 발전할 것을 두려워하여 온 장안의 경찰들을 동원하기 일쑤였다. 물론 두 학교는 상대방과의 경기에서 학교의 명예를 위해 한 치의 양보도 없이 싸웠지만, 일본 팀과 싸울 때는 한 몸이 되어 민족을 위해 싸웠다.

그로부터 80여 년간 두 학교의 라이벌 의식은 오늘의 한국 체육을 있게 한 반석이 되기도 했다.

매너와 규칙은 쌍두마차

어느 야전 병원에서 부상당한 한 병사가 죽어 가고 있었다. 그 병사는 한때 세계에 이름을 떨쳤던 뉴질랜드의 명문 올블락스 럭비 팀에서 뛰어난 활약을 펼치던 선수였다. 그런데 그 병사는 마지막 숨을 내쉬면서 뜻밖의 유언을 남겼다.

"영국 웰즈와 시합할 때, 나는 분명히 트라이를 올렸습니다. 그런데 심판은 내 득점을 인정해 주지 않았습니다. 그 때문에 우리 팀은 아깝게도 전승의 기록을 놓쳐 버렸습니다. 심판은 신성합니다. 그렇기에 나는 심판의 판정에 복종했습니다만, 죽기 전에 이 사실만은 꼭 말씀드려야 할 것 같습니다."

그는 스포츠인다운 유언을 남기고 눈을 감았다. 심판의 잘못된 판정을 묵묵히 마음속에 묻어 두었다가 죽음에 이르러서야 진실을 밝힌 이 예화에서 우리는 많은 의미를 찾을 수 있다. 심판의 권위를 부정할 때 거기에는 게임이란 것이 성립될 수 없다. 설령 심판의 오판이라 해도 심판 판정에 복종하는 것은 마치 악법이라 해도 법질서를 지키려고 독배를 마신 소크라테스의 정신과도 일치한다. 심판에 대한 불복은 곧 스포츠의 질서 자체를 부정하는 의미와 같다. 경기 규칙을 지키는 것도 이와 다르지 않다.

　1988년 서울 올림픽에서 캐나다 선수 벤 존슨이 1백 미터를 9초 79라는 세계 신기록으로 주파했을 때, 사람들은 모두 열광하지 않을 수 없었다. 순간, 벤 존슨은 올림픽의 영웅이며 모든 사람의 우상이 되었다. 잘생긴 준마를 연상케 하는 그 씩씩하면서도 우아하기까지 한 팔다리는 많은 사람들의 선망의 대상이었다. 그러나 불과 이틀만에 그것은 어이없이 허물어지고 말았다. 벤 존슨은 58년 동안 자신이 세운 기록이 깨어지지 않을 것이라고 예언했지만, 그의 속임수는 58시간도 채 견디지 못했다.

　그가 위대하게 보였던 것만큼 약물을 복용했다는 뉴스는 충격적인 배신감을 안겨 주었다. 그것은 위대한 능력 발휘가 속임수였다는 사실에 대한 배신감과 함께, 스포츠 경기라는 행사 자체에 대한 실망이기도 했다. 왜냐 하면, 모든 스포츠 경기는 인간의 육체적 능력과 기량이 경쟁하는 현장이지만, 그것은 오직 타고난 능력과 공평하고 공정한 규칙에 따라 개발된 기술에만 의존해야 하기 때문이다. 결국 벤 존슨은 금메달을 박탈당하고 세계 체육사에 씻을 수 없는 오점만을 남긴 채 스포츠 무대에서 사라지고 말았다. 혹 어떤 사람들은 도핑 테스트 기계와 약물 검사에 몰래 통과되지 못한 벤 존슨의 운을 탓할지도 모른다. 그러나 시험관의 실수로 시험에 통과하고 번듯한 성적을 올렸다고 해도 그 자신에게 평생 남는 것은 자기 모멸과 죄책감에 시달리는 일뿐이리라.

　따지고 보면, 신성한 스포츠 정신을 위협하고 선의의 경쟁 정신을 해치게 하는 것은 약물 복용만이 아니다. 규칙에 대한 존중과 페어플레이 정신의 실종, 돈만 밝히는 일부 선수들의 지나친 배금주의와 그들을 이용한 상업주의, 그리고 홈 그라운드의 이점을 악용하는 사례들도 지양되어야 한다.

그러나 현실적으로 가장 우려스러운 대목은 심판의 권위가 평가절하되는 경기 현장이 자주 목격된다는 점이다. 스포츠인 정신이라는 것이 마치 중세의 기사도처럼 로맨스 속에서나 존재하는 환상인 것처럼 되고 있는 경우가 적지 않은데, 무엇보다도 경기장 내에서 심판 판정에 불만을 품고 그 판정을 뒤집어 보겠다고 막무가내로 덤비거나 감정이 격해져 상대 팀 선수에게 욕을 퍼붓거나 주먹을 휘두르는 일 등은 스포츠를 관중으로부터 멀어지게 만드는 요인이 된다.

스포츠는 처절한 승부의 세계이다. 그러나 승리를 위해서 수단과 방법을 가리지 않는다면 그 승부는 아무런 의미가 없다. 승리를 위해서 자신이 가진 기량을 최선을 다해 정정당당히 경주해서 이기면 영광이고, 지면 깨끗이 패배를 인정하고 승리자의 손을 들어준 뒤 다음 기회가 오기까지 자신을 가다듬는 세계이다. 거기에 스포츠인으로서의 매너와 규칙이 엄연히 존재하는 것이다.

스포츠 경기에서 자기와 맞서 싸우는 상대는 적이 아니다. 상대를 존중하는 마음가짐으로 경기에 임하지 않는다면 그것은 싸움꾼으로서 경기에 임하는 것과 다를 바 없다. 때문에 코치나 감독이 정장에 넥타이 차림으로 경기장에 임하는 것은 상대 팀과 심판, 그리고 관중에 대한 예의 표시이기도 하다. 심판에 대한 항의 역시 다음 판정에서 불이익을 당하지 않겠다는 의도가 깔려 있어서는 안 된다. 경기 자체를 지연시키거나 중단시켜서는 더욱 안된다. 왜냐 하면 경기 규칙을 철저히 따르고 심판의 판정과 경기 결과에 승복하는 것이야말로 스포츠의 알파이자 오메가이기 때문이다. 규칙과 예의를 무시하는 비도덕적이고 비신사적인 행동 가운데 또 하나의 대표적인 사례가 선수들간, 팀간의 담합에 의한 승부 조작이다. 상대하기 쉬운 팀을 고르기 위해 충분히 이길 수 있는 경기를 일부러 져 준다든지, 예선 통과가 확정된 다음에 후보 선수들을 내세워 맥빠진 경기를 펼친다든지 하는 것도 그에 속한다.

외길 농구 인생을 걸어온 방열이 3년 남짓 쿠웨이트 국가대표 농구팀의 감독을 맡고 있으면서 아랍지역 국가들의 스포츠 제전인 '아라비안 게임스'에 출전했을 때의 일이다. 여기에는 북한의 나복만 감독이 이끌고 있는 수단 팀도 참가했다. 머나먼 중동에서 비록 이념과 체제는 다르지만 같은 핏줄을 만난 반가운 마음에 가까이 다가간 방열에게 나복만 감독은 충격적인 제안을 했다.

"방 선생, 내일 경기 한 번만 져 주면 좋겠구먼."

자신이 감독으로 있는 수단 팀이 우승할 수 있도록 도와 달라는 것이었다. 그 말 속에는 북한의 체면을 세워 달라는 뜻이 함축되어 있었다. 그 말을 듣는 순간, 방열은 6·25 때 북으로 납치 당한 아버지의 모습이 떠올랐다. 한편으로는 놀라기도 했고 서글프기도 했다. 이데올로기를 스포츠에 예속시키는 북한 체육의 현주소가 느껴져 무척 안쓰러웠다. 그러나 그는 스포츠를 한다는 사람이, 그것도 우리 민족을 대표해서 외국 팀을 지도한다는 사람이 어떻게 승부 조작을 부탁할 수 있는가 하고 호통을 쳤다.

"고대 중국에서는 임금자리를 물려받으라는 말을 듣고 귀가 더러워졌다면서 흐르는 물에 귀를 씻었다는데, 나 또한 당장이라도 귀를 씻고 싶소. 애타는 마음이 이해되지 않는 것은 아니지만, 스포츠맨이라는 사람의 입에서 어떻게 그런 말이 나올 수 있습니까? 설사 내 어머니와 코트에서 맞닥뜨린다고 해도 져 줄 수 없습니다. 그것은 스포츠를 모독하는 일입니다."

이 말은 훗날 그가 국내에 돌아와 농구 감독으로 있을 때, 어느 팀으로부터 져 달라는 부탁을 받고 해준 답이었다.

불가능해 보이는 일에 도전하고 성공함으로써 인간의 능력에 대한 무한한 신뢰를 주고 인간 승리의 감동을 안겨 주는 것이 스포츠의 가치이며 스포츠를 하는 이유이다. 승부 조작이든 약물 복용이든 스포츠 정신을 더럽히는 행위는 비록 승리를 얻었다고 해도 자신의 정신과 신체를 파괴하고 평생을 자기혐오에 빠져 살게 함으로써 영원한 패배자가 되게 한다. 뿐만 아니라 스포츠가 대중적인 문화 활동으로 자리잡으면서 많은 청소년들이 경기장에 몰리고 있다. 진정한 스포츠인이라면 청소년들로 하여금 협동정신과 도전의식, 불굴의 투지와 깨끗한 승부의 세계를 배우는 장으로 만들어 주어야 한다. 그 같은 책임의식을 지닐 때 스포츠인으로서의 자부심 또한 깊어질 것이다.

비록 일본인의 예이긴 하지만, 진정한 스포츠인으로서 자부심을 가질 만한 정도(正道)가 어떤 것인가를 실증하는 사례를 보자.

1932년 로스앤젤레스 올림픽이 열렸을 때의 일이다. 당시 일본은 제국주의 시대로서 우리 나라를 침략했고 중국을 호시탐탐 노리며 만주사변을 일으켰다. 미국과는 정치적으로 불편한 관계에 있었다. 자연히 미국 언론과 국민들도 일본에 대해 별로 좋지 못한 감정을 갖고 있었다. 이런 상황에서 열린 올림픽 육상 5천 미터 경기에 미국 선수와 일본 선수간의 경쟁이 벌어졌다.

일본 선수는 레이스 초반부터 줄곧 선두를 유지하면서 달렸다. 미국 선수가 뒤따랐으나 거리가 벌어져, 어쩌면 일본 선수가 우승할지 모른다는 예상이 나오기 시작했다. 그런데 경기 종반에 이르자 일본 선수는 체력의 한계를 드러내기 시작했다. 미국 선수의 추격으로 두 사람간의 간격은 종이 한 장 차이로 줄었다. 그러나 일본 선수가 안쪽 레인을 차지하고 있었기 때문에 미국 선수로서는 쉽게 추월할 기회를 갖지 못했다.

관중들의 열화 같은 응원 속에 마지막 한 바퀴가 남았을 때였다. 순간, 일본 선수가 방향을 우측으로 틀어 바깥 레인을 달리기 시작했다. 체력이 한계에 다다른 것을 절감한 일본 선수가 패배를 인정하고 미국 선수로 하여금 앞으로 치고 나갈 수 있도록 자리를 비켜준 것이다.

미국 선수가 1위로 골인했고 일본 선수가 2위를 했다. 그 장면을 지켜본 관중들은 일제히 기립하여 일본 선수에게 박수를 보냈다. 미국 언론들도 승자보다는 진정한 스포츠인 정신을 보여준 일본 선수를 크게 다루었다. 육상 경기는 기록의 싸움이다. 따라서 어떻게 하든지 우승의 영광을 차지하겠다는 욕심보다는 자신보다 훌륭한 선수로 하여금 보다 훌륭한 기록을 내도록 양보한 일본 선수의 스포츠 정신을 대서특필한 것이다.

1936년 베를린 올림픽 마라톤에서 손기정이 우승을 한 데에는 당시 유력한 우승 후보자로서 경쟁자였던 영국 선수 하퍼의 스포츠인 정신이 담긴 충고가 큰 힘이 되었다. 두 사람은 현지에서 훈런을 갖는 동안 선의의 경쟁자로 친하게 지냈다. 손기정으로서는 참가 선수 가운데 최연장자(34세)인 하퍼 선수를 인간적인 측면에서 형님처럼 여기고 있었다.

손기정이 15킬로미터 지점에서 선두 주자와의 거리를 좁히기 위해 스피드를 낼 때였다. 그러자 10킬로미터 지점부터 손기정과 나란히 달려온 하퍼가 '천천히, 천천히(slow slow)'라고 말했다. 오버 페이스 하지 말 것을 충고해 준 것이다. 당시 베를린의 날씨는 매우 무더웠다. 따라서 초반에 스피드를 내면 후반에 지친다는 것을 일깨워 준 것이었다. 손기정은 처음에는 하퍼의 충고가 자신을 견제하기 위한 작전이 아닌가 싶기도 했다. 그는 선두 주자를 가리키며 따라잡지 않아도 되는가 하고 되물었다. 그러나 하퍼는 '슬로우, 슬로우'라는 말만 되풀이했고 손기정이 달려나가려고 하면 그 앞을 가로막으면서까지 제지했다.

결국 선두 주자로 달리면서 초반에 오버 페이스를 한 자바라 선수는 자멸하여 뒤쳐졌고 손기정이 1위, 하퍼가 2위를 차지했다. 경기가 끝난 후 손기정은 언론과의 인터뷰에서 이렇게 말했다.

"나의 우승은 하퍼 선수의 충고 덕분이었다."

그로부터 50여 년이 지난 1988년 서울 올림픽에 즈음하여 손기정은 하퍼로부터 한 통의 편지를 받았다.

"저는 1936년 베를린 올림픽 마라톤에서 손기정 씨와 함께 달린 어네스트 하퍼의 딸입니다. 지금 호주에 이민을 와서 살고 있습니다. 아버지는 생전에 베를린 올림픽, 그리고 손기정 씨의 말씀을 자주 하셨습니다. 금메달을 차지하신 손기정 씨가 매우 위대한 선수라고 말씀하셨습니다. 서울에서 올림픽이 열리게 된 것을 축하드립니다."

　스포츠의 세계가 정정당당한 승부의 세계라 불리는 것은 매너와 규칙이 존중되기 때문이다. 그리고 그 매너와 규칙을 지키는 것이 스포츠맨십이다. 스포츠가 위대한 까닭은 스포츠 정신이 위대하기 때문이다. 이 세상에 스포츠 정신만큼 자기 자신의 절제와 엄격함을 요구하는 것도 드물다.

응원의 함성, 그 뜨거움의 불길

　조선조 철종 때에 어전에 나가 판소리를 불렀던 이날치(李捺致)라는 명창이 있었다. 언젠가 철종 앞에서 흥부전을 부르는데, 어찌나 웃겼던지 철종이 배를 거머쥐고 뒹굴면서 웃다가 기운이 다해 노래를 그만 부르라고 호령했다. 그러나 이날치는 노래를 계속했고, 마침내 어명을 어겼다고 하여 포박을 당했다. 그는 묶이면서 이렇게 하소연했다.

　"노래하다가 신들리면 소리만 나고, 내가 있는지 없는지, 듣는 사람이 있는지 없는지 모르게 됩니다. 죽을 죄를 지었습니다."

　신이 나고 신바람이 난다는 것은 사람의 몸 안에 신이라는 것이 내재하고 있다는 말이 된다. 보이거나 잡히는 것도 아니고, 색깔이 있는 것도, 냄새가 나는 것도 아니다. 그런데도 우리는 신나면 뛰고 너울거리고 뒤틀고 발광을 한다.

　우리는 '신난다' '신바람 난다' 라는 말을 자주 한다. 왜 그럴까. 언론인 이규태에 의하면, 한국의 자연은 서양의 그것에 비겨 상대적으로 풍요하면서 왕성하게 살아 있는 활성이라고 한다. 날씨 변화가 무상하고 그 아래 초목의 명멸(明滅)이 무상하며, 10년이면 강산도 변한다는 풍토이므로 산이나 나무, 바위, 짐승, 심지어 벌레에까지 초자연적인 힘이 있다고 믿어 왔다. 그래서 사람들은 초자연적인 여러 대상을 향해 겸허하게 정성을 들인다면 복을 받을 수 있다는 '순응하는 자연관'이 형성되었다고 한다. 반면에 서양의 자연은 비활성이요, 죽어 있기에 인간에게 정복당하는 자연일 수밖에 없다고 한다. 그래서 서양에서는 유일신인 일신교가 뿌리내릴 수 있다는 것이다.

이처럼 서양과는 달리, 우리는 도처에 신을 인정하고, 그 많은 신들 역시 신바람 속에서 수천 년 살아오다 보니 심성 또한 신바람에 민감하게 될 수밖에 없다는 해석이다. 그리고 이 신바람은 흥으로도 나타나고 희열이나 눈물로도 나타나지만, 때로는 논리적으로 따져서 풀리지 않는 저력으로 나타나기도 한다는 분석이다. 곧 신바람은 우리 민족의 심성에 내재하고 있는 국력이라는 이야기이다.

확실히 우리는 유난히 신이 많은 국민이다. 흥이 생기면 먹을 것이 없어도 어깨춤을 춘다. 신이 나기만 하면 개인의 이해관계 따위는 얼마든지 초월하기도 한다. 그야말로 신바람은 우리 민족의 창조력이며 열정의 분화구이다. 그 단적인 예가 스포츠 경기에서 응원할 때 나타난다.

1950년 보스턴 마라톤에서 함기용, 송길윤, 최윤칠이 1, 2, 3위를 모조리 휩쓸 때였다. 망국의 한을 품고 이민선을 탔던 재미 교포들이 모두 보스턴에 모였다. 팀을 짜고 연도에 늘어서서 '뛰어라, 힘내라, 빨리 달려라'라고 아우성을 쳤다. 정신이 몽롱해서 비틀거리던 함기용, 경기 직전에 다리에 쥐가 났지만 끝까지 참고 뛴 최윤칠 등이 동포들의 응원에 힘입어 이를 악물고 뛰었다. 이 광경을 목격한 어느 외국인은 35년간 압박에 시달렸던 비극적인 민족, 정치와 경제가 안정되지 못해 언제나 가난 속에 살던 민족인데 어떻게 저렇게 신들이 나 있느냐 하면서 혀를 내둘렀다고 한다.

1935년 연희전문 축구팀이 그 때 아시아의 축구 본거지 역할을 하고 있던 중국 상해로 원정을 갔을 때도 마찬가지였다. 당시 상해에는 4~5만에 가까운 교포가 살고 있었는데, 모두가 일제의 탄압을 피해 망명한 동포들이었다.

중국 대표팀인 올림픽 출전팀과의 경기가 열린 상해 스타디움에는 2만여 명을 헤아리는 관중들이 운집했다. 그 가운데 3천여 명이 교포들이었다. 그들은 곤궁한 생활에도 불구하고 2달러라는 거금의 입장료를 내고 들어와 우리 팀을 응원했다. 연희전문 팀이 2대 1로 승리를 거두었기에 망정이지 만일 패했더라면 거액을 내면서까지 응원해 준 교포들의 사기가 어떻게 되었을까. 하여튼 통쾌한 승리를 거두었다.

경기 종료의 휘슬이 울리자, 수많은 동포들이 그라운드에 뛰어들어 우리 선수들을 껴안고 만세를 불렀다. 땅을 치고 큰 소리로 통곡하는 사람도 있었다. 그들은 선수들과 어울려 운동장 밖을 나서면서 노래를 불렀다. '아리랑'을 불렀고, 학생들이 부르는 연희전문 교가를 따라 불렀다. 일제 치하인 만큼 애국가 대신 연희전문 교가를 부른 것이다. 그야말로 우리 선수들로 하여금 일찍이 맛보지 못한 조국에 대한 감회를 가슴 깊이 느끼게 해주었다.

그보다 2년 전인 1933년, 이곳에서 보성전문 농구 팀이 우리 민족 최초로 해외 농구 원정 경기를 펼쳤을 때도 마찬가지였다. 수많은 동포들의 열렬한 응원은 조국의 젊은 청년들로 하여금 나라와 민족의 소중함을 알게 했을 뿐더러 나라를 되찾는 독립정신을 심어 주는 계기가 되기도 했다. 그래서일까, 1933년 상해 원정 농구 경기를 마친 보성전문 팀이 12일간의 일정을 마치고 귀국하자마자 일제는 선수 전원을 연행하는 만행을 저질렀다. 혹시 상해 망명정부 독립지사로부터 비밀 연락 문서나 밀명을 숨기고 돌아온 것이 아닌가 추적하기 위한 조사이기도 했지만, 그보다는 이들의 기개를 꺾어 항일 저항정신이 민중들에게 널리 퍼지는 것을 막기 위한 사전 포석이었다. 때문에 선수 일행은 무려 한 달 동안 갇혀 있으면서 갖은 곤욕과 협박을 당했다. 다행히 경찰 중견 간부 중에 보성전문 출신의 도움으로 풀려났지만, 어떤 명목이든 보성전문 운동 선수들의 중국 여행은 앞으로는 허락하지 않는다는 어처구니없는 보복 조치가 조건부로 뒤따랐다.

경기장은 선수와 응원 관중이 함께 웃고 울면서 하나가 되는 자리이다. 그것은 스포츠만이 가질 수 있는 감동이다. 선수는 응원에 힘입어 자신의 기량을 마음껏 발휘하고 관중은 선수와 자신을 동일시하면서 성취감을 맛본다. 그러나 이런 응원전의 내막에도 시대의 아픔이 곁들여 있다. 요즘 프로 야구, 프로 농구, 축구, 배구 등 인기 있는 경기장에 등장하는 '오빠 부대'와는 그 성격이 달랐다. 원로 축구인 엄동원이 보성전문 축구 선수로 활약하던 1920년대로 거슬러 가 보자.

엄동원의 발은 왕발이었다. 치수 상으로는 11문이지만, 볼이 유난히 넓어 맞는 신발을 구하기가 쉽지 않았다. 자연히 맞춤 신발을 신어야 하는데, 그 시절의 가죽구두는 일종의 사치품이었다. 한 켤레가 학생 한 달치 하숙 값인 15원 정도였다. 게다가 축구화는 무척 귀했던 때였다.

그 무렵, 종로에는 커다란 양화점이 두 군데 있었다. 지금의 제일은행 본점 자리에 있었던 '한경선 양화점'과 YMCA 옆에 있던 '대창 양화점'이었다. 두 집주인 모두 열렬한 스포츠 팬들이었다. 한 번은 엄동원이 '한경선 양화점'에서 밑창에 구멍이 난 구두를 땜질한 적이 있었다. 수선료를 지불하려는데 엄동원의 얼굴을 익히 알고 있는 주인이 돈을 마다하고 그의 등을 밖으로 떠밀었다.

"자네 처지를 뻔히 아는데, 돈은 무슨 돈인가. 신발 떨어지면 언제든지 오게. 무료로 고쳐 줄게."

하루는 엄동원이 종로 YMCA 근처를 걷고 있는데, '대창 양화점' 주인이 부리나케 뛰쳐나와 엄동원을 불렀다. 그리고는 다짜고짜 엄동원의 신발을 벗기고는 반강제적으로 발의 본을 떴다. 며칠 뒤, 엄동원은 멋진 축구화 한 켤레를 선물 받았다. 운동을 잘하라는 말과 함께. 평소 축구화를 갖고 싶었던 그는 너무 뜻밖이어서 아무 대꾸도 못했다. 그러나 현역에서 은퇴할 때까지 그는 그 축구화를 고치고 또 고쳐서 아껴 신었다.

그 시절, 운동 선수 가운데 스타급 플레이어는 바로 민족의 스타였다. 영화 '장군의 아들'의 주인공 김두환을 연상하면 된다. 특히 그 때 서울은 매우 좁았다. 인구 40만이 채 되지 않았기에 스타급 플레이어의 얼굴을 알아보는 사람들이 많았다. 대접 또한 극진했다. 식당에서는 무료로 밥을 먹여 주고, 전차를 무료로 태워 주고, 이발 역시 무료로 해주었다.

특히 종로 YMCA 옆에 있는 '중앙 이발관'은 엄동원의 단골 이발소였다. '중앙 이발관'은 당시 서울에서 가장 규모가 크고 조발기술이 뛰어나 멋쟁이들이 한 달에도 서너 번씩 들러 머리를 손질하던 곳이었다. 따라서 엄동원 따위의 고학생이 기웃거릴 곳은 아니었다. 그러나 '왕초'란 별명의 주인 이발사는 엄동원이 돈을 내려고 할 때마다 운동을 잘해서 일본인을 이기는 것이 이발 값을 내는 것이라고 했다.

"학생이 무슨 돈이 있겠나? 쓸데없는 짓 하지 말고 앞으로 이발을 하고 싶으면 언제든지 들러. 공짜로 깎아 줄게."

종로 네거리에 자리잡고 있는 '이문식당'도 마찬가지였다. 설농탕 국물과 깍두기가 맛있기로 이름난 이 식당은 미식가들이 때를 맞춰 몰려드는 장안의 명소였다. 엄동원과 그의 동료 선수들이 경기를 마치고 간단한 요기를 하고자 찾을 때마다, 식당 주인은 어떻게 알았는지 미리 진수성찬을 준비해 놓곤 했다. 게다가 음식이 떨어질 만하면 추가로 가져다주었는데, 선수들이 이젠 더 이상 못 먹겠다고 할 때까지 무료로 음식을 제공했다.

그런가 하면, 전차 종업원들은 직장에서 쫓겨날 위험을 무릅쓰고 선수들의 무료 승차를 눈감아 주었다. 당시 전차는 경성전기주식회사에서 운영하고 있었는데, 종업원은 한국인이지만 간부들은 모두 일본인이어서 잘못 걸리면 쫓겨날 우려가 있었다. 경성전기는 굴지의 대기업이었고 안정된 직장이어서 누구나 취직하기를 바랐던 곳이었지만, 한국인 종업원들은 그런 위험을 무릅쓰고 민족의 희망인 학생들을 아끼고 호의를 베풀어주었던 것이다.

일제 때 운동 선수들은 망국의 아픔 속에서도 굳건히 살아 숨쉬는 조선의 젊은이다운 기개를 상징하는 사람들이었다. 그들이 일본 팀을 격파할 때마다 일반인들은 민족의 기개가 살아 있음을 느꼈고, 광복의 꿈을 키워 왔다.

한편, 시대의 흐름에 따라 응원의 성격도 변하기 시작했다. 가난한 일제 시대에는 무료 제공이 선수들을 격려하는 수단이었고, 그들의 승리가 곧 나라 잃은 백성의 울분을 풀어 주는 카타르시스였다. 그러나 광복 후에는 조국의 자부심과 긍지를 함께 나누고 애국심을 불태우는 만남의 장이 되었다. 축구 국가대표팀을 응원하는 '붉은 악마들'의 등장이 그 단적인 예이다.

시대가 많이 변했다는 것을 단번에 알 수 있게 해주는 대목으로는 남북한의 스포츠 경기가 손꼽힌다. 1970년대까지만 해도 일본과 함께 북한을 이겨야 한다는 적대적 감정이 국민들의 뇌리에 못박혀 있었는데, 이제는 국제경기에서 남북한이 힘을 합해 응원하는가 하면, 북한 팀이 외국과 경기할 때 서슴지 않고 북한을 응원하는 끈끈한 핏줄의 정을 과시할 정도로 달라졌다. 적어도 정치, 사회적 분단의 장벽이 스포츠에서만은 조금씩 허물어지고 있는 것이다.

1990년 북경 아시안게임에 이어 재연출된 1994년 히로시마 아시안게임에서의 재일동포 통일 응원을 보자. 당시 재일 거류민단과 조총련이 마음을 열고 통일된 모습으로 경기장마다 찾아가 펼친 응원은 우리 국민을 감동시키기에 충분했다. 그것은 현실 정치가 넘지 못하고 있는 장벽을 스포츠가 허물 수 있다는 것을 여실히 보여주는 드라마였다. 더욱이 히로시마 아시안게임에는 북한이 김일성의 사망 등 내부 사정으로 참가하지 않았고, 남북관계 역시 조문 파동으로 상당히 악화된 상태였다. 그런 만큼 조총련은 공식적으로

한국팀을 응원하겠다고
발표하지 않은 상태였
다. 개막에 즈음하여 한
국 선수단 앞에는 다음
과 같은 조총련계 재일
동포 학생들의 격려 편
지가 쌓이기 시작했다.

'남조선 대표 선수들,
공화국의 몫까지 잘해
주세요' '우리들을 위해
잘해 주세요. 우리들은
응원하고 있습니다' '금
메달 받고 한국의 명예

1991년 세계청소년축구대회에 출전한 남북 단일팀을 응원하는 교민들

를 떨쳐 주세요' 등 조총련계 재일동포로서는 북한이 불참하여 응
원을 못하는데, 응원을 할 바에는 한국 팀을 응원하겠다는 희망을
표시한 것이다. 그들 중에는 남한에 친인척이 있는 사람이 많은 데
다가 재일동포 2세, 3세들은 1세대와 달리 스포츠에서까지 남북한
을 구별해서 응원할 필요가 있겠는가 생각한 결과였다. 어쨌든 우
리 선수들이 뛰고 있는 경기장의 응원석에는 민단과 조총련이 한
데 어울려 손뼉을 치고 꽹과리를 치고 어깨동무를 하면서 '아리랑'
을 합창했다.

마라톤에서 황영조 선수가 결승점에 골인하는 순간의 응원은 이
대회의 하이라이트였다. 민단과 조총련 구별 없이 모두 태극기를
흔들었고, 인근 오카야마에서 온 1백여 명은 '단결'이라고 쓴 머리

띠를 두르기도 했다. 황영조 선수가 일본 선수를 제치고 1위로 골 인하자, 그들은 눈물을 흘리며 열광했다. 그야말로 이념과 체제를 뛰어넘는 동포애의 정수였다. 따지고 보면, 우리 선수들이 재외 동 포들로부터 받는 환대는 민족사의 아픔을 그대로 반영한 것이기도 하다. 특히 일본의 경우, 오랫동안 차별대우를 받으며 설움을 겪었 기에 더욱 감격스러운 것은 당연지사였다.

1964년 동경 올림픽이 열릴 때였다. 우리 선수단이 일본 하네다 공항에 내릴 즈음, 가랑비가 내리고 있었는데도 5천여 명의 재일동 포들은 태극기를 흔들면서 '대한민국 만세!'를 외쳤다. 그들의 표정 은 하나같이 제2의 해방을 맞기라도 한 것처럼 감격스러워 했다. 일본 군대의 총알받이로 끌려왔거나 징용으로 끌려와 모진 고생 끝에 목숨을 부지했거나, 국내에서 살 형편이 못되어 건너와서는 노동으로 생계를 이어왔다가 해방된 조국으로 미처 되돌아가지 못 한 그들이었다.

당시 재일동포들의 후원금은 일본 돈으로 9백만 엔. 우리 선수단 의 출전 경비가 2천 7백 82만 엔이라는 점을 감안하면 그 정성은 엄청난 것이었다. 선수촌에는 매일 2백여 명의 재일동포들이 찾아 와 끊임없이 격려했고, 어떤 동포는 자라 피를 먹으면 힘이 강해진 다면서 선수촌에 가져와 임원들을 당황케 만들기도 했다.

정반대되는 경우도 있었다. 1957년 일본 후쿠오카에서 거행된 아 사히 마라톤대회에 우리 선수 3명이 출전했는데, 어느 한 사람도 완주하지 못하고 도중에 기권하고 말았다. 재일동포가 가장 많은 큐슈 지방의 최대 도시에서 열린 대회였기에 재일동포들의 실망은 더욱 컸다. 우리 선수들이 일본을 멋지게 이겨서 일본인들로부터

당한 시달림을 설욕해 주기를 한결같이 바랬던 그들이었다. 결국 60만 재일동포들을 실망의 나락에 떨어뜨린 선수들을 응징해야 한다면서 울분에 찬 동포들이 마라톤 선수 숙소에 찾아가 폭력을 휘두르는 불미스런 일이 일어나기도 했던 것이다.

스포츠의 길은 고독한 것만은 아니다. 끊임없는 자기 자신과의 싸움이고 신체적 한계를 극복하는 장이지만, 누구보다도 많은 사람들과 함께 호흡하는 공동운명체의 주역이다. 그런 점에서 스포츠맨은 사람들에게 때로는 희망과 용기를, 때로는 아쉬움과 자기 자신을 되돌아보게 해주는 공인(公人)이나 다름없다. 방열이 현대 농구팀을 맡고 있을 때, 팬으로부터 받았던 카세트 녹음테이프에 담긴 사연도 그 하나이다.

어느 날, 방열은 한 여학생으로부터 큼지막한 소포를 받았다. 뜯어보니, 현대 농구팀 선수들의 얼굴을 모두 그려 넣은 그림이 들어 있었다. 어찌나 컸던지 방의 한쪽 벽면 크기만 했다. 순간, 방열은 '참으로 대단한 정성'이라고 생각했다. 그런데 소포에는 카세트 테이프 한 개가 함께 들어 있었다. 테이프 사연을 듣는 순간, '냉혹한 승부사' 방열도 눈물을 흘리지 않을 수 없었다.

테이프를 보낸 여학생은 자신의 언니가 불치병을 앓아 시한부의 삶을 살고 있다고 했다. 언니는 열렬한 농구 팬이고, 무엇보다도 현대팀을 좋아하여 현대 농구팀이 경기에서 승리할 때마다 얼굴에 화색이 돌고 삶의 의욕을 되찾는 것 같다고 했다. 그 학생은 "우리 언니를 위해서 꼭 이겨 주세요"라고 눈물로 부탁했다.

그 다음날 아침, 방열은 경기에 앞서 늘 갖는 '촛불 모임'에서 선수들에게 녹음 테이프를 들려주었다. 그리고 아무 말도 덧붙이지 않았다. 경기에서 현대팀 선수들은 젖 먹던 힘까지 다해 승리했다. 자신의 플레이를 보면서 삶의 의욕을 되찾는 사람이 있다는 것, 그리고 꺼져 가는 생명을 조금이라도 연장시켜야 한다는 믿음이 선수들로 하여금 최선을 다하게 만든 것이다.

사회인으로 거듭남을 위하여

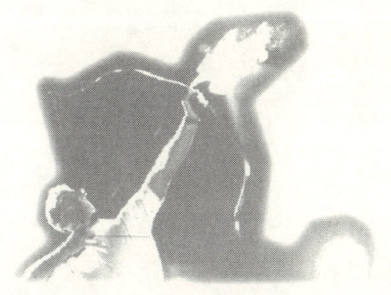

제3장 · 사회인으로 거듭남을 위하여

운동 선수는 선수 시절에 주로 단체생활을 하기 때문에 사회와는 비교적 격리된 생활을 하기 쉽다. 특히 순수 아마추어 스포츠는 돈과 무관할 뿐더러 돈을 번다고 해도 대체로 가족이나 대리인이 관리를 해주는 경우가 많기 때문에 현실 감각이 떨어지는 경우가 많다. 그러나 스포츠인의 재산은 그런 것이 아니다. 스포츠 세계의 도전의식과 불굴의 투지야말로 그 누구도 손쉽게 가까이 할 수 없는 진정한 재산이다.

스포츠인도 사회의 한 구성원이다. 결코 사회와 떨어져 살아갈 수 없는 사회적 존재이다. 더욱이 스포츠는 혼자 있는 것이 아니라 늘 관중과 함께 있는 것이기에 오히려 적극적으로 사회 속으로 뛰어 들어간다. 지난 날, 운동을 하는 사람이라면 공부하는 데에는 별로 취미가 없고, 무조건 힘이 센 사람쯤으로 경시하는 풍조가 있었다. 그러나 스포츠만큼 육체적 기능 연마를 통한 정신력 계발을 목적으로 하는, 어떤 의미에서는 고도의 정신 작업도 드물다.

사회는 불특정 다수인들이 서로 돕고 경쟁하면서 각자 지닌 꿈을 실현시켜 가는 삶의 현장이다. 거기에는 고통과 번민, 기쁨과 슬픔, 희망과 절망, 아름다움과 추함이 늘 함께 존재한다.

스포츠를 통해 닦은 정신의 깊이와 육체의 건강, 그리고 단체생활을 통해 배우는 희생과 봉사 정신이야말로 건강한 사회, 건전한 사회인을 만들어 가는 지름길이다. 스포츠인 출신 가운데 사회의 지도자 혹은 봉사하는 삶을 살아가는 사람들이 많은 것도 그 때문이다. 스포츠 정신이 그들로 하여금 정정당당히 승부하는 자세와 결코 쓰러지지 않는 투지를 가르쳐 주기 때문이다.

스포츠는 혼자 하는 것이 아니다. 경기도 상대가 있어야 하는 것이고 연습도 지도자가 있어야 제대로 할 수 있다. 관중이 있어야 스포츠의 즐거움도 뒤따른다. 진정한 스포츠인은 화합과 단결, 희생과 봉사를 몸소 배우고 실천하는 사람이다. 우리 사회는 그런 사람을 필요로 한다. 스포츠의 세계에서 진정한 승리자라면 그 사회 속에서도 진정한 승리자이며 지도자가 될 수 있다. 때문에 진정한 스포츠인은 사회를 두려워할 필요가 없다. 오히려 사회는 진정한 스포츠인에게 자신의 스포츠 정신을 실현시키는 훌륭한 스타디움일 따름이다.

우리는 광대가 아니다

　전통적으로 활 쏘는 법을 보면, 우리 선조들은 기(技)보다는 마음과 기(氣)에 중점을 두고 있다. 이를테면, 활을 쏠 때 가슴속은 비어야 하는데, 그렇게 하려면 욕심을 갖지 말아야 하며, 남을 시기하지 말아야 하고, 집안이나 신변에 걱정이 없어야 하며, 가까운 친인척 중에 아픈 사람이 없어야 한다는 등 정신적 조건을 제시하고 있다.

　활을 쏠 때 힘의 균배를 조절하는 중구미, 즉 활을 잡은 팔의 팔꿈치의 기능도 무척 중시했다. 이 팔꿈치가 젖혀진 것을 '붕어죽'이라 하고, 젖히지도 엎이지도 않은 것을 '안진죽'이라 하여 모두 실사(失射)의 원인으로 친다. 중구미의 '죽'도 사수의 정신적 상황에 따라 좌우되는 것으로, 사악한 마음을 갖고 있거나 남한테 못할 일을 했을 때 그 같은 결과를 초래하는 것으로 여겼다.

　이처럼 활을 잘 쏘는 조건은 정신과 심성과 기력의 순수한 집중과 균등한 안배에 있었으며, 이것은 서양 사람들의 발상처럼 기술과 힘만으로는 어느 한계 이상 대성할 수 없다는 것을 의미하기도 한다. 이처럼 우리 선조들은 기(技)를 요구하는 분야에는 '기(技) 플러스 기(氣)'라는 정신력의 배합을 강조했으며, 이 정신력을 소중히 여겨 왔다. 우리가 활쏘기를 궁술이라 하지 않고 궁도라 부르는 것이나, 역기라 하지 않고 역도, 검술이라 하지 않고 검도, 서예라 하지 않고 서도, 심지어 차를 끓여 마시는 것까지 차도라 부르는 까닭도 여기에 있는 것이다.

이것은 바로 '술(術)' '기(技)' '예(藝)' '방법'과 같은 물리적 차원을 정신적 기력이 배합된 '도(道)'의 차원으로 승화시켜 살아온 동양적 지혜요, 우리의 민족적 저력이기도 하다.

그런데 언제부터인가, 우리 스포츠계에는 승부에만 집착하는 승리 지상주의가 판쳐 심신 단련이란 스포츠의 본질이 왜곡되는 양태로 나아가고 있다. 지적 수양에는 소홀하고 운동에만 매달림으로써 양식을 갖춘 인간으로 성장하지 못하고 경기 기술이 뛰어난 운동꾼이 생긴 것이다. 이런 사람들은 선수 생활을 마친 후 사회 적응에 어려움을 겪는다.

그리하여 일반인들은 흔히 운동 선수를 가리켜 '아는 게 별로 없고, 성품이 난폭하거나 거칠고, 운동 외에는 잘 하는 것이 거의 없는 사람'이라는 부정적 이미지부터 떠올리는 현실이다. 심지어 운동으로 명예와 부를 한꺼번에 얻을 수 있는 사회적 여건이 조성되면서부터 선수 자신이 일확천금을 노리는 한때의 스타가 되기 위해 운동을 선택하는 경향마저 없지 않다.

그러나 진정한 스포츠인은 단순한 기술자가 아니다. 스포츠는 단순한 힘과 기술을 겨루는 무대가 아니다. 높은 정신력과 풍부한 사고 없이는 올바른 스포츠인이 될 수 없다. 평범한 사람으로서는 불가능하다고 여겨지는 한계에 도전하여 그것을 성취해 낸 사람들이다. 따라서 좋은 체력 조건과 기술뿐만 아니라 일반적으로 사람들이 가지고 있는 정도보다 훨씬 높은 시대적 사명감과 책임의식, 올바른 가치관과 삶의 양식을 가져야만 한다. 운동경기를 통하여 정신력이 모든 것을 해결할 수 있다고 믿지는 않지만, 정신력이 앞서지 않으면 아무것도 이룰 수 없다는 것을 그 누구보다도 절실하게 깨닫는 게 바로 스포츠인들이기 때문이다.

1960년대까지만 해도 대부분의 스포츠인들은 민족혼을 드높이고자 운동에 매달리면서도 학업을 게을리 하지 않았다. 그것은 스포츠야말로 정신과 육체가 유기적으로 결합되어 이루어지는 가장 고양된 형태의 인격 수양의 한 과정이며, 평생을 통해 몸과 마음을 갈고 닦는 길이라고 믿었기 때문이었다. 그렇기 때문에 우리 스포츠계에는 전문 직업을 지향하면서도 뛰어난 운동 선수로 활약한 사람이 있는가 하면, 현역 생활을 마치고 나서 지도자나 학문의 길로 뛰어든 사람도 많다.

원로 체육인 선우양국의 이력을 보자. 우선 그의 이력서는 두 장으로 되어 있다. 한 장에는 '서울대 치과대학 졸업, 노스웨스턴대 대학원 졸업, 서울대에서 의학박사 학위 획득, 서울대 치과대학 교수 및 학장, 단국대 치대 교수 및 학장, 원장 역임. 현재 서울대 명예교수, 한국과학기술단체총연합회 고문, 한국 치과기재학회 고문'이 기록되어 있다. 즉, 전문 의료인다운 이력서이다.

다른 한 장에는 '오산중학교 배구 선수, 경성치과전문 배구 선수, 국가대표 선수, 국가대표팀 코치(1958년), 중앙여고·이화여대·인창고·동양의대·육군사관학교 배구 감독 역임, 미국 배구협회 극동지

구 이사, 86년 아시안게임 선수촌장, 88년 서울 올림픽 선수촌 제1
부촌장, 국제배구 심판, 한국배구협회 이사 및 부회장, 대한체육회
법제상벌위원, 한국비치발리볼연맹 부회장 및 회장 직무대리, 아시
아 비치발리볼연맹 이사' 등이 적혀 있다. 말하자면 전형적인 배구
인으로서의 약력이다.

선우양국이 선수 생활을 중단하게 된 것은 6·25때 다리에 관통
상을 입고 나서였다. 1949년 중앙여고에서 배구 코치, 학도호국단
장, 지리와 생리 교사 등 1인 다역을 담당하던 그는 건강을 해쳐 경
기도 광릉에서 휴양하고 있다가 6·25를 맞았다. 그로부터 2년간 체
신병원을 시작으로 인천, 군산, 백령도 등을 전전하면서 치과의로
서 파란만장한 삶을 살다가 전쟁 막바지에 배구 코트로 돌아왔지
만, 불운하게도 다리에 관통상을 당함으로써 선수 생활을 마감해야
만 했던 것이다. 그러나 서울대 치과 교수를 지내면서 예전보다 더
열심히 배구계를 위해 활동하던 그는 1950년대부터 6인제 배구의
도입을 주장하는 등 선구적인 면모를 보였다.

국제 스포츠계의 흐름에 민감했던 그는 국제적 고립을 막기 위
해, 그리고 북한조차 6인제 배구를 도입한데 자극을 받아 우리도
서둘러 도입할 것을 주장했던 것이다. 그러나 그의 말과 노력이 결
실을 맺기까지에는 15년이란 긴 세월이 걸렸다.

우리 국민들이 6인제 배구를 처음 접한 것은 1955년 일본에서 열
린 제1회 아시아배구선수권대회였다. 그러나 당시 장신에 유리한 6
인제보다는 9인제가 우리에게 더 적합하고 경기에서도 훨씬 재미
있다는 여론이 지배적이어서 더 이상 거론되지 않았다. 그러나
1958년 동경 아시안게임 당시 배구 코치 자격으로 일본에 건너간

그는 대회가 진행되는 동안 6인제 배구 강습회에 빠짐없이 참석하면서 6인제 배구 연구에 몰두했다. 이 대회에서는 6인제 배구와 9인제 두 종목이 실시되었으나 우리는 9인제만 참가하고 있었다.

그는 귀국해서 체육계 요로를 찾아다니며 6인제 배구 도입을 주장했다. 당시 연합신문에서는 6인제 배구를 알리는 기고문을 여러 날에 걸쳐 게재, 그에게 용기를 주기도 했는데, 이 때문에 일부 사람들은 "연합신문이 선우양국의 것이냐"라며 원색적인 비난을 퍼붓기도 했다. 그러나 곧 우리 나라 배구계에도 6인제 시대가 열림으로써 앞날을 내다본 그의 선구자다운 면모가 얼마나 소중했던가를 새삼 일깨워 주었다. 새로운 것을 배우고 익히려는 선구자적 자세는 늘 외롭고, 뒤처져 오는 사람으로부터 그만큼 질시와 견제를 받을 수밖에 없다는 현실을 보여주는 대목이었다.

나이를 잊고 열심히 치과의사와 배구인이라는 두 갈래 길을 접목시킨 그의 노력은 마침내 1961년 미국 배구협회로부터 심판 자격증을 획득했고 국제심판 자격증을 획득하는 데까지 이어졌다. 그리하여 그는 국내의 주요 경기는 물론, 국제경기에서도 우리 나라 사람으로서는 유일하게 심판으로 활약했었는데, 외국어에 능통한 탓에 우리 나라 선수들이 국제대회에 참가할 때면 반드시 동행해야만 했다. 물론 그의 직업은 치과의사였다. 그 뒤 세계 배구계의 새로운 종목으로 등장한 비치발리볼의 보급에도 앞장섰던 그는 비치발리볼 인구의 저변 확대를 위해 열심히 뛰었다. 적어도 그에게 스포츠와 학문은 다같이 중요한 것이었으며 '둘'이 아닌 '하나'였다. 한마디로 전문 직업을 갖고 있으면서 스포츠인으로 활동한 전형적인 인물이었다.

따지고 보면, 선우양국의 인생은 일제 때부터 학업과 운동을 병행해 온 선배 스포츠인의 혼을 이어받은 것이기도 하다. 당시 대부분의 운동 선수들은 총칼에 억압받고 있는 우리 민족이 절망의 늪에서 꿋꿋하게 버티려면 학업과 운동을 양립시켜야만 한다고 믿었기에 학업 역시 게을리 하지 않았다.

베를린 마라톤의 영웅 손기정의 경우, 양정고보 재학 시절에 매일 하드 트레이닝을 치르면서도 학교 수업은 하루도 빠지지 않았다. 원정 중에도 자신이 좋아했던 과목인 역사와 지리에 관한 책은 잊지 않고 꼭 지니고 다녔으며 영어 콘사이스 역시 늘 휴대하고 다녔다.

한국 축구의 산 증인이었던 김용식 역시 영어사전과 영어 책을 늘 갖고 다녔었다. 사람들이 축구에 열중하는데 영어 공부는 해서 무엇 하느냐고 질문할 때마다 그는 이렇게 답했다.

"축구의 본고장은 영국인데, 영어를 모르고 어떻게 축구를 연구하겠소. 축구를 단순히 공을 차는 스포츠로만 여겨서는 안되오. 학문적으로 축구의 원리부터 연구해야만 축구의 참된 정신과 멋을 알고 기술은 그 다음이오."

한마디로 그 시절에 대부분의 스포츠인들은 단순한 운동 선수로 머물기보다는 이론과 기술면에서 연구와 실천을 게을리 하지 않은 학구파 스포츠인들이었다. 그 전형적인 참모습을 한국 체육사 연구의 태두였던 나현성에게서 찾아보자.

광성고보 시절, 높이뛰기, 세단뛰기를 주종목으로 이름을 날렸던 그는 31세에 서울대 체육학과에 입학했다. 그리고 졸업 후에는 더욱 체육학 연구에 정진하여 1953년 교수로 임용되었고, 이 때부터 우리 나라 체육 발전의 역사적 사실(史實)에 대한 기록이 전무한 점을 한탄하여 『한국 운동경기사』 집필에 몰두하기 시작했다. 그로부터 5년간 그가 찾지 않은 도서관이 없었고, 뒤적거리지 않은 신문과 고서가 없었다. 1958년 마침내 발간된 『한국운동경기사』는 불모지인 한국 체육학 연구의 체계화를 위한 초석이었다. 특히 이 책은 근대 체육이 성립된 이후의 모든 기록과 발전에 대한 역사적 고찰을 최초로 시도한 역작이었기에 더욱 소중한 결실이었다.

그러나 연구를 하면 할수록 오랜 역사를 지닌 우리 체육활동의 전통을 파악하여 민족 생활의 일면을 파악하는 것이 급선무로 등장했다. 결국 그는 나이 오십이 되던 해에 다시 석사 과정과 박사 과정을 밟기 시작했고, 뒤이어 불모의

노익장을 과시했던 생존시 김용식의 축구 묘기

연구 영역인 『한국 체육사』 집필에 심혈을 쏟았다. 중국, 일본 등으로부터 수집한 한문 사료를 탐구하는 것도 어려웠지만, 근대 체육사적인 안목에서 체계있게 정리하기란 더욱 힘들었다. 체육학뿐만 아니라 한국학의 영역에까지 공헌한 이 연구 업적으로 나현성은 체육학 연구인의 최대 영예인 대한민국 체육상을 수상했는데, 오늘날 한국 체육사를 연구하려면 이 저서를 언급하지 않고는 논문이 불가능할 정도로 탁월한 연구업적으로 평가받고 있다.

그러나 무엇보다도 그가 남긴 소중한 교훈은 삶에 대한 접근 자세이다. 체육이 육체의 수련을 통해 정신적 성취를 얻는 자기 완성의 과정임을 굳게 믿되, 한 번 들어선 스포츠인으로서의 삶을 끝까지 쉬지 않고 걸어가는 그 자세야말로 수명이 짧고 말년을 비교적 불운하게 보내는 상당수의 스포츠인들에게 시사하는 바가 적지 않다. 따지고 보면 전문 직업인으로서 학문과 스포츠를 병립시켜 살아가는 사람들은 여기서 일일이 열거할 수 없을 정도로 수없이 많다. 태릉 선수촌장을 지낸 김성집, 체육계의 두뇌로 알려져 있는 김집 전 체육부 장관, 4선 국회의원으로 체육청소년부 장관을 역임했고 현재 육영 사업에 전념하고 있는 정동성, 1968년도 동경 세계유니버시아드대회 유도 경기에서 은메달을 획득한 선수 출신으로 국제유도연맹 경기위원을 역임했고 현재 대한체육회 부회장 및 대한유도회 회장겸 용인대학교 총장으로 있는 김정행 등이 그 대표적인 인물들이다.

이밖에도 대학에서 체육학 연구와 후학 지도를 평생의 업으로 삼은 백용기, 김명복, 유근석, 김오중, 등은 하나같이 선수 시절에는 열심히 뛰었고, 은퇴한 후에는 한 사람의 사회인으로 스포츠인의 입장에서 사회적 역할을 강조해 온 인물들이다. 또한 현재 한국 체육학계를 이끌고 있는 한국올림픽성화회(운동 선수 출신 전국 체육 교수협의체)에 등록된 회원 수만도 2백 70여 명이나 된다.

스포츠는 곡마단의 곡예가 아니다. 물론 뛰어난 기량이 하나의 묘기처럼 묘사될 때도 있다. 그러나 스포츠 세계는 그보다 훨씬 넓고 광범위한 정신의 영역이 있다. 바로 이 점에서 스포츠인에게는 지식보다는 지혜가 요구되고, 끊임없는 정신과 신체 훈련을 통한 인격 수양을 필요로 한다. 경기 지도자이건, 학문 연구자이건 간에 사회인의 한 사람으로 자리매김하기 위한 길이 철저하게 스포츠 정신에 입각해야 한다는 점을 잊어서는 안될 것이다. 일반인 역시 그와 같은 시각에서 스포츠인을 객관적으로, 그리고 투명하고도 진솔하게 바라보는 안목을 지니기를 바란다.

고난의 쓴맛이 우러나는 향기

조선조 세조 때, 한봉련이라는 산지기가 있었다. 얼마나 용맹했던지 호랑이만 나타나면 손으로 때려잡곤 하여 평생 동안 손으로 잡아죽인 호랑이 수를 헤아릴 수 없을 정도였다고 한다. 이 소문을 들은 세조는 그의 용맹성을 높이 칭찬하고는 궁 옆에서 편히 살도록 했다. 어느 날, 궁의 안뜰에서 '나희'라는 가장무도회가 벌어졌는데, 광대들이 호랑이 가죽을 쓰고 한봉련으로 하여금 때려잡게 하는 대목에서, 그는 겁을 집어먹고는 도망치다가 굴러 떨어져 팔이 불러졌고, 결국에는 외팔이가 되고 말았다.

이 이야기가 유래가 되어 사람이 고생을 하다가 편히 잘 살면 약해지는 경우를 두고 '가짜 호랑이에 팔 잘린다'라는 말이 생겨났다. 만일 한봉련이 그냥 산지기로 계속 살았다면 그 용맹은 유지되었을 것이지만, 궁에서 내린 호화로운 의식주 속에서 생활하다 보니 약해질 수밖에 없었던 것이다. 말하자면, 문화와 인간의 내력(耐力)은 반비례 관계에 있다는 이야기인데, 인간이 환경의 변화에 얼마

훈련을 하다가 지쳐 쓰러진 어느 선수의 모습

나 간사하게 잘 적응하는가를 보여주는 예이기도 하다.

운동 선수가 자의건 타의건 간에 선수 생활을 은퇴하고 사회에 첫발을 내디딜 때, 직업이 경기 지도자이건 스포츠와 무관한 분야이건 간에, 그 상태는 한마디로 벌거벗은 알몸으로 울면서 태어나는 어린아이와 같다. 세상은 온통 알 수 없는 두려움, 그리고 호기심으로 가득 차 있을 것이다.

운동만 했기 때문에 다른 분야에 별다른 지식이나 경험을 갖고 있지 못하다는 자괴감, 합숙소라는 공간에서, 그것도 늘 같은 동료들끼리만 어울리며 지내다가 혼자 떨어져 나간다는 외로움과 두려움이 겹쳐 더욱 심각한 고민에 사로잡힌다. 때로는 '이제 내 인생이 끝이구나' 하는 허탈감마저 들기도 하고 그 동안의 화려했던 선수 생활이 헛된 것으로 여겨지는 상실감마저 갖게 된다. 새로 태어난 어린아이가 뒤채고 기고 일어서고 걷는 것을 배우는 동안 무수

히 넘어져야 한다는 것을 알면서도 그 같은 고통의 대가를 치르기
가 겁나기도 한다. 그러나 추락하는 것에는 날개가 있고, 생각을 바
꾸면 세상이 달라 보인다는 말처럼, 선수 생활의 마지막이 스포츠
인의 끝은 아니다. 인생의 끝은 더욱 아니다. 생각하기에 따라서는
영원한 스포츠인의 길로 들어서는 첫 스타트 라인이며, 제2의 탄생
을 맞는 계기이다. 많은 젊은이들이 이 출발선에서 두려워하고 좌
절을 경험하지만, 스포츠인만의 강인한 정신력과 건강한 신체를 밑
천으로 철벽같은 사회의 온갖 역경들을 뚫고 당당히 자신의 삶을
개척해 낸 스포츠인들은 우리 주위에 너무나 많다. 그것이 꼭 사회
적 출세나 부(富)를 의미하는 것이 아니기에 더욱 스포츠인답다고
말할 수 있다.

　원로 배구인 김명수의 삶을 살펴보자.

　"나는 운동을 하면서 형으로부터 '너는 개인 위주로만 생각하니
장차 사회에 나가서 어떻게 생활하겠느냐, 사회생활을 하려면 개인
을 희생하더라도 단체를 먼저 생각해야 하고, 단체라는 대(大)를 위
해 개인이라는 소(小)를 희생해야 하는 게 사회생활, 인간 생활의
철칙'이라는 말을 자주 듣곤 했다. 돌이켜 보면 운동을 하기 전에
는 배타심이 강한 성격이었는데, 단체 경기인 배구를 해 오면서 크
게 변하게 되었음을 느끼게 된다."

　그가 보성전문 배구 선수 시절을 회상하면서 한 말이다. 몸이 허
약하여 운동을 시작한 그는 처음에는 자기중심적으로만 생각하는
성격과 버릇 때문에 팀 동료와도 다툼이 있었고, 스승으로부터도
곧잘 꾸지람을 들었던 모양이다. 그러나 경기에 패한 어느 날 동료
선수 전원이 몽땅 삭발하면서 투혼의 결의를 다졌던 일이 있고 난

뒤, 그는 자신의 생각이 크게 모자랐다는 점을 깨달았다. 그것은 훗날 후배 선수를 지도할 때나 조흥은행 직원으로 근무하고 뒤이어 기업체를 운영할 때에도 그의 삶을 지탱해 주는 기둥이 되었다.

지도하던 어린 학생 선수들에게 나누어주기 위해 남대문 시장에 나가 헌 운동화만 보이면 사다 양복장 서랍에 쌓아 두었던 추억이나, 미군 병사에게 유니폼을 부탁하고 밤새워 아내와 함께 넘버와 마크를 달던 일 등은 개인보다는 전체를, 자기보다는 남을 먼저 생각하는 정신에 입각한 그의 행동 목표였던 것이다.

그런가 하면, 샐러리맨으로 일할 때나 사업을 하면서부터 인간관계 속에서 가슴 아픈 결별을 겪기도 하고 때로는 물질적인 피해를 입기도 했다. 그럴 때마다 스포츠인 정신은 그를 보다 인간적이고 올바른 선택을 할 수 있는 정신적인 바탕이 되어 주고, 다시 일어설 수 있도록 힘을 주는 진정한 동지가 되어 주었던 것이다.

휘문고보 시절에 역도, 육상, 체조 등 다재다능한 선수로서 이름을 날렸던 백용기의 경우도 마찬가지이다. 그는 학교 졸업 후 일본으로 건너가 군대 이상으로 엄격한 스파르타식 교육을 실시하는 체조학교를 우수한 성적으로 마쳤다. 그 후, 국내에 돌아와 학교에서 후진을 양성하다가 47세 되던 해(1960년)에 새로 창설된 중앙대 체육학과 교수로 부임했다.

그가 '중앙대 체육의 아버지'로 불리게 된 데에는 특별한 계기가 있었다. 설립자인 임영신 총장과의 첫 만남에서 '의에 죽고 참에 살자'는 교훈의 뜻을 되새긴 그는 우수한 성적으로 학교의 명예를 높이겠다는 제한된 목표를 버리고, 건전한 정신과 정정당당하게 싸워서 이기는 자세를, 그리고 최선을 다하는 투지를 보여주겠다고 다짐했다. 그 때부터 그는 선수들에게 진정한 스포츠인다운 투혼을 요구했다.

1964년 인천에서 전국대학육상경기대회가 있었다. 중앙대 육상부는 1백 미터, 2백 미터, 1천 미터 달리기 종목 등에서 우승을 거머쥐었지만 1천 미터 계주경기에는 별로 승산을 두지 않았다. 국가대표 선수를 3명 보유한 대학이 있었기에 기대하지 않았던 것이다.

역시 경기가 시작되자마자 2위로 달리기는 했지만 1위와의 거리가 많이 떨어졌다. 마지막 주자가 뛸 때에는 무려 50미터나 떨어졌다. 그러나 기적이 일어났다. 마지막 주자가 필사적인 역주를 하더니 결승점을 통과할 즈음에는 2위와의 격차를 무려 1백 미터나 벌여 놓았다. 상상도 할 수 없는 일이었다. 그는 트랙으로 달려가 쓰러져 극도의 고통을 참고 있는 마지막 주자를 꼭 껴안아 주었다. 최선을 다하는 투혼이야말로 진정한 아마추어리즘이자 가장 값진 스포츠 정신이라는 신화가 확인되는 순간이었던 것이다.

경기인 출신이 사회생활을 하면서 가장 당혹스러워 하는 것은 현실 세계가 룰이 철저하게 지배하고 정정당당한 승리를 최고의 명예로 삼는 스포츠 세계와 다르다는 점이다. 그리하여 때로는 자신의 가치관이 송두리째 흔들리는 혼란에 빠지기도 하고, 이중적인 사회 메커니즘 속에 휩쓸려 실패와 좌절을 겪기도 한다.

그러나 분명한 것은 대다수의 사람들이 좌절이나 실패에 굴하지 않고 건강한 사회를 만들어 가고 있는데, 그것이 바로 스포츠 정신에 잉태된 건전한 상식이라는 점이다. 그것은 어쩌면 이 책에서 일관되게 설명하고 있는 참된 아마추어 정신이기도 하다. 아니, 스포츠인 정신을 사회에 적응시켜 나가는 과정에서 지불하는 수업료라고 해도 괜찮다. 원로 스포츠인들을 만날 때마다 일반인들이 갖지 못한 인간적인 향기와 깊이를 느끼게 되는 것도 바로 스포츠인 정신이 이 사회의 건전한 상식과 통하기 때문일 것이다.

현역에서 은퇴하고 사회에 나가는 것은 어떤 선수나 반드시 겪어야 할 통과의례이다. 그것은 어린아이가 세상에 태어나는 것과 같다. 그러나 그 어린아이에게는 스포츠 정신이라는 큰 재산이 있다. 어린아이가 혼자 일어설 수 있을 때까지 어머니가 보살펴 주고 위로해 주고 나무라 주는 것처럼 스포츠 정신은 스포츠인이 사회인으로 살아가면서 겪어야 할 '어려움과 고통을 배우는 수업료'로 지불될 때 동반자 역할을 해줄 것이다.

지금 우리 사회는 '구조 조정'이란 유행어가 말해 주듯, 밑바닥에서부터 뒤집어지는 고통을 겪고 있다. 스포츠계 역시 예외가 아니다. 그러나 스포츠인은 고통을 밥먹듯이 겪으며 살아가는 사람이다. 고통을 극복하는 힘, 그것은 선수에게 승리자의 길을 가는 원동력일 뿐만 아니라 사회인으로서 쓰러지지 않고 살아가는 힘이 된다. 지금 우리 사회에 스포츠인의 '헝그리 정신'이 절실히 필요한 이유가 여기에 있다.

감추고 싶은 이야기들

형이 담배 피우는 것을 보고 어린 동생이 물었다.

"형님, 담배를 무슨 맛으로 피우나요?"

"글쎄, 나도 모르겠다. 그 맛 때문에 피운다."

형은 담배를 피우는 기분을 말로는 어떻게 설명할 수 없었기에 얼버무렸던 것이다. 그냥 '그 맛'이라고밖에 달리 말할 도리가 없었다. 몇 년이 지난 뒤, 동생도 이제는 자라서 담배를 피우기 시작했다. 형이 그것을 보자 '무슨 맛으로 피우냐?' 라고 되물었다. 동생은 빙그레 웃으면서 이렇게 대답했다.

"'저도 바로 그 맛 때문에 피워요."

그러고 보면, 바로 그 맛 때문에 담배를 끊는 것이 쉽지 않다. 백해무익한 담배를 피우지 않으면 건강에 얼마나 좋으련만, 대개의 사람들은 금연한다고 하면서도 끊지 못한다.

"담배를 끊는다는 것은 지극히 쉬운 일이다. 나는 벌써 백 번 이상은 금연을 했으니까 말이다."

미국의 작가 마크 트웨인이 한 말이지만 그 자조적인 넋두리만으로도 얼마나 담배를 끊기 어려운가를 알 수 있다. 실상 술은 끊을지라도 담배만은 끊기 어렵다는 것이 일반 통설로 되어 있는데, 거기에는 인간의 고독과 약점이 도사리고 있는 것은 아닐까 싶다. 그 인간의 고독은 철학을 낳는 바탕이 되었다고 볼 수 있다. 흥청망청 호사스럽고 안일한 가운데서 철학이 싹튼다는 것은 생각하기조차 어려운 노릇이다. 호사스런 기분을 맛보게 해주는 것이 술이라면 고독을 달래 주는 것은 담배일 것이다. 그러기에 어느 작가는 '파이프는 철학자의 입에서 혜지(慧智)를 끄집어내고 어리석은 자의 입을 막는다'고 했다.

그렇다면 그 어느 분야보다도 더 철저히 외롭고 고독한 순간을 많이 겪는 스포츠인들과 담배와의 상관관계는 어떠할까. 딱 부러지게 말할 수는 없지만, 특별한 연관성이 없어 보인다. 아니, 오히려 술과 관계가 깊다는 게 통설이다. 그래서일까, 스포츠를 한 사람 중에는 의외로 예술가의 기질을 가진 사람들이 많다. 대개 일반인들은 운동 선수들이 정신적으로 단순하고 감정이 무딘 것으로 이해하고 있지만, 그것은 잘못된 생각이다.

우리 나라 최초의 올림픽 금메달리스트인 레슬링의 양정모는 자신이 힘들 때마다 시를 쓰면서 스스로를 달랬다. 매트 위에서는 어느 누구보다도 맹렬하게 훈련에 임하는 사자 같지만 매트 밖에서의 양정모는 섬세하고 차분하면서도 감상적인 청년이기도 하다. 그야말로 사랑과 고독, 좌절을 누구나처럼 느낄 줄 아는 젊은이의 한 사람이다.

특히 부산 동아대학 시절부터 모든 생활을 두 권의 노트에 적었는데, 그 중 하나가 '시'라는 제목의 시작(詩作) 노트였다. 그 한두 편을 보자.

'물을 빨아올리는 나무들처럼
내 마음을 빨아올리는 사람은 없는가
잠깐 왔다가는 여정에
잠깐이라도 지친 다리를 뻗고 있을 곳은 …'
'그 누구도
나의 쓸쓸한 마음의 창문을
두드리는 사람은 없고
늦가을의 바람이
내 님인 듯 오셨구
님은 지금도 무엇을 하고 있는가 …'

한마디로, 격렬한 훈련과 해외 원정 틈틈이 젊은이다운 낭만을 노래했고 불꽃튀는 승부의 시간이 끝나면 스포츠 세계의 근원적인 비정과 외로움을 피력한 작품들이다.

아마도 운동을 해본 사람이라면 누구나 한두 번쯤은 다음과 같은 경험이 있었을 것이다. 예컨대, 전에 없이 몸이 마음대로 움직여 주지 않고 아침이면 육신이 천근 만근 무거워서 자리에서 일어나는 것조차 힘들다. 경기장에 나가면 실수는 온통 자신의 몫 같고, 팀 성적이 저조한 원인 역시 모두 내 잘못 같다. 코치 선생님의 불호령에 더욱 의기소침해진다. 그러다가 어느 날 '야간 특별훈련'이라는 특별명령이 떨어진다.

저녁 식사를 마치고, 동료들의 함성과 코치 선생님의 호령이 사라진 텅 빈 연습장에서 오로지 자기 자신의 숨소리와 발소리만을

들으며 연습에 몰두하
다 보면, 돌연 뭐라고
말할 수 없는 덩어리
같은 것이 심장 저 밑
바닥으로부터 치밀어
올라 목을 꽉 메운다.

'이렇게까지 해서 운
동을 계속할 필요가 있
을까.'

순간, 자신의 선택이
혹 잘못된 것이 아닌가
의아스럽게 느껴지기도
한다. 자기 자신이 이
세상에서 가장 외로운
사람이라는 생각마저

우리 나라 최초의 올림픽 금메달리스트 양정모의 경기 장면

들기도 한다. 온갖 잡념
이 뒤엉켜 머리 속이
혼란해지고, 누군가 등뒤에서 비웃는 것 같아 숨이 막힐 지경이다.

확실히 힘들고 외로운 순간에 부딪히면 사람은 누구나 자신이
한없이 초라해지고 약해지는 것을 경험하게 된다. 고독이란 그리운
사람을 보지 못해도 느끼고 자기를 알아주는 사람이 없을 때도 느
끼는 것이다. 그렇다고 해서 위대한 인물들의 '참 고독'과 속물 인
간으로서의 '슬픈 고독'이 같을 수는 없다.

낙엽은 가을 내내 썩는다. 그리고 봄이 되면 싹이 트고 왕성해지

는 자연의 밑거름이 된다. 고독 또한 낙엽의 마지막과 동한다. 비록 속인이라 할지라도 오늘의 고독을 죽은 '슬픈 고독'으로 만들지 않으려면 다시 일어나야 하는 것이다. '이렇게 주저앉을 수는 없다'는 생각에 다시 미친 듯 연습에 매달릴 때 그가 겪은 고독은 '참 고독'으로 승화될 수 있는 것이다.

인생과 마찬가지로 운동 선수에게도 컨디션이 좋은 날이 있고 형편없이 난조에 빠질 때도 있다. 그러나 그 과정을 반복하면서 육체적 단련뿐만 아니라 정신적으로나 감정적으로 성숙한 스포츠인으로 성장하게 마련이다. 스포츠인으로 한 평생을 살아온 원로 스포츠인들의 인품과 덕성이 철학자 못지 않게 깊고 높은 이유는 심신을 갈고 닦는 체육 덕목 때문이다. 자신의 밑바닥 한계를 경험해 본 사람만이 갖는 삶에의 경건함과 겸허한 자세, 그리고 남의 약점과 허물을 이해해 줄줄 아는 너그러움 등을 공부하기에는 운동만큼 좋은 것도 드물다.

그런가 하면, 사람은 누구나 혼자만이 간직하는 내면의 갈등과 아픈 사연을 한두 가지는 간직하고 있기 마련이다. 스포츠계도 예외는 아니다. 그러나 다른 어느 분야보다도 인간적 신뢰와 친밀감이 두터운 스포츠계에서는 비록 당시에는 아무에게도 말하지 못했지만, 훗날 담담히 회고하는 사례가 많아 일반인들에게 신선한 충격을 주기도 한다.

사실 자신의 첫 경험을 인정하는 것은 빠를수록 좋다. 자신의 삶을 들여다보는 안목을 가져야만 보다 성숙한 인간적 풍모를 지닐수 있기 때문이다. 그런 의미에서 실수는 안하는 것보다 경험하는 것이 역설적으로 삶에 도움이 되는 것인지도 모른다.

성격적 결함이나 환경적인 어려움 때문에 저지르게 되는 어리석은 실수는 아니지만 타산지석으로 삼을 만한 사례를 중견 농구인 방열의 고백에서 살펴보자. 1960년대 말, 조흥은행 여자농구팀 코치로 있었던 방열이 코치라는 직업에 대해 처음으로 심각하게 회의를 느꼈다고 털어놓는 비극적인 사연이다.

1971년 가을, 조흥은행 여자농구팀 숙소로 반 년 전 선수 생활에서 은퇴하고 평범한 은행원으로 돌아간 김영자가 찾아왔다. 그 날 열린 추계 행원체육대회 배구경기에 출전했다가 땀도 닦을 겸 후배도 만나 볼 겸해서 들린 것이었다. 방열은 오랜만에 찾아온 그녀에게 선수단 숙소에서 샤워하고 천천히 놀다 가라고 권했다.

"전 이제 은퇴했잖아요."

사건은 김영자가 귀가하여 샤워를 하던 중, 보일러가 터지는 바람에 일어났다. 그녀는 온몸에 심한 화상을 입었는데, 소생 가망이 거의 없었다. 병원으로 쫓아간 방열은 그녀의 손을 꼭 잡고서 선수들이 연습할 때 용기를 북돋아 주기 위해 외쳤던 구호를 다시 한 번 외쳤다.

"힘내라, 영자야. 라스트야, 마지막 한바퀴!"

'라스트'라는 그 말에 그녀는 기운을 얻은 듯 "네!"라는 소리와 함께 벌떡 일어나더니 그만 맥없이 쓰러지고 말았다. 순간, 그의 뇌리에는 숙소에서 샤워를 하고 가게끔 붙잡지 못한 자신에 대한 후회가 슬픔과 함께 밀어닥쳤다. 은퇴를 좀더 일찍 시키거나 늦게 시켰다면 이런 사고는 피할 수 있지 않았을까 하는 생각도 들었다.

결국 방열은 한 사람의 생명을 앗아간 불행을 겪으면서 선수들을 적절한 시기에 적절한 방법으로 은퇴시키는 것이야말로 지도자의 중요한 몫이라는 것을 깨달은 셈이다.

이번에는 민속씨름대회가 국민들의 인기를 몰아갈 무렵, 장지영이 천하장사 타이틀을 거머쥐었을 때의 일을 떠올려 보자. 당시 장지영은 결승전에서 지나친 샅바 싸움을 벌여 관중과 언론으로부터 불명예스런 챔피언이란 평을 들어야만 했다.

엄밀한 의미에서 본다면, 한 치의 샅바조차 늦추어 주지 않으려는 그의 태도는 선수로서 당연히 가져야 할 승부욕과 투지로 인정받아야 할 장점일 수도 있었다. 경기 규정에 어긋난 행동을 한 것도 아니었기 때문이다. 그러나 경기를 지켜보는 많은 관중들은 승부욕과 투지보다는 깔끔하고 산뜻한 경기 진행과 훌륭한 기술에 의한 멋진 승부를 원했다. 때문에 승부욕에 집착한 승자에게 박수를 보내기는커녕 오히려 비아냥거렸다. 관중들의 바램에 동참해 주지 못했다는 비난의 화살이었다.

결국 장지영은 천하장사가 되긴 했지만 자신에게 덧씌워진 불명예 때문에 심리적으로 상당한 고통을 겪지 않을 수 없었다. 그래서일까, 그는 곧이어 슬럼프에 빠졌고, 경기 성적은 매우 저조해졌다. 몇 해가 지나고, 그는 자신의 명예를 회복하기 위해 달라진 모습으로 모래판에 등장했다. 기술로서도 충분히 천하장사가 될 수 있다는 것을 보여주기 위해 분전했다. 그러나 체력의 열세를 극복하지 못해 천하장사 타이틀을 탈환하지는 못했다. 그럼에도 불구하고 그의 용기 있는 행동은 스포츠인뿐만 아니라 많은 언론으로부터 긍정적인 평가를 받았다.

'첼리니 자서전을 읽지 않고서는 독서했다는 말을 하지 마라'고 할 정도로 유명한 자서전을 펴낸 르네상스의 조각가 첼리니는 그

의 자서전 첫머리에서, 인간이라면 누구나 자기 과거를 기록할 의
무를 겨야만 한다고 적고 있다.

인간은 누구나 아름다운 것을 들으려 하고, 아름다운 것을 보려
하며, 아름다운 것을 생각하는 본능이 있다. 그리하여 시도 읽고 싶
어하고, 명화를 감상하고 싶어하며, 음악에 심취하려 한다. 그러나
존경받고 싶어하고, 예찬받고 싶어하며, 명성을 얻고 싶어하는 또
다른 욕심이 있어 갈등을 겪게 된다. 이 때 욕심이 내심(內心)이 아
니고 외심(外心)일 때, 그 사람은 추악해지는데, 만일 그것이 아름
다움을 향한 본능보다 더 커지면 뭇 사람들로부터 손가락질을 받
게 된다.

인간이라면 누구나 장점과 약점이 있기 마련이다. 사람들은 장점
이 많이 드러나서 존경받기를 원하지만, 약점은 혼자만의 비밀로
감추어지기를 희망한다. 그러나 훌륭한 인물들은 자신의 약점을 오
히려 인격적으로 성숙시키는 밑거름으로 활용하는 장점을 지니고
있다.

사람이 살아가면서 가장 나쁜 일은 '한 번 한 거짓말을 정당화시
키기 위해 다른 거짓말을 한 번 더 하게 되는 것'이란 말이 있다.
살아가는데 있어서 솔직함만큼 큰 힘이 되는 것은 없다. 아무리 많
은 잘못을 저지른 사람이라도 자기 자신에게 솔직할 수 있다면 그
잘못은 오히려 자신의 성숙에 밑거름이 되어 준다.

내가 바꾸지 못하는 사람들

천국으로 들어가는 문 앞에 세 사람이 서 있었다. 문을 지키고 있는 성 베드로가 세 사람에게 무슨 일을 했느냐고 물었다. 첫 번째 사람은 성직자로서 25년간 수많은 사람에게 설교했다고 했다. 그러자 성 베드로는 "저기 한쪽에 서 있게!" 라고 했다. 두 번째 사람은 의사로서 25년간 병원에서 일했다고 했다. 성 베드로는 첫 번째 사람과 똑같이 서 있도록 했다. 세 번째 사람은 교사로서 25년간 학생들을 가르쳤다고 했다. 그러자 성 베드로는 얼른 천국의 문을 열어 주고 들어가라고 말했다. 옆에 서 있던 두 사람이 항의를 하자, 성 베드로는 "자네들이 반세기 동안 한 일보다는 저 사람이 더 많은 인간을 구했기 때문이다" 라고 말했다.

이 우스개 이야기처럼, 선생님은 성직자나 의사보다도 인간을 인간답게 키우는데 있어서 막중한 책임을 지니고 있다고 해도 결코 지나친 말은 아닐 것이다.

우리는 누구나 일생을 통해 잊지 못할 사람을 한두 명쯤 갖는다.

대개는 초등학교 혹은 중·고등학교 시절이나 또는 대학의 선생님 중에 잊혀지지 않는 스승이 있어 마음에 새기며 존경하고 흠모한다. 그러나 생활체육보다 학교체육을 위주로 성장해 온 우리 스포츠계에는 코치나 감독 등 경기 지도자와 사제 관계 이상으로 끈끈한 정을 이어가는 경우가 대부분이다. 거기에는 정신적으로 큰 가르침을 준 스승도 있고, 혹 자신의 잘못으로 돌이킬 수 없는 길을 가거나 좌절의 구렁텅이에서 빛이 되어 준 스승도 있다. 때로는 경제적 어려움을 겪고 있는 자신에게 호주머니를 털어 주는 스승도 있다.

특히 스포츠계의 스승과 제자 관계는 비록 주어진 동기는 다를지언정 하나같이 애정과 존경, 인간적 신뢰를 바탕으로 맺어져 있다. 게다가 스포츠인이 가진 큰 덕목인 배짱과 투지, 강인함과 너그러움, 한번 맺은 관계는 끝까지 지키려는 의리와 신의 등으로 주위 사람들로부터 신망의 대상이 되기도 한다.

우승 기록이 하도 많아 1991년 기네스북에 올랐던 배드민턴의 황제 박주봉과 그의 스승인 감독 한성귀의 사연을 예로 들어보자. 엄밀하게 말하면, 두 사람은 학교에서 맺어진 관계는 아니다. 1982년 한국체육대학 1학년에 재학 중이던 박주봉이 국가 대표로 선발되면서 당시 대표팀 코치로 부임한 한성귀와 인연을 맺기 시작했다. 두 사람은 만난 지 보름만에 덴마크 오픈에 출전하여 박주봉이 한국 남자 배드민턴 사상 최초의 금메달을 목에 걸었다. 그러나 그날 두 사람이 나눈 대화는 의외였다.

"감사합니다. 다 코치님 덕분입니다."

"너는 인간으로서 금메달 감이 되어야 해. 이대로는 안돼!"

수고했다는 말을 들을 줄 기대했던 박주봉에게는 너무나 충격적인 말이었다. 그리고 짧고도 무게 있는 그 말이 함축하고 있는 의미를 되새겼다. 그 때부터 그는 눈에 띠게 달라졌다. 누가 시키지 않았는데도 매일 새벽에 구보하고 연습 자세도 성실해졌다. 코치인 한성귀는 쉴 틈을 주지 않고 고칠 점을 지적했고, 박주봉은 묵묵히 따랐다. 이같은 사연 속에 박주봉이 대학 4년 동안 선수 생활에서 획득한 금메달이 30개가 넘었다.

졸업을 앞두고 진로 문제로 고민하던 박주봉은 스승과의 의리를 택했다. 졸업하기 전, 그에게는 말레이지아, 영국 등에서 상당한 수입을 보장해 주겠다면서 스카우트를 제의해 왔다. 그러나 박주봉은 그 모든 것을 거절하고 스승이 감독으로 있던 전북 도청 팀에 입단했다. 스카우트 조건은 아무것도 없었고, 봉급 역시 신임 공무원 수준에 불과했다. 그럼에도 그는 "이제 스승에게 보답하는 길은 그 분이 계신 팀에서 좋은 성적을 내는 것"이라고 하여 순수한 마음을 다시 한번 읽게 해주었다.

이처럼 흐뭇한 감독과 선수와의 사제 관계는 우리 스포츠계에 흔하게 널려져 있다. 그 뿌리 또한 오래되었다. 1920년대 우리 축구계에 그 이름을 깊이 새긴 엄동원이 가난한 씨름 선수였던 시절에 만난 유도인 강낙원과의 사연은 퍽 인간적이었다.

엄동원이 고향 간도를 떠나 숭실중학에서 뛰어난 축구 선수로 활동하다가 보성전문 교수 홍성하의 도움을 받아 보성전문에 들어가기 전이었다. 잠시 강낙원이 운영하고 있던 무도관에 머문 적이 있었는데, 체력이 남달랐는지라 들어온 지 얼마 안되어 최고수의 자리에 올라섰다.

강낙원은 엄동원이 투지만
만하고 매우 성실한 것을 알
고는 그에게 무도관의 운영
일체를 맡겼다. 자신을 믿어
준 스승의 태도에 감격한 엄
동원은 그 은혜에 보답하기
위해 밤늦게까지 후배들을 지
도하면서 회계장부를 정리하
고 청소까지 도맡아 했다.

제자를 아껴 주는 일에는
스승의 부인도 한몫 거들었
다. 강낙원의 부인은 엄동원
이 밤늦게까지 일하는 날이면
어김없이 집에 돌아가려는 엄
동원을 불러다가 아랫목에 데

1992년 바르셀로나 올림픽 배드민턴 남자복식에서 우승한
박주봉(오른쪽)과 김문수

워 둔 밥을 꺼내 밥상을 차려 주었다.

언젠가 엄동원이 의기소침해 있은 적이 있었다. 그러자 강낙원의
부인은 그를 조용히 부르더니만, 자신의 결혼 반지를 손가락에서
빼 주었다. 마침 집에 돈이 없으니 이것이라도 저당 잡혀서 친구들
과 하루 신나게 놀다가 집에 들어가라는 이야기였다. 순간, 엄동원
은 가난한 객지 생활의 외로움을 따뜻하게 이해해 주는 사모님이
마치 어머니처럼 느껴져 그만 울음을 터뜨리고 말았다.

원로 축구인 박준협은 연세대 축구 선수로 활약할 때 친구 때문
에 약속을 저버렸던 자신을 흔쾌히 용서해 준 감독 김지성을 잊지

못한다. '연세대 축구의 아버지'라 불리는 김지성은 23년간 몸담고 있으면서 연세 축구를 위해 집 세 채는 날렸을 것이라는 말을 들을 정도로 헌신적이었던 인물이었다. 그는 또 아시아축구선수권대회에서 우승하고 돌아와 이승만 대통령을 예방했을 때 "소원이 무엇이냐?" 라는 물음에 "축구장 하나가 필요하다" 라고 하여 오늘날 효창구장이 건설되었다는 에피소드를 남기고 있다.

박준협이 연세대에 입학한 1959년 당시, 연세대 축구팀은 맞수 고려대에 패하고 난 뒤 코치 문제로 설왕설래하고 있었다. 이 때 연세대 출신인 김지성이 무보수로 코치를 맡겠다고 했다. 신임 감독의 훈련은 혹독했다. 감당하기 어려운 강도 높은 훈련이 연일 밤 늦게까지 계속되자, 일부 선수들은 불평을 늘어놓았으나 감독은 오히려 정신력이 해이하다고 야단을 쳤다. 그런 가운데 차츰 선수들의 팀워크가 향상되고 기량도 좋아졌다.

그 해 가을부터 연세대 팀은 제1회 아시아축구선수권대회 파견 선발대회에서 전승을 거두는 등 전성기를 맞이했다. 국가대표 선수로 5명이나 선발되기도 했다. 그러나 그 이듬해 4·19가 발발하면서 각종 경기대회가 중단 상태에 빠지자, 박준협은 몇몇 동료와 함께 군에 입대했다. 본래 감독과는 '훈련은 할 때 계속해야 한다'는 이유 때문에 졸업한 뒤 입대하기로 약속했었지만, 그만 그 약속을 어기고 만 것이다. 그는 감독이 몇 차례 찾아와 학교에 계속 남아 훈련에 전력투구하라고 충고했지만 들은 체 만 체 했다.

군 복무를 마친 뒤 복학한 그는 감독인 김지성에게 인사를 갔다. 그러나 김지성은 계면쩍어 하는 그에게 군에서 고생했다는 말로 오히려 더 따뜻하게 맞아 주었다. 새삼 스승의 넓은 가슴이 하늘처

럼 다가왔다. 그리고 약속을 헌신짝처럼 내팽개친 자기 자신이 미
웠다. 훗날 박준협은 힘든 일이 있을 때마다 '호령 속에 땀 흘리고
인내심을 길러 준' 스승의 모습을 떠올렸고, 후진들을 지도할 때면
서로의 잘못을 따뜻하게 감싸주는 인간미를 첫 번째 덕목으로 강
조했다.

　흔히 '한국 최고의 체육인'이라 불렸던 김종렬이 늘 기억하는 인
물은 다름 아닌 원로 체육인 전유량이었다. 전유량이 배재고보 럭
비를 지도할 때였다. 그는 해마다 학기초가 되면, 선수들과 훈련에
들어가기 전에 두 가지를 약속 받는다. 하나는 하루 2시간씩 럭비
연습을 하는 대신 나머지 시간은 공부에 전념한다는 것이고, 또 하
나는 만일 낙제하면 럭비부에서 제적하고 과정 낙제는 경기에 출
전시키지 않는다는 것이다. 그래서일까, 그가 지도한 럭비 선수들
의 학교 성적은 오히려 일반 학생보다 월등하게 높았다.

　학교체육은 어디까지나 순수한 아마추어 정신을 고수해야 한다
는 전유량의 신조는 확고했다. 그는 훈련을 시작하기에 앞서 언제
나 10분간 훈시했는데, 학생은 단체 활동을 통해 봉사정신을 배우
고, '나'가 아닌 '우리'라는 단체정신을 키워 민족사회의 일꾼이 되
어야 한다는 게 골자였다. 워낙 똑같은 내용의 훈화를 듣다 보니
상급 학생이라면 거의 똑같이 외울 정도였다고 한다.

　그런가 하면, 원로 농구인 이경재가 기억하고 있는 인물은 감독
이나 코치가 아닌 선배 이상균이고, 그것도 매우 감상적인 모습이
었다. 언젠가 브라질 원정 경기에서 대회 일정을 마치고 코파 카파
나라는 해수욕장에서 일광욕을 즐기고 돌아갈 무렵이었다. 이상균
은 바닷가의 모래 한줌을 움켜쥐고는 조그마한 동전 주머니에 담

았다. "모래는 가지고 가서 뭐에 쓰겠느냐?" 라는 이경재의 물음에 이렇게 답했다.

"내가 언제 또다시 이곳에 와서 부드러운 모래와 만날 수 있겠어? 이 모래를 가지고 가서 우리들이 이곳에서 한때나마 즐겁게 지낸 추억으로 오래 간직하고 싶어."

참으로 포근한 정감이 촉촉이 젖어 있는 부드러운 남자가 아닐 수 없다. 그러나 평소 '낭만을 빼놓으면 아무것도 없다' 라고 입버릇처럼 말하지만, '탱크'라는 별명이 말해 주듯 그는 승부욕이 무척 강했고 추진력도 대단했다. 일단 코트 안에 들어서기만 하면 언제 그랬나 싶게 완전히 달라졌다. 상대 선수가 키가 크더라도 겁을 먹는 일이 없었다. 몸을 아끼지 않고 부딪치고 자리싸움을 벌이는데, 그 눈빛과 저돌적인 몸싸움 앞에 서면 웬만한 선수들은 기가 죽을 정도였다.

그러나 인간미에 있어서는 더할 나위 없이 훈훈했다. 팀 동료가 조금만 잘 해도 자기 일처럼 기뻐했고, 혹 정신적으로나 물질적으로 어려운 곤경에 처하게 되면 진심으로 걱정하면서 조금이라도 도움이 되고자 동분서주했다. 그야말로 '애타심'이란 단어를 빼면 남는 게 없는 인물이었다.

불교에서의 마음에 대한 선문(禪問)으로 이런 구절이 있다.

'나에게는 한 물건이 있으니, 하늘과 땅에 사무쳤다. 밝기는 해와 같고 어둡기는 칠흑과 같다. 항상 움직이는 가운데 쓰고 있으나 거두어 얻지 못하고 있다. 이 물건은 무엇인가?'

인간의 마음은 하늘이나 바다보다 더 넓을 수 있고, 좁쌀이나 겨자씨만큼 좁아질 수도 있다. 옷깃만 스쳐도 인연이라고 하는 이 세상에서 특별하게 만나는 수많은 사람들, 예컨대 동료, 선후배, 코치, 감독, 혹은 선생님 등에 대해 마음 씀씀이가 어느 정도인가를 생각해 보자. 혹 부침(浮沈)이 격심하고 변덕스럽기도 하여 부끄러움을 느낄 때는 없는가.

웅덩이에 고인 물은 썩게 마련이다. 사람의 마음도 갈고 닦지 않으면 죽어 버린다. 좋은 옥돌이라도 갈아야 빛이 난다. 가장 현명한 사람은 모든 사람에게서 배우는 사람이고, 강한 사람은 자신을 이기는 사람이며, 지혜로운 사람은 자기 분수를 아는 사람이다. 어떻게 해야 할지 막막하고 어려운 인생 길에서 훌륭한 인생 선배의 경험과 지혜는 간직할수록 빛이 나게 마련이다. 내 곁에 다가온 소중한 사람의 기억을 잊지 않고 살아가는 것은 내 자신이 누구에겐가 큰 사람으로 기억되는 길이기도 하다.

지도자의 짐은 낙타등처럼

낙제만 하던 말썽꾸러기 학생이 대학을 졸업하게 되었다. 그는 교수에게 정중히 인사를 하고 한 가지를 부탁했다.

"사회에 나가기 전에 선생님의 마지막 가르침을 받고자 합니다. 제가 평생토록 지켜야 할 일이 무엇인지 그것을 알려주십시오."

교수는 침통한 표정을 하며, 이렇게 말했다고 한다.

"자네가 나한테 배웠다는 것을 절대로 비밀로 해 달라는 것일세."

육체는 부모에게서 받고 정신은 스승에게서 받은 것이라는 격언이 있지만, 좋은 교수의 가르침을 받았다고 해서 둔재가 천재로 바뀌는 것은 아니다. 배운다는 것이 나무를 옮겨 심듯이 그대로 지식이나 사상을 옮겨 심는 행위가 아니기 때문이다.

그러나 스포츠의 세계는 다르다. 훌륭한 지도자 밑에 훌륭한 선수가 나온다. 무엇보다도 젊음의 한때를 바쳤던 스포츠에 대한 애정이 각별하고, 자신이 미처 이루지 못한 꿈을 선수를 통해 실현해 보고자 하는 의지가 강하게 작용하기 때문이다. 그리고 그들 자신이 누구나 원하는 안락과 쾌락 대신 고난과 고통을 스스로 선택한 사람들이기 때문이다.

스포츠의 세계 자체는 처절한 승부의 세계이고 오직 피와 땀과 눈물만으로 승리를 쟁취할 수 있는 싸움터이다. 때문에 '나는 고난과 모험과 용기를 필요로 하는 시련밖에 줄 수 없기 때문에 오직 평안만을 구하는 사람들, 현상만을 유지하려는 사람들은 내게 표를 던지지 말라' 라고 한 미국의 고 케네디 대통령의 연설처럼 그들은 자신과 선수들에게 평안한 것보다 고난을 요구한다. 이러한 고난에 도전을 거듭하여 최선을 다하다 보면, 결국 훌륭한 선수가 나올 수밖에 없다.

흔히 어느 팀이 승리의 영광을 차지했을 때, 스포트라이트는 플레이어에게 집중되게 마련이고, 그것을 만들어 낸 배후 인물은 가려지기 일쑤이다. 그러나 그 영광 뒤에는 언제나 선수들에게 고난과 시련을 함께 딛고 선 지도자가 있다.

1973년 서울에서 열린 제2회 아시아 주니어 아마복싱선수권대회에서 충북대 체육과에 재학 중인 정영찬이 파키스탄 선수를 물리치고 웰터급 챔피언이 됐다. 충청북도 출신이 국제대회에서 우승을 한 것은 정부 수립 후 최초의 일이기에 충북 체육계는 크게 흥분했다. 그러나 도민들보다 더 감격한 사람은 정영찬을 지도한 송순천이었다. 1956년 멜버른 올림픽 결승에서 아깝게 금메달을 놓친 그는 자신의 뒤를 이어 국제대회에서 반드시 금메달을 따 줄 후배가 있을 것이라고 믿고 지도해 왔는데, 그 첫 결실을 거둔 것이었다.

올림픽 금메달에 대한 그의 소망은 거의 집념에 가까웠다. 멜버른 올림픽 당시 세계적 복싱 권위지 <링>지의 창간자 내트 플라이셔가 그의 후원자를 자청할 정도였고, 미국행 유혹을 두 차례나 받을 정도로 뛰어난 복서였기에 더욱 아쉬움이 남았는지 모른다. 오죽 했으면 1960년 로마 올림픽에까지 참가했을까. 그러나 재간만큼 운이 따르지 않은 그는 오른손 골절상으로 눈물을 삼켜야 했다.

그는 현역에서 은퇴한 이후, 대전과 청주에서 중학교 교사로 재직하면서 청주 상공회의소 김우현 소장의 도움으로 태성체육관을 세우고 정영찬 등 후진을 양성하는데 온갖 정성을 다 쏟았다. 학교에서 퇴근하면 곧바로 체육관으로 달려와 밤늦게까지 선수들과 함께 땀을 흘렸다. 갓 시작한 선수에게는 그냥 말로만 하는 게 아니라 동작 하나 하나를 보여주었고, 기본기를 쌓은 선수에게는 링에 올라가 손수 스파링 파트너가 되어 주었다.

물론 몸은 고단했다. 학교에서도 체육 교사 외에 복싱부를 지도하느라 힘들었는데, 또다시 체육관에서 밤늦게까지 뛰다 보니 아무리 운동으로 다져진 몸이라고 해도 지치지 않을 수 없었다. 그렇다고 해서 복싱에 대한 정열이 식을 수는 없었다.

정영찬을 키운 그는 1992년 바르셀로나 올림픽 복싱 미들급에서 제자인 이승배로 하여금 동메달을 획득케 하여 또 다른 기쁨을 맛보았다. 이같은 일은 '자면서도 운동을 한다. 죽어서도 운동을 할 생각'이라는 그의 말처럼 자신이 못 이룬 금메달에의 꿈과 스포츠에 대한 열정과 사명감이 없었다면 불가능한 일이었을 것이다.

인생 자체가 '한국 탁구사'라고 해도 과언이 아닌 원로 탁구인 이경호의 지도자 생활은 '사라예보의 신화'를 창조한 것이 절정이었다. 그것 역시 집념과 정열이 없었더라면 이룩해 내지 못할 일이기도 했다.

평양 보통학교 4학년 때 친구 집에 놀러 갔다가 라켓을 처음 잡아 본 그는 보성전문 3학년 때(1940년) 조선 대표로 전 일본 도시대항 탁구대회에 출전, 챔피언에 올라 장안에 온통

1956년 멜버른 올림픽 복싱에서 은메달을 획득한 송순천의 경기 모습

화제를 뿌렸다. 그러다가 6·25때 제주도로 피난 와서 다시 전국 대회에서 우승함으로써 두 번째 전성기를 맞이하다가 1956년 20년간의 현역 선수 생활을 마치고 지도자의 길로 바꾸었다. 그 때 그의 나이는 37세였다. 운동 선수로는 환갑과 진갑을 다 넘긴 나이까지 현역 선수 생활을 한 것만 봐도 그의 탁구에 대한 열정이 얼마나 대단했는가를 미루어 짐작할 수 있다.

이 때부터 그는 나이 탓에 미처 계속하지 못한 탁구에의 열정을 쏟아 붓기라도 하듯 그야말로 탁구에 미친 세월을 보냈다. 무대는 진명여고였다. 탁구부가 생긴 지 얼마 안되어 시설도 보잘 것 없었고 이렇다 할 선수도 없는 황무지였지만, 그곳에서 10년간 그는 일요일도 공휴일도 없이 하루 6시간씩 선수들과 일사불란하게 피나는 훈련을 거듭했다.

훈련이 끝나는 시간은 밤 10시 30분, 그는 귀가 시간이 늦어 걱정하는 선수들의 부모님을 안심시키기 위해 훈련일지를 일일이 학부모들에게 열람시켰다. 한 달에 한 번씩 학부모들과 좌담회를 열

어 애로 사항을 풀어 나갔고, 학생들에게는 일기를 쓰게 하여 혹 있을지도 모를 의사 소통의 어려움을 극복해 나갔다.

그 결과, 기라성 같은 수많은 명선수들이 배출되었고 마침내 1967년부터 일본 타도의 아시아 제패 시대를 열었는가 하면, 국가 대표팀을 맡은 지 얼마 안된 1973년에는 사라예보의 신화를 만들어 냄으로써 결코 넘지 못할 것처럼 보였던 세계 정상 무대에 우뚝 올라섰다. 대표선수 강화 훈련이 있을 때마다 그가 요구하는 훈련은 완전한 군대식 지옥훈련으로 정평이 나 있었다. 우선 매일 훈련을 시작할 때와 끝낼 때마다 다음과 같은 선서를 마음속으로 맹세하게 했다.

'하나, 우리들은 이 시각부터 새로이 몸과 마음을 다 바쳐 우리의 사명 완수에 헌신할 것을 다짐한다.

둘, 우리들은 강철같은 규율과 일사불란한 체제로써 세계 제패의 대망 달성에 총매진할 것을 다짐한다.'

선수들의 극기와 정신력 집중을 위해 새벽 5시에 기상하여 30분씩 좌선을 실시함으로써 마인드 컨트롤을 익히게 했는가 하면, 때로는 박수, 고함, 소리들을 녹음테이프로 크게 틀어 놓고 훈련케 하여 소음 속에서 정신력을 집중시키는 훈련도 가미했다.

그러나 이 모든 훈련의 현장에 그는 빠짐없이 있었다. 선수촌에서 강화 훈련이 실시되고 있는 동안에 그는 귀가하지 않는다. 선수들이 가정을 멀리하고 선수촌에서 훈련에 전념하고 있는데, 그런 선수들을 내버려두고 홀로 집에서 편히 쉴 수 없다는 논리이다. 따라서 그는 토요일에 외박해서는 일요일 오후에 다시 돌아오는 선수들과 똑같이 행동했다.

지도자는 합창단의 지휘자와 같다. 각기 음색이 다르고 개성이 다른 목소리를 하나하나 잘 듣고 그 장점을 살려 아름다운 화음을 엮어 내는 것이 합창단의 지휘자이고 스포츠의 지도자이다. 그러므로 지도자는 때로는 엄한 호랑이가 되기도 하고, 히틀러보다 더한 독재자가 되기도 하고, 어떤 때는 부모 형제보다도 따스한 가슴으로 안아 주어야 할 때도 있다. 물론 학생의 소질을 살리기 위해 부모와 담판 짓는 해결사 노릇을 할 때도 적지 않다.

배구협회를 창립한 원로 체육인 김명수가 1930년 당시 철도국 소속 선수로 활동하고 있을 때였다. 그 때 그는 경기여고 팀 코치를 맡아 선수를 지도하는 일도 병행하여 그야말로 1인 3역을 맡고 있었는데, 어느 날 평소 몸이 허약하여 조금만 연습을 심하게 해도 곧잘 힘들다고 말하던 경기여고 선수가 찾아왔다. 그 여학생은 자신이 몸이 허약한 것을 걱정한 부모님이 운동을 반대하여 배구를 그만두어야겠다고 했다.

그는 곧장 그 여학생과 함께 부모를 만나러 갔다. 그리고 자신이 운동을 시작했던 계기가 바로 신체가 허약했기 때문이라고 설명하고 경기여고생들은 자존심이 대단히 강한 학생들이기 때문에 스포츠를 통해 교실에서 배울 수 없는 인생철학을 터득케 하겠으며, 정신적으로나 육체적인 면에서 결코 어느 누구에게도 뒤지지 않는 학생으로 가르치겠다고 설득하여 겨우 승낙을 받아 냈다. 무려 다섯 시간에 걸친 설득이었는데, 그의 체면은 경기여고가 곧이어 여자 팀의 정상에 올라섬으로써 유지될 수 있었다.

어느 종목이건, 하나의 팀은 선수 개개인의 개성이 한데 모여 하나의 목적을 위해 움직여야 한다. 그런데도 때로는 팀 내에 불협화

음을 일으킬 때가 있고, 때로는 선수들간 혹은 선수와 지도자간에
불편한 일이 생기기도 한다. 이런 문제들을 극복하고 팀의 호흡을
맞춰 기량을 높이려면 지도자는 선수들보다 훨씬 많은 고민과 노
력을 해야 한다. 그리고 지도자 스스로 동물을 훈련시키는 조련사
가 아니라 민주적인 리더로서 선수와의 인간적인 친밀감 형성에
주력해야 한다. 그만큼 지도자에게는 탁월한 용인술이 요구된다.

  우리 나라 농구의 최고 이론가라 할 원로 농구인 이상훈이 여자
농구 대표팀 감독을 맡고 있을 때, 코치였던 방열의 뺨을 때린 사
건이 그 좋은 예이다.

  어느 날, 방열이 연습 코트에 들어서니 주장을 비롯한 선수 몇
명이 꿇어앉아 있고, 이상훈이 선수들을 호되게 나무라고 있었다.
방열이 가까이 다가가자, 이상훈은 대뜸 방열의 뺨을 때렸다.

  "네가 잘못 가르치니까 애들이 말을 안 듣잖아!"

  방열로서는 어이가 없었지만 화도 치밀었다. 명색이 코치인데,
여자 선수들 앞에서 뺨을 맞았다는 게 분하기도 했다. 그러나 자신
을 지도해 준 스승 앞이라 어쩔 수 없었다. 따지더라도 선수들이
없는 자리에서 따져야 옳다고 생각했다. 그 순간, 뺨에서 다시 한번
불꽃이 튕겼다. 얼굴이 벌겋게 달아오르는 것을 느꼈지만, 가만히
있었다. 여자 선수들 역시 당황한 모습이 역력했다.

  잠시 후, 선수들이 나가고 이상훈과 방열 두 사람만이 남았을 때,
이상훈은 방열의 손을 잡고는 포장마차로 갔다.

  "자네, 고맙네. 내가 자네한테 무슨 감정이 있어서 손찌검을 했
겠나. 여자아이들이라 뭘 잘못했다고 해서 매를 들 수도 없고, 자네
를 벌주면 그 아이들이 뭔가 느끼는 게 있고 고치는 게 있지 않을

까 싶어서 그랬네. 내 뜻을 그처럼 이해해서 잘 받아 주었으니 참
고맙네."

그 말을 듣는 순간, 방열은 스승의 속뜻을 헤아리지 못한 자신의
좁은 소견이 안타까웠다. 지도자가 얼마나 힘들고 어려운 위치인가
를 한눈에 읽게 해주는 일화이다. 그래서일까, 대부분의 지도자들
은 훈련 시간이 시작되기 전에 먼저 연습장에 나가서 선수들을 기
다리고, 선수들이 훈련을 받는 동안에는 결코 의자에 앉지 않고 서
서 지켜보거나 함께 뛰어 다니는 등 솔선수범을 보이는 지도자가
많다.

그런가 하면, 연습장이나 경기장에서는 호랑이 같은 엄격한 시어
머니가 되지만, 일단 그곳을 벗어나서는 평범한 아저씨나 언니, 친
구, 그리고 선배, 오빠, 형, 아버지와 같은 모습으로 돌아오는 지도
자들도 적지 않다. 이들은 선수들을 일일이 불러서 물어 보기보다
는 선수 스스로 찾아오게끔 만드는 재주도 갖고 있다. 그리하여 선
수들의 고민 거리나 어려운 일을 함께 고민하고 해결책을 모색해
가는 인생 선배로서의 역할도 충분히 해내고 있다.

농구 감독 방열이 국가대표 감독으로 있으면서 중요한 남미 전
지훈련에 한국 최고의 슛터 이충희를 제외시킨 것도 그 연장선상
의 하나이다.

그 당시, 2년 전에 탤런트 최란과 결혼한 이충희에게는 아직 아
이가 없었다. 전문의는 부부가 한달 남짓 함께 생활하면서 처방대
로 하면 아이를 가질 수 있다고 했다. 그러나 국가대표 선수인 이
충희로서는 1주일에 6일은 선수촌에 있어야 하고, 주말에 귀가하면
피곤하여 잠을 청하기 바쁘다 보니, 남편 노릇 한 번 제대로 할 기

회가 없었다.

이충희의 이같은 고민을 알게 된 방열 감독은 '이충희, 훈련 중 부상'이란 명분을 만들어 이충희로 하여금 남미 전지훈련 기간, 집에서 지낼 수 있도록 해주었다. 인간관계를 소중히 여긴 방열 감독의 결단이었다. 이 일로 해서 두 사람은 '이충희, 방열 감독 불화'라는 어처구니없는 신문 기사로 곤욕을 치르기도 했지만, 그 후 이충희 선수 부부가 딸 쌍둥이를 낳았을 때 방열 감독은 자신이 아이를 얻은 듯 기뻐했다.

현대 스포츠는 점점 전문화, 과학화하고 있다. 그만큼 지도자의 역할 역시 세분화되고 있다. 연구와 노력 없이는 좋은 지도자가 되기 점점 힘들어지는 세상이고, 인간미와 철학과 스포츠에 대한 열정을 더 필요로 하는 시대가 되었다. 그러나 지도 방식이나 인간관계를 만들어 가는 방법은 사람마다 다를 수밖에 없다. 참고삼아 FIFA에서 개설한 코칭스쿨에서 내건 슬로건을 살펴보자.

① 자기가 해 보이지 않으면 안된다

② 자기가 할 수 있어도 이론을 모르면 안된다

③ 자기가 할 수 있고 이론을 알고 있어도 쉽게 가르치는 방법을 모르면 안된다

마음을 갈고 닦는 자세

제4장 · 마음을 갈고 닦는 자세

그리스 시대 이후 근세에 이르기까지 서양 철학의 주된 논점은 인간에게 정신이 우선하느냐, 물질이 우선하느냐 하는 문제였다. 20세기에 들어오면서 상대성 이론, 불정성원리 등 과학에서 많은 발견이 이루어진 이후 인간에게는 정신과 물질 어느 쪽이 더 우선하는 것이 아니라 두 가지가 동전의 양면처럼 서로 보완적인 관계에 있다는 쪽으로 생각이 모아졌다.

동양에서는 오래 전부터 이 둘의 관계를 상호보완적으로 보고 있었는데 서양 철학의 분석적 사고와 더불어서 현재에 와서는 동서양 철학의 만남이 다각도에서 이루어지고 있다. 이런 사고의 전환은 스포츠에 대해 새로운 시각을 갖는 동기가 되었다.

지난 날, 스포츠는 육체의 기능 향상에 초점을 맞추었으나 육체와 정신이 유기적으로 결합되었다는 사고에 의해 체육에 있어 정신적인 부분을 강조하게 되었다. 신체의 건강이 정신의 건강과 연결되고 정신의 강건함이 신체의 능력을 발휘하는 데도 지대한 영향을 미친다는 것을 알게 된 것이다. 때문에 인격을 수양하고 몸과 마음을 함께 갈고 닦는 게 중요하게 대두되었다.

스포츠인들은 정신력이 경기력의 향상에 얼마나 큰 영향을 미치는지를 실제로 현장에서 경험했다. 월등한 실력을 갖추고도 정신력에서 지면 경기에서 지고마는 것을 우리는 수없이 목격해 왔다. 그런데 이렇게 중요한 정신력은 훈련장에서 훈련을 통해서만 생기는 것이 아니다.

어떤 때는 취미 생활을 통해, 혹은 신앙생활을 통해, 혹은 사랑과 우정을 통해, 혹은 부모님으로부터의 애정과 효성을 통해, 그리고 조국에 대한 애국심을 통해 정신력이 고양될 수도 있다.

단지 경기에 나가 이기는 정신력뿐만 아니라 정신의 힘은 자신의 삶을 보다 값지게 살 게 하는 바탕이다. 그리고 나아가 궁극적으로 체육을 하는 목적도 인격 수양의 한 방법으로써 마음을 갈고 닦는 것이 되며, 반대로 마음을 갈고 닦아야 선수로서의 능력도 발휘된다. 그렇기 때문에 체육은 단지 육체의 연마가 아니라 구도의 길인 것이다. 현대에 와서 과학적 체육과 생활체육이 강조되는 것도 체육이 지닌 육체와 정신의 총체적 수양이라는 큰 가치를 새롭게 인식했기 때문이다.

아내의 사랑이 있길래

　'사랑이 무엇이냐고 물으신다면…'의 가사 말처럼 우리의 모든 삶은 사랑을 빼고는 상상조차 할 수 없다. 그렇다면 유행가부터 성경에 이르기까지 이처럼 자주, 그리고 중요하게 등장하는 '사랑'이란 과연 무엇일까. 사랑에 대한 정의는 수없이 많지만, 본질은 신비속에 있다. 아름답게 그려지든, 천하게 그려지든, 표현을 어떻게 하는가, 그리고 어디에 중점을 두고 말하는가의 차이만이 있을 뿐이다. 그렇다면 이 세상에서 사랑이 없었다면 어떻게 되었을까. 세상은 무척 삭막하고 인간은 고독에 지쳤을 것이다. 심성이 거칠어지지 않았으면 아주 뛰어난 신(神)이 되었을지 모른다.

　사랑이 무엇인지에 대해서는 성경의 고린도전서 13장이 잘 인용된다. '우리가 사랑하지 않으면 죽을 수밖에 없다'고 말한 미국 시인 W.H. 오든은 옥스퍼드 교수로 있을 때 발표한 '사랑의 진리'라는 시(詩)에서 물음표를 7개나 달아 놓았다. 어느 과학자는 낯선 남녀가 곧 깊은 사랑에 빠진다는 것은 과거 경험에 의해 얻었던 '사랑

의 감정의 전자회로'와 비슷한 수백만 개의 신경세포 회로에 기록
되어 있기 때문에 서로의 눈빛을 통해 그 감정을 확인하게 된다면
서 사랑의 과학을 주장하기도 했다. 최근에는 인체 중에 사랑의 유
전자가 있음을 밝히는 과학적 성과가 발표되기도 했다.

사랑의 의미가 어디에 있건 간에, 진정으로 사랑하는 사람이 있
으면 비록 차 한잔을 나눌 수 있어도 행복한 게 인간이다. 거창하
게 인류 사랑을 이야기하지 않더라도 우리는 가족과 이웃을 사랑
하고 또 사랑을 받는다. 그 사랑은 신비스런 자연이 계절에 융화되
듯 훈훈한 인간미와 따뜻한 정을 무르익게 해준다.

정신적으로나 육체적으로나 가장 격정적이고 뜨거운 삶을 살아
가는 스포츠인들에게 아내의 사랑은 더욱 소중한 몫으로 다가온다.

"내가 세계 타이틀을 2년 가까이 지킬 수 있었던 것은 아내의 남
모르는 노력과 인내가 있었기 때문입니다. 만약 아내가 가정 생활
에 소홀한 남편을 원망하면서 사사건건 불만을 털어놓았다면 나는
심리적인 좌절에 빠져 마음먹은 대로 충실한 연습을 하지 못했을
것입니다."

프로 복싱으로 세계를 제패했던 김기수의 이 고백이야말로 스포
츠인에게 아내의 사랑이 얼마나 큰 몫을 차지하고 있는가를 단적
으로 드러내 준다.

김기수가 프로 복싱 챔피언에 도전할 때, 그는 3남매의 아버지였
고 큰딸은 유치원에 다니고 있었다. 그러나 훈련과 경기로 짜여진
시간 속에서 일 년에 가족과 함께 지내는 시간은 불과 3개월도 채
안된다.

언젠가, 몇 달만에 집에 돌아온 그가 마중 나온 딸아이를 안아

보려고 하자 아이가 그만 울음을 터뜨려 눈물을 흘린 적이 있었다. 아이로서는 너무나 오랫동안 아빠와 떨어져 있어서 아빠를 몰라본 것이다. 그럴 때마다 아내의 마음이 쓰라린 것은 말할 나위가 없을 것이다. 특히 프로 복싱의 아내는 남편이 매맞아 돈을

1958년 동경 아시안게임 복싱에서 우승한 김기수

벌어야 한다는 사실이 늘 가슴 아프다. 그런데도 그의 아내는 불평하는 기색 하나 없이 매일 저녁마다 인삼을 달여 훈련 캠프가 있는 워커힐로 가져갔다. 그야말로 그의 성공은 진짜 매니저인 아내의 희생이 있었기에 가능했던 일이었다.

사실 선수이든 지도자이든, 스포츠인들은 가장으로서는 0점 짜리 가장일 수밖에 없다. 연중 계속되는 합숙훈련과 경기 때문에 집에 들어가는 날보다 들어가지 못하는 날이 많다. 때문에 그들은 밤늦게 귀가하여 '하숙생'같다는 일반 샐러리맨들의 넋두리조차 부러울 지경이다. 아이들의 숙제 한 번 제대로 봐주는 경우가 드물고, 이삿짐을 옮기거나 계약서를 쓴 기억도 별로 없다. 심지어 외국 원정 경기를 마치고 돌아왔는데 그만 집이 이사를 가서 집을 찾느라고 애를 먹었다는 해프닝마저 벌어지는 예가 적지 않다. 물론 명절에도 고향은커녕 집에조차 가지 못할 때가 많다. 그래서일까, 남편의 동료나 친구를 초대하여 집에서 밥 한끼라도 같이 먹는 자리를

가장 행복한 순간으로 여기는 아내들이 많다.

역설적으로 말하면, 스포츠인들은 일반인들보다 훨씬 행복한 고민을 하는 것인지도 모를 일이다. 우선 아내가 그 흔한 바가지 한 번 제대로 긁지 않는다. 긁을래야 긁을 시간이 없기 때문이다.

예컨대, 국가대표 선수로 선발되어 선수촌 생활을 하면 1주일에 6일은 생이별을 해야 하고, 토요일에 집에 돌아오면 피곤에 지쳐 잠을 청하기 바쁘다. 그야말로 자기와 시간 이용 방법이 다르다느니, 매일 사랑한다는 말을 해주지 않는다느니 등 싱겁기 짝이 없는 조건으로 이혼을 쉽게 하는 외국 같았으면 벌써 몇 번 이혼 당했을지 모를 일이다.

자질구레한 살림살이는 물론 웬만한 집안의 경조사 역시 혼자 챙겨야 하고, 경기가 있는 날이면 혹 그릇이 깨지거나 달걀을 깨뜨리지 않도록 몸조심하는 스포츠인 아내야말로 이 세상에서 가장 가슴이 따뜻한 여자, 그리고 '강한 여자'가 아닐까 싶다. 때로는 남편의 연습 스케줄과 대외 일정표 작성은 물론, 식단 조정, 경기를 앞두고 날카로워진 남편에 대한 마인드 컨트롤 등 온갖 뒤치다꺼리를 다하는 진짜 매니저도 있다.

생판 남남이던 남녀가 만나 검은머리가 파뿌리가 되도록 산다는 것은 여간 어려운 일이 아니다. 핏줄을 나눈 형제나 친인척끼리도 살다 보면 애증이 덧없고 은수(恩讐)가 엇갈리고 있음을 볼 때 내외가 구순하게 살아가기는 쉽지 않다. 하물며 가정을 많이 비우는 스포츠인 부부의 경우는 어떠하랴. 성공한 스포츠인들의 삶에는 아내의 헌신적인 뒷바라지와 이해심, 그에 대한 남편의 미안함과 절제력이 돋보이게 마련이다. 사랑보다 더 강한 힘은 없기 때문이다.

때로는 이같은 사랑을 잃어버렸지만 슬럼프에 빠지지 않고 오히려 고통을 딛고 일어나는 감동적인 이야기가 있어 우리를 흐뭇하게 해준다.

1948년 런던 올림픽 복싱 플라이급에서 동메달을 획득한 한수안은 귀국하자마자 병원으로 달려갔다. 김포공항에 모인 수많은 환영 인파가 눈에 들어오지 않았다. 병원으로 가는 동안, 그는 흐르는 눈물을 감추려고 애썼다. 그러나 창백한 아내의 얼굴을 마주하는 순간 복받쳐 오르는 울음은 어찌할 수 없었다.

"여보, 미안해!"

아내의 손에 메달을 쥐어 주었지만, 결핵으로 앓고 있던 아내를 병상에 홀로 남겨 둔 채 경기하러 외국으로 떠난 자신이 못나 보였다. 금메달을 주지 못한 것도 미안했다. 양쪽 고막이 터져 오후 5시로 예정된 경기 시간을 오후 8시로 잘못 알고 잠자다가 갑자기 연락을 받고 부랴부랴 경기장에 도착했던 일, 그 바람에 워밍업도 제대로 못한 채 링에 올랐고, 상대 선수가 파울을 세 차례나 저질렀는데도 심판이 실격 선언을 하지 않고 오히려 상대 선수에게 판정승을 선언했던 일들이 새삼 억울하게 느껴졌다.

외아들인 그는 부모의 간청에 따라 19세 때 결혼했다. 그러나 결혼 3년만에 아내가 결핵이란 몹쓸 병에 걸리자 훈련하는 것도 잊고 아내의 병을 고치기 위해 뛰어다녔다. 좋은 병원에 입원하여 비싼 약을 먹으면서 치료하면 나을 수 있다고 했지만, 그에게는 그만한 돈이 없었다. 성균관대 체육 장학생으로 겨우 등록금을 면제받고 학교에 다니는 가난한 대학생이었다. 그런 와중에 올림픽에 출전하러 외국으로 떠나게 되자, 어쩔 수 없이 부모님에게 아내를 부탁했는데, 아내는 병이 더욱 도져 마침내 입원할 수밖에 없었던 것이다.

병원에서는 아내의 병이 치유될 가망이 거의 없다고 했다. 너무 늦었다는 것이다. 아내가 마지막 생의 불꽃을 잡기 위해 몸부림치는 동안, 그는 또 아내 곁을 지켜 주지 못했다. 여기저기서 동메달 획득을 축하한다면서 그를 불러냈던 것이다. 대한아마권투협회 지방지부가 마련한 환영대회를 위해 전국을 돌아다니다가 그는 결국 아내의 운명 소식을 듣고 말았다. 귀국한 지 불과 한 달밖에 지나지 않아서였다.

그는 아내의 마지막 길을 따뜻하게 해주지 못한 게 못내 마음에 걸렸다. 견딜 수 없을 만큼 슬프고 힘들었다. 하지만 그는 술을 먹거나 방황하지 않고 다시 일어섰다. 런던에서 억울하게 금메달을 놓친 것을 설욕하기 위해 글러브를 끼고 링에 다시 올라섰다. 그것만이 저 세상으로 떠난 아내를 기쁘게 해주는 길이라고 믿었기 때문이다.

4년 뒤, 그는 다시 헬싱키 올림픽에 출전했다. 비록 준준결승에서 강적을 만나 판정패로 물러앉는 등 재도전에 실패했지만, 올림픽 무대에 연속 도전할 수 있었던 것은 아내에 대한 그의 순애보가 만들어 낸 열매였다.

한편, 스포츠인들에게는 국경을 뛰어넘는 아름다운 사랑으로 뭇사람들의 시선을 모으는 경우가 많다. 수년 전, 국가대표 탁구 선수 안재형이 중국의 탁구 선수 자오즈민과 결혼하여 세상을 놀라게 했는데, 국경을 초월한 스포츠 세계의 순애보는 우리 배구의 개척자인 박계조와 일본인 아내와의 사랑이 처음이 아닐까 싶다.

박계조는 1930년대 말에 일본 와세다대학 배구팀에서 한국인으

로는 처음으로 주장을 맡
아 눈부신 활약을 했고, 곧
이어 일본 대표 선수로까
지 발탁된 뛰어난 선수였
다. 체격이 좋고 호남형인
데다가 사교적인 성격이어
서 여성 팬들이 많았는데,
부인 역시 그의 열렬한 팬
중 하나였다. 특히 팀 동료

1989년 국제결혼한 안재형과 중국의 자오즈민 탁구커플

인 일본인 선수 이와다의 여동생에다가 여고에서 배구 선수로 활
약하고 있었기에 두 사람은 이내 친해졌고, 얼마 지나지 않아 연인
으로 발전했다. 그야말로 사랑에는 국경이 없다는 말이 두 사람에
게 딱 들어맞았다.

　그러나 침략자 일본과 식민지 조선이라는 현실적인 장벽은 두
사람의 결혼에 적지 않은 장애물이 되었다. 양쪽 집안은 '하필이면
왜 일본 여자이고 조선 남자냐' 하면서 강경한 반대 입장을 굽히지
않는 데다가 주위의 시선 또한 몹시 따가웠기 때문이었다. 이렇듯
어렵사리 결혼했지만, 막상 가정 생활은 그리 순탄치 못했다. 박계
조가 아내보다는 배구를 더 사랑했던 탓이다.

　광복과 더불어 귀국한 그는 이화여고 배구팀을 창단하고 선수겸
감독으로 일했는데, 월급을 받으면 선수들에게 이것저것 챙겨 주느
라 집에는 한푼도 갖다 주지 않았다. 후배가 찾아와 돈을 좀 빌려
달라거나 술 한잔 사 달라고 하면 거절하는 법이 없었다. 결국 그
의 아내는 남편의 월급 봉투를 받아 본 기억이 거의 없을 정도였다.

오죽 했으면, 학교 동료들이 봉급을 그에게 주지 않고 직접 부인에게 가져다주었을까. 이같은 그의 행동은 1955년 37세의 나이로 요절하기까지 계속되었다.

그러나 그의 아내는 한 번도 남편에게 불평을 늘어놓은 적이 없었다. 다른 사람들에게 궁핍한 생활을 털어놓은 적도 없었다. 네트와 볼을 쫓는 전형적인 배구인으로서 한 점 흐트러짐 없이 외길 인생을 살고자 애쓰는 남편의 진면목을 읽고 이해했기 때문이었다. 그녀는 남편이 세상을 떠나자, 3남매를 데리고 일본으로 건너갔다. 구차스런 생전의 가정 생활이 뭇 사람들에게 화제가 되어 고인에게 누를 끼치고 싶지 않다는 결심 때문이었다.

1962년, 그녀는 고인의 생전의 뜻을 계승하여 한국 배구의 세계제패를 기원한다는 뜻에서 금배(金盃)를 한국배구협회에 기증했다. 국내 배구경기대회 가운데 가장 권위 있는 '박계조배 전국남녀배구대회'가 창설된 것이다. 그 때부터 그녀는 대회가 열릴 때면 손수 상품을 준비해 자녀들과 함께 한국을 찾아와서는 고인의 후배 선수들을 격려하고 돌아가는 일을 지금껏 한 번도 거르지 않았다.

기도하는 기쁨

현대 과학이 신을 떠나 우주 끝까지 가 보았더니 신의 엉덩이를
찔렀다는 말이 있다. 동서고금을 막론하고 인류 역사가 종교로부터
자유로운 적은 한 번도 없었다. 아니, 인간은 종교를 떠날 수 없다.
'종교는 아편'이라고 우기던 마르크스나 레닌도 자기 자식이나 마
누라가 급한 병에 걸리거나 스스로 생명의 위협을 받는 순간에는
마음 속으로 빌기도 했고 매달리기도 했다.

종교란 무엇인가. 한마디로 그것은 모순, 갈등, 분열, 좌절 따위
의 인간적 파산 상태를 구제해 주는 알 수 없는 힘이다. 사람의 마
음을 맑고 깨끗하게 하며 그 정신 상태가 균형과 조화를 잊지 않도
록 보살펴 준다. 어떤 환경, 어떤 처지에서도 인간이 정신의 건강을
유지할 수 있다는 것은 인간 속에 깃들인 종교적 본능 때문이다.
그러므로 석가모니를 따르건 예수를 따르건, 믿음을 갖고 있는 사
람은 아무리 곤란한 입장에 처해도 흔들리는 일이 없고 강하다. 그
래서 간디는 종교에는 우열이 없다고 했는지도 모른다.

　스포츠를 하는 사람에게는 신앙이 큰 힘이 될 때가 너무나 많다. 스포츠는 자기와의 싸움이기에 더 고독하고, 승패의 갈림길이 분명한 승부의 세계이기에 좌절하기 쉽다. 또 뼈를 깎는 고통 속에 인내와 투혼, 끊임없는 오기와 근성을 요구한다. 따라서 나약해지는 자기 자신을 추스리지 않으면 안된다.

　정서의 안정, 감정의 조절, 위기 대처 등이 그 어느 분야보다도 절실한 삶의 현장이 스포츠이다. 뛰어난 기록과 성공을 거둔 스포츠인들 가운데 신앙을 가진 사람들이 많은 이유도 이 때문이리라. 위기와 결정적인 순간에 처했을 때 기도로 이를 극복하는 그들의 모습은 감동적이기조차 하다.

　1993년 스웨덴 에테보리에서 열린 제42회 세계탁구선수권대회 단식에서 '피노키오 탁구 여왕' 현정화가 탁구 사상 처음으로 그랜드 슬램의 기적을 만들어 낸 순간을 기억할 것이다.

　독실한 크리스천답게 경기 시작 전에 항상 기도로서 마음을 가다듬는 그녀는 준결승에서 헝가리 선수와 맞붙었다. 상대 선수의 힘찬 포핸드 스매싱과 백핸드 푸시에 밀려 첫 세트를 힘없이 내준 그녀는 2세트를 따내고 마지막 3세트에서 15대 20으로 절대적인 위기에 몰렸다. 순간 진 게임이라는 생각이 들었다. 그녀는 다시 한번 마음속으로 기도했다.

　'나를 이길 수 있도록 지켜 주소서.'

　기도하고 나자 큰 힘이 솟구치는 것을 느낀 그녀는 냉정한 모습으로 흔들림 없이 내리 7점을 따내며 22대 20의 기적 같은 역전극을 펼쳤다. 그러나 그 기쁨도 잠시였다. 체력이 떨어진 그녀는 4세트를 11대 20으로 맥없이 내주고 말았다.

5세트에서도 5대 9로 밀리고 있었다. 감독(이유성)마저 경기 도중 작전을 지시하여 규정을 어겼다는 이유로 퇴장당했다. 그녀는 다시 한 번 간절하게 기도했다. 이대로는 물러설 수 없으니 최선을 다하게끔 도와 달라고 했다. 정신

1993년 탁구 사상 최초로 그랜드 슬램을 이룩한 현정화의 경기 모습

을 가다듬은 그녀는 숨막히는 접전을 펼친 끝에 20대 20으로 동점을 이루었고, 이어 스매싱으로 2득점하여 2시간 30분의 대드라마를 마감했다. 그러나 무릎을 꿇고 감사 기도를 드리지는 않았다. 마지막 관건인 결승전이 남아 있기 때문이었다. 결승전에서 대만 선수를 가볍게 3대 0으로 일축하며 감격의 우승을 차지하고 나서야 테이블 옆에서 감사의 기도를 드렸다.

텔레비전 화면을 통해 그녀의 기도하는 모습이 방영된 뒤, 그녀에게는 부흥회나 특별 집회에 나와 간증을 해 달라는 부탁이 쏟아졌다. 그러고 보면, 운동 선수들은 선교 활동에 가장 뛰어난 메신저 역할을 하는지도 모른다. 현정화에 앞서 한국 탁구의 대들보 역할을 해냈던 양영자가 국내는 물론이고 국제대회에 나가서도 외국 선수들을 상대로 선교 활동을 벌여 '녹색 테이블의 전도사'라는 별명을 얻은 것이 그 좋은 예이다.

독실한 불교 신자인 농구 감독 방열의 '기적 체험'은 색다르다.

1988년 서울 올림픽 남자농구 대표팀이 첫 경기에서 비교적 전
력이 낮은 중앙아프리카공화국 팀에게 패했을 때였다. 선수들이 허
탈감을 달래려고 술을 마신 음주 사건이 보도되자 당시 코치였던
방열은 세상이 무너져 버리는 듯한 느낌이 들었다. 세상 사람들이
모두 자기를 향해 손가락질하는 기분이었다. 그는 흐트러진 마음을
가다듬기 위해 선수촌 안에 마련된 법당을 찾았다.

얼마를 기도했을까. 눈을 뜨고 가만히 고개를 들어보니, 단 위에
앉아 있던 부처가 자리에서 일어나 그의 곁을 지나갔다. 엷은 미소
를 지은 채 그를 바라본다. 잠시 후 다시 들어와 단 위로 올라가 앉
는 부처를 보고 그는 깜짝 놀랐다. 정신을 차리고 다시 살펴보니,
달라진 것이라고는 아무것도 없었다. 기적이었을까, 환상이었을까.
그는 다시 마음을 한곳에 모았다.

"내 마음에서 원망과 미움이 싹트지 않도록 해주소서. 우리 선수
들도 더 이상 낙담하거나 좌절하지 않고 새로운 각오로 다음 경기
에 나설 수 있도록 도와주소서."

가톨릭 신자였다가 불교로 개종한 이래, 언제나 마음이 흔들릴
때면 기도로 정성을 다하고자 했지만, 이 때만큼 온몸과 마음을 기
울여 간구한 적은 없었다. 그래서일까, 평상심을 회복한 그의 팀은
심기일전해서 나머지 경기를 잘 치렀다. 숙적 중국을 물리쳤고, 중
앙아프리카공화국과의 재대결에서 승리를 거두었다.

물론 기도는 단순히 경기 현장에서만 요구되는 것은 아니다. 삶
자체를 통해 입증되어야 한다. 어떤 역경에도 굴하지 않고 삶을 승
리로 이끌어 가겠다는 믿음으로 승화되어야 한다. 신앙은 이해하는
대상이 아니라 믿는 대상이며, 알고 있는 것보다 실천이 중요하기

때문이다. 또 그만큼 실천이 어렵기도 하다. 실제로 우리 사회에는 사랑을 떠벌리는 사람은 많으나 정말 사랑하는 사람은 드물다. 사랑을 보여주는 사람 또한 극히 드물다.

원로 럭비인으로 대한체육회장을 역임한 김종렬은 독실한 신앙인 가정에서 태어나 일찍부터 종교적 분위기 속에서 성장했다. 배재고보 시절, 힘든 운동을 마치고 예배당에 들어선 그는 데살로니가전서 5장의 말씀을 듣고는 정신이 번쩍 들었다.

'항상 기뻐하라. 쉬지 말고 기도하라. 범사에 감사하라. 이는 그리스도 예수 안에서 너희를 향하신 하나님의 뜻이니라.'

순간, 그는 결심했다. 참으로 좋은 말씀이다, 나도 저런 삶을 살아보자, 우리 민족 전체가 항상 기뻐하고 쉬지 말고 기도하고 범사에 감사하는 마음으로 산다면 얼마나 좋을까 라고 말이다. 이 날 이후 그는 매사를 긍정적으로 보는 습관을 갖게 되었다. 어려움에 처했을 때도 환경과 이웃을 탓하기에 앞서 기도하는 습관이 생겼고 조그마한 일에도 감사할 수 있을 정도의 여유가 생겼다. 그가 십수년 동안 '민족과 국가를 위한 아침 기도'를 하루도 거르지 않고 해 왔던 것도 이같은 마음의 여유 덕택이다. 말하자면 신앙생활은 그에게 그만한 용기와 지혜를 불어넣어 준 것이다.

그는 스포츠야말로 단순한 힘과 기의 싸움이 아니라 '사랑과 화해'를 바탕으로 건강한 사회와 자기 자신을 만들어 가는 과정이라고 믿고 있었다. 럭비 경기에서 경기 종료를 가리켜 '타임 오프'가 아닌 '노 사이드'라고 하는 까닭은 비록 승부는 판가름날지언정 선수들끼리 영원한 우정을 유지해 나간다는 뜻에서 비롯되었음을 늘 되새기고 있었다. 때문에 그의 인생 좌우명이 '단결, 희생, 봉사하는 마음'이었다는 것은 결코 우연이 아니다.

유도 고단자로 정계에 투신하여 4선 국회의원과 체육청소년부 장관을 지낸 적이 있는 정동성은 국회의원 시절에 대인관계가 원만하여 동료 정치인들로부터 호감을 사면서도 뚝심과 의리의 '돌쇠'라는 별명을 갖고 있다. 동료들은 그를 가리켜 '역시 운동을 한 사람답다' 라고 평했지만, 그것은 운동보다 가톨릭 집안에서 태어나 가톨릭계 학교(동성고)를 다닌 그의 성장 환경과 무관치 않다는 해석이 더 정확할 것이다.

뚝심을 바탕으로 하는 사람은 잔재주를 부리지 않는다. 서두르지 않고 한 발 한 발 힘주어 걷기에 저래서 언제 서울까지 갈까 하는 걱정이 앞서기도 한다. 고지식하고 조금은 둔해 보이기도 한다. 때문에 그는 정치인 시절에 개인적으로 적잖게 손해를 보기도 했다. 그러나 불의만 보면 못 참는 그 유별스런 정의감의 밑바닥에는 신앙이 적잖은 활력소로 작용하고 있다.

믿음을 가지고 이 세상을 산다는 것이 그렇게 야단스럽고 요란스런 일은 아니다. 감사하고 최선을 다하고 나 자신보다는 남을 먼저 생각하면서 세월 앞에서 겸손해야 한다는 생각만 가진다면, 우리는 이미 신앙의 문을 두드리는 것이나 다름없다. 그런 마음만 지니고 있으면서 일상에 겸허한 자세로 임하기만 하면 세상을 살아가는 멋과 맛을 느끼고 싶은 충동에 사로잡히는 게 인간이다.

깃대 끝에 나부끼는 깃발을 가리키며 두 스님이 논쟁을 벌였다. 한 스님은 '지금 깃발이 움직이고 있다'고 하고, 다른 한 스님은 '지금 바람이 움직이고 있다'고 주장했다. 이 때 제3의 스님이 나타나 이렇게 말했다.

"내가 보기에는 스님들의 마음이 움직이고 있을 뿐입니다."

쓸데없는 일로 마음을 동요하지 말고 사물의 본질을 꿰뚫어 보라는 뜻이지만, 그만큼 인간에게는 믿음이 필요하다. 신앙이란 유별난 생활을 요구하지 않는다. 좋은 일에 감사하면 시련에도 감사할 줄 알아야 한다. 경기에 이길 때도 감사하고, 질 때도 감사해야 한다. 신앙이란 이 우주에서 가장 위대한 존재 앞에 무릎을 꿇는 겸허한 인간의 자세이며, 한 인간의 책임을 다하는 근본이기도 하기 때문이다. 겸허한 사람들이 진실된 신앙인이 되고자 노력하는 이유가 여기에 있다.

건강은 자기관리로부터

어느 부자 영감의 집 옆으로 가죽 장수가 이사를 왔다. 가죽 장수가 이사를 온 날부터 부자 영감은 가죽 냄새 때문에 골치를 앓게되었다. 늘 찡그리고 투덜거리던 부자 영감은 참다 못해 가죽장수를 불러 이사를 가라고 했다. 가죽장수는 죄송하다고 하면서 내일이라도 집을 구해 떠날 테니 그 때까지만 기다려달라고 사정했다.

며칠이 지나도 가죽 장수가 이사를 가지 않자, 부자 영감은 그이유를 따져 물었다. 가죽장수는 아직 집을 구하지 못했노라면서집을 구하는대로 이사를 가겠다고 했다. 그렇게 열흘이 지나고 보름이 지나고 한 달이 지났다. 그러는 동안 가죽 냄새를 늘 맡아오던 부자영감은 코에 냄새가 밴 탓인지 가죽냄새가 전처럼 싫지 않았다. 결국 부자영감은 가죽장수에게 언제 이사를 갈 것이냐고 더이상 따지지 않게 되었다. 이솝 우화에 나오는 이야기이다.

캐나다의 어느 대학 총장은 졸업식에서 다음과 같은 두 가지를졸업생들에게 당부했다. 하나는 자기 집 둘레를 깨끗이 청소하는 것이고, 다른 하나는 변비에 걸리지 않도록 조심하라는 것이다. 혹 어떤 사람은 대학 총장이나 되는 사람의 졸업 훈사가 어쩌면 그토록 격조가 낮고 속될까 생각할지 모른다. 특히 온갖 어려운 말로서 격조 높고 진지하며 제자에 대한 애정을 과시하는 우리 대학의 그 것에 비긴다면 너무나 평범한 말이라고 여길 수 없다.

그러나 곰곰이 생각해 보자. 청소를 깨끗이 하면 마을 전체가 깨 끗해진다는 당부는 공공심과 협동심을 갖고 사회생활을 하라는 것 이며, 변비에 걸리지 않도록 조심하라는 당부는 건강이 무엇보다도 중요하다는 말이다. 그리고 그 밑바탕에는 습관의 중요성이 깔려 있다.

일상적인 생활 태도가 얼마나 중요한가를 확인시켜 주는 이야기 는 이밖에도 수없이 많다. 웬만한 호남 사람들은 다 아는 실화인데, 전라도 광주의 어느 부잣집에 생면부지의 사람이 찾아와서 돈을 빌려 달라고 했다. 집주인은 당연히 거절했는데, 대문 밖으로 걸어 나가는 그 사람의 뒷모습을 보니 걸음이 활기차고 위풍이 당당하 여 돈을 빌려주었다는 이야기가 있다.

우리는 흔히 어떤 사람의 신분을 보고 평가하거나 처신하는 때 가 많다. 그러나 '그가 누구인가'라는 것보다 '그가 어떻게 살아왔 고 또 어떻게 살아가고 있는가'가 중요하다. 그 삶과 됨됨이는 그 사람의 생활 태도를 보면 손쉽게 알 수 있다. 성공한 스포츠인이 예외 없이 자기 관리가 엄격한 이유도 그 때문이다.

약사로서 정계와 관계, 교육계, 체육계 등에 투신하여 수많은 업 적을 남긴 민관식은 자기 절제가 거의 완벽에 가까운 대표적인 스 포츠인이다. 그는 하루를 미리 짜여진 계획표에 따라 기상에서부터

자개상에 새긴 대한체육회 가맹단체 마크들(민관식 소장)

취침까지의 일정 그대로 움직이는 것으로 유명하다. 시간 약속 또한 철저하여 아직까지 시간을 어기거나 늦는 경우를 본 사람이 아무도 없을 정도이다. 실로 한국의 칸트라 불릴 만하다.

대한체육회장으로 있을 때의 일이다. 하루는 중앙청 국무총리실에서 일을 마치고 청와대에 방문할 시각이었는데 그만 운전기사의 실수로 차가 제 시각에 도착하지 못했다. 그러자 그는 말없이 중앙청에서 청와대까지 걸어갔고, 1분여 늦게 도착한 차가 뒤따르는 촌극이 벌어졌다. 그가 5·16 때 모략과 음모가 있었지만 일정표 때문에 알리바이가 입증되어 위기를 모면한 일은 시간 관리를 제일로 삼는 그의 생활 태도를 한눈에 읽게 해주는 대목이다.

그는 반평생을 애지중지하던 담배와의 인연을 단 하루만에 끊어버리고, 아무리 흥이 넘치는 일이라도 밤 11시를 넘기지 않는다. 운동 또한 테니스, 골프, 조깅 등의 일정을 짜 놓고 어김없이 실행한다. 하늘이 무너져도 매일 운동을 한다. 그러나 진짜 건강 비결은 육체적 운동에만 있는 것이 아니다. 매일 오전 2시간씩 신문과 책을 읽는데, 건강의 수원지 역할을 하는 뇌 세포를 가동시키고 게을러지지 않게 하기 위해서인 것이다. 스트레스를 받지 않도록 항상 즐거운 생각을 하는 것 또한 건강의 비결로 삼고 있다.

이 모든 것은 '재산을 잃는 것은 조금 잃는 것이요 명예를 잃는 것은 많이 잃는 것이며, 건강을 잃는 것은 모두 잃는 것이다'라는 그의 좌우명을 실감케 해준다. 그래서일까, 그의 애칭은 '베리 베리 씽씽'이었다. 언젠가 테니스 경기에서 20년 연하의 사람과 경기를 벌여 완승했을 때 붙여진 별명이었다.

'한국 축구의 대부'로 일컬어졌던 김용식의 철저한 자기 관리 역시 유명했다. 그는 술과 담배를 전혀 하지 않았다. 현역에서 떠나 지도자 생활을 할 때에도 마찬가지였다. 혹 경기에서 이겨 승리를 축하하는 자리라도 그는 술을 전혀 마시지 않았다. 동료 선후배가 끈질기게 술잔이나 담배를 권해도 모두 거절했다. 후배들간에 '김용식 선생에게 술을 권해서 마실 수 있게 하는 사람은 뭐든지 해준다'는 식의 내기가 유행했었으나 성공한 사람은 아무도 없었다고 한다.

그가 술과 담배를 하지 않는 것은 경신중학 시절부터 친구였고 축구 단짝이었던 채금석과의 굳은 맹세 때문이었다. 두 사람은 훌륭한 축구 선수가 되기 위해서는 술과 담배를 하지 말고 몸에 해로운 일을 금하며 40세가 될 때까지 축구를 할 것, 그리고 아무리 출세를 하더라도 교만한 마음을 갖지 말자고 맹세했는데, 이것을 지켜 왔던 것이다.

18세부터 42세까지 25년간 선수로 활동한 뒤 지도자로 변신한 그는 선수 시절에 자신이 목표로 세운 '1만일 개인 기술 훈련계획'을 현역 시절에 마무리짓지 못하자, 은퇴한 뒤에도 꾸준히 실천하여 훈련 개시 40여 년만인 1979년에 기어코 끝맺는 무서운 집념을 보여주었다. 그 때 그의 나이 70세였다.

이처럼 철저한 자기 절제는 강한 의지와 지칠 줄 모르는 건강, 그리고 규칙적이며 부지런함에서 비롯된다. 예컨대, 대부분의 원로 스포츠인들은 몸이 다소 불편하더라도 눈이 시린 새벽 공기 속에 심호흡하면서 집에서 가까운 약수터를 찾거나 가벼운 맨손체조로 운동을 생활화한다. 때로는 '야호--' 하고 소리를 질러 몸의 건강보다 마음의 건강을 확인하기도 한다. 틈만 나면 경기장이나 관련 경기단체에 들러 후배를 격려하기도 하고, 그곳에서 가볍게 몸을 풀기도 한다.

특히 체조, 역도, 수영, 농구, 유도, 육상, 태권도 등 못하는 운동이 거의 없는 노청년 백용기는 자신이 실천하지 않으면 가르치는 것은 무의미하다는 신념에서 몸소 운동을 게을리 하지 않는다. 그는 칠십을 훨씬 넘긴 노구의 몸에도 불구하고 토요일이면 뒷산에 모인 50여 명의 노인들에게 체조를 지도하고 일요일이면 수영장에 나가 국민학교 학생들에게 수영을 가르쳤다.

원로 검도인 이종구는 무엇을 하든지 '무리하지 말라'는 신조에 따라 매일 맨손체조를 하는 가벼운 마음으로 검도를 한다. 1954년 마닐라 아시안게임 남자 1,500미터에서 우승, 건국 이후 아시아경기대회 첫 금메달리스트인 원로 육상인 최윤칠은 현역에서 은퇴한 이후 40여 년 동안 하루도 빠지지 않고 새벽 5시 반에 일어나 1시간 가량 로드웍을 하며 달리기를 한다.

　원로 스포츠인들은 보약이나 간혹 아플 때도 약을 들지 않는다. 그만큼 철저하게 약을 멀리 한다. 건강에 대한 자신이 지나쳐 자만하는 것같이 들리기도 하지만, 움직이는데 불편함이 없으면 그것이 곧 건강하다는 증거라고 여기는 마음 덕택이다.

　스포츠는 어느 종목이든지간에 격렬한 육체적 활동이 필수 조건이다. 때문에 정서적으로 메마르기 쉽다. 일상생활의 갈피 갈피마다 새로운 의지로 살아갈 수 있는 활력소가 필요하다. 때문에 좋은 취미로 감정을 다스리고 좋은 습관으로 생활에 균형을 잃지 않는 태도야말로 스포츠인다운 삶을 윤택하게 해줄 제1의 관건이 된다.

　세계에서 가장 영향력 있는 스포츠인 가운데 한 사람인 대한체육회장 김운용은 틈만 나면 피아노 건반을 두드린다. 집안 역시 음악 가족이다. 아내는 이화여대에서 음악을 전공했고, 셋째 딸 역시 세계적인 피아니스트이다. 그리고 그의 어릴 적 꿈도 피아니스트였다. 그의 가장 행복한 시간은 음악과 시가 한데 어우러진 슈베르트의 가곡, 특히 연가곡집 '겨울 나그네' 속에 나오는 '보리수'를 들을 때이다. 사랑에 절망한 젊은이가 방랑의 길을 걸으며 옛날을 추억하고 평화와 안식을 구하는 이 노래를 들을 때면, 우수와 고독을 희망과 안식으로 승화시키는 테마처럼 자신의 마음이 올곧게 정화되는 것을 느끼게 된다고 한다.

　6개 국어를 능통하게 구사하는 어학 실력과, 한 번 만난 사람은 상대가 아무리 복잡한 이름의 외국인일지라도 얼굴을 익혀 두었다가 단번에 찾아내는 놀라운 기억력, 그리고 거미줄 같은 인맥과 치밀한 인간 관리로 국제 스포츠 무대에서 거칠 것 없이 상승 가도를 달려온 그 이면에는 음악과 시를 가까이 하는 정서가 있었다.

원로 스포츠인 김성집은 승마장을 즐겨 찾았다. 중학생 시절부터 스포츠를 좋아했던 그는 혼자 컨트롤할 수 있는 개인 운동은 거의 다 골고루 해봤지만 경쟁하는 단체경기는 별로 하지 않았다. 충청도 산골짜기에서 자란 탓에 산을 무척 좋아하여 혼자 등산하던 버릇 탓이다.

그가 말을 타기 시작한 것은 서울대 전신인 경성제대 의학부에 입학하면서부터였다. 당시 서빙고에 있던 일본군 기병대에서 처음 말을 타기 시작한 그는 틈만 나면 말을 타서 한때 학업을 게을리한 적도 있었다. 1920년 대학 4학년 당시 학생 휴게실 게시판에는 다음과 같은 낙서가 씌어 있을 정도였다.

'말에 미친 김군에게 -낙마는 할지언정 졸업 시험에는 떨어지지 않도록 -걱정하는 한 학우로부터.'

중요한 졸업 시험을 앞두고도 아랑곳없이 승마를 계속하는 그를 비꼰 어느 일본인 학생의 장난이었다. 과연 그는 여러 번 낙마했지만 졸업 시험에는 떨어지지 않았다. 그러나 승마에 대한 그의 열의는 6·25 때 애마 '초희'를 잃고 나서부터 차츰 식어 가기 시작했다.

서울대 치대 1회 졸업생으로서 한국 유도 발전에 기여해 온 원로 체육인 오응서의 취미는 뜻밖에도 사교댄스였다. 요즘에야 스포츠 댄스라고 해서 건전한 생활체육의 한 분야로 자리잡아 가고 있지만 옛날에는 색안경을 끼고 보는 사람들이 많았던 사교댄스이다. 그러나 그는 사교댄스에 대해 정신적으로나 육체적으로 건강 운동으로는 최고이며, 남녀간의 접촉으로 기분이 좋고 율동이 있어 흥겨울 뿐더러 땀을 흘려 상쾌하다는 예찬론을 전개했다.

그는 중년에 들어서면서 몸이 비대해지자, 운동 부족을 고민하다

가 춤판만 벌어지면 처음 시작부터 끝날 때까지 계속 땀을 빼어 주
위 사람들을 놀라게 하기도 했다. 말하자면 '쉼없이 생각하며 뛰자'
는 그의 좌우명도 여기서 비롯된 셈이다.

취미가 어떠하든 그것이 자신에게 마음의 평온과 생활의 즐거움
을 가져다주고 성숙한 인격을 갖는데 긍정적으로 작용한다면 더할
나위 없이 좋다.

책 속에서 얻은 '책 밖'의 삶

어느 대학생이 노교수에게 신간 단행본을 내보이면서 말했다.

"교수님, 이 책을 읽어보셨어요?"

"아직 안 읽었는 걸."

그 학생은 기다렸다는 듯이 말했다.

"늦기 전에 빨리 읽어보세요. 나온 지가 벌써 한 달이나 지났거든요."

노교수는 그 학생에게 반문했다.

"단테의 신곡을 읽었나?"

"아직 안 읽었는데요."

"그래, 나온지가 벌써 7백 년이나 지났는데, 빨리 읽어보게."

요즘 젊은이들이 유행하는 대중 서적만 읽고 고전은 손도 대지 않는 독서 경향을 풍자한 유머이다. 이런 이야기도 있다.

어느 한 신사가 친구 집을 방문했다. 친구를 기다리는 동안 무심코 책상 위에 있는 소책자를 아무렇게나 펴 들고 읽기 시작했다.

어찌나 재미있던지 친구에게 '굉장한 베스트셀러를 갖고 있구면. 나 좀 빌려주게나' 했다. 친구는 이렇게 말했다.

"베스트 셀러임에는 틀림없지만 자네한테도 있는 것일세."

신사가 그 때서야 표지를 보니 성서였다고 한다. 집집마다 책이 몇 권씩은 있지만 별로 관심을 기울이지 않고 살(肉)을 얻어내지 못하고 있다는 개연성을 빗댄 우스개 이야기이다.

'추잉검보다 책을 사기 위해 우리가 더 많은 돈을 소비하지 않는 한 미국은 결코 문명국가가 되지 않을 것'이라고 말한 사람이 있었다. 미국인들에게는 추잉검을 씹는 것이 생리처럼 되어 있다. 일할 때도, 걸어다닐 때도, 놀 때도 추잉검을 씹는다. 그래서 '미국인은 책으로 사색하는 사람이 아니라 추잉검으로 인생을 생각한다'고 비꼰 말도 있다. 그런데 추잉검과 책이 다른 점은 무엇일까. 하나는 씹을수록 단물이 빠지고 다른 하나는 씹을수록 단물이 생긴다는 점이다. 결국 문명 국가가 되자면 추잉검을 씹는 버릇보다 책을 읽는 습관이 더 보편화되어야 할 것이다.

'사람은 책을 만들고 책은 사람을 만든다'는 격언이 있듯이 책은 사람이 사람답게 살아가는 비결로 가득 찬 보물 창고이다. 책을 읽지 않고는 세상의 이치를 알기 힘들다. 정신의 깊이가 있어야만 삶을 똑바로 볼 수 있고 어려움에 처했을 때 올바른 판단력이 생긴다. 그런데도 지난 날 우리 사회에는 운동을 한다고 하면, 책과 담을 쌓고 사는 사람이라고 단정짓던 때가 있었다. 어쩌면 근래에 들어와서도 이같은 젊은이들이 적지 않은 게 사실이다.

그러나 원로 및 중견 스포츠인들을 보면 학업과 운동을 병행하면서 다양한 독서를 통해 인격적으로 성숙하고자 노력해 온 사람들이 많다. 그 중에는 해박한 지식으로 삶의 철학을 가르치거나 경기 이론을 연구하는 등 선구적 안목과 헌신적 지도를 펴 온 분이 한두 사람이 아니다.

농구의 경우, 우리 나라 최고의 이론가 코치라고 할 방열을 손꼽을 수 있다. 그는 외국을 드나들 때면 가족들 선물은 빼먹을지언정 농구 관계 서적은 잊지 않고 사 온다. 때문에 그의 서재 한 벽면은 온통 농구 관계 책자가 차지하고 있다. 그가 '불교의 교육사상과 체육과의 관련성'이란 논문으로 학위를 받은 것도 이같은 학구적인 노력의 결실이었다. 얼마 전에는 『농구 만들기, 인생 만들기』란 책을 펴내기도 했다.

유도의 경우, '체육계의 뚝심'으로 불리는 연세대 교수 김영환이 대표적이다. 각종 국제유도경기에 대표선수로 출전하여 우수한 전과를 올린 바 있는 그는 현역에서 은퇴한 직후 미개척 분야인 체육학 연구의 길로 진로를 바꾸고, 미국으로 건너가 체육철학 연구에 매달렸다. 체육철학 박사학위를 따낸 그는 모교인 연세대에 교수로 봉직하는 동안 한국체육철학회를 창립하는 등 많은 학문적 성과를 남겼다.

이밖에 1960년 대한테니스협회장에 취임하면서 체육계와 인연을 맺은 민관식은 왼손으로는 테니스를, 오른손으로는 글쓰기를 하는 운동하는 지식인으로 유명하다. 1년 내내 바깥에서 활동하면서도 서재에 앉으면 독서를 잊지 않는다. 그 덕택에 그는 국회 부의장, 문교부장관 등 정·관계에 바쁜 몸인데도 일본 경도(京都) 대학에서 법학박사 학위를 취득했고, 지난해에는 한양대에서 명예체육학박사 학위를 제1호로 수여 받았다. 그가 갖고 있는 명예박사 학위는 철학, 법학, 약학, 농학 등 7개나 된다.

또 그는 학자 이상으로 많은 저서를 갖고 있다. 39세에 펴낸『미국의 입법 과정』을 시작으로 45세(1962년)에는 당시 베스트 셀러가 된『낙제생 - 나의 정치 생활 10년과 정계이면』을 편찬하는 등 각 분야에서 봉직을 맡으면 반드시 그와 관련된 저술을 잊지 않고 펴냈다. 그가 펴낸 저서가 12권이므로, 40년간 거의 3~4년 간격으로 집필하고 펴낸 셈이다. 이는 평소 스포츠 정신으로 다듬어진 그의 승부욕 때문이지만, 그만큼 열정적으로 책과 가까이 한 탓이기도 하다.

지금은 고인이 되었지만 '피스톤 박'이라는 별명으로 불리며 당대의 명사격수로서 체육과 인연을 맺고 있던 박종규는 독서광이란 별명으로 소문이 나 있었다. 그는 해마다 가을만 되면, 청와대 경호실 직원뿐만 아니라 가까운 사람들에게 '책은 멀리서 어렵게 많이 구하지 말고 가까운 데서 쉽게 조금 구해 읽으면 공자가 갈파한 인생삼열 가운데 하나를 맛볼 수 있다'는 말을 자주 했다. 그가 즐겨 인용한 고전은, 조선조 세조 때『고문선』이란 책을 한 장 한 장 뜯어 외우고 그 다음에는 책장을 돌돌 말아 씹어먹음으로써 마음의 살을 찌우게 했다는 학자 김수온의 일화이다.

그래서일까, 그가 독서 소감으로 박정희 대통령이 펴낸『민족중흥의 길』을 감명 깊게 읽었다는 대목은 단순한 정치적 발언으로 치부되지 않는다. 그가 가장 많이 접한 책들이 주로 동서고금의 위인들에 관한 전기였기 때문이다.

운동 선수들 가운데는 상당수가 공부에 대해 일종의 열등의식을 갖고 있는 것처럼 보인다. '운동이 공부하는 것보다 더 좋다' 라고 말하지만, 그 밑바닥에는 머리가 좋지 못하다는 일종의 열등감이 마음속에 무거운 납덩이로 자리잡고 있는 것이다.

열등의식 그 자체는 별로 나쁘지 않다. 왜냐 하면, 신은 사람마다 각각 다른 성격과 능력, 재능을 부여했고 시대와 환경, 처지에 따라 그것을 길러 가는 삶의 방식 또한 다르기 때문이다. 중요한 것은 열등의식을 어떻게 활용하는가 하는 점이다. 얼굴이 못생겼다는 이유로 실연 당하고 고민하던 이탈리아의 화가 미켈란젤로가 자신의 못생긴 얼굴 대신 아름다운 그림을 그리는 데 평생을 바치지 않았는가. 열등감에서 벗어나려고 애쓰기보다는 그것에 맞서 싸우는 지혜가 요구된다.

인도의 철학자 케리는 '모르면서 배우지 않고 알면서도 가르치지 않는 것이야말로 현대인이 저지르기 쉬운 정신적 범죄'라고 했다. 현명한 사람은 모든 사람에게서 배우는 사람이다.

운동을 하는 학생 선수들은 공부할 시간이 없다는 핑계로, 자신은 공부와는 다른 길로 간다고 생각해서 공부와 담을 쌓지 말아야 한다. 평생 계속하는 것이 공부라는 생각을 갖고 지금부터라도 한 발 한발 밟아 나가는 것이 중요하다. 책은 그 길의 가장 좋은 동반자가 되어 줄 것이다.

'나'보다 '우리'를 찾아가는 길

고대 그리스의 도시국가 스파르타에서 있었던 일이다. 다섯 아들을 전장에 보내고서 그 전황을 초조하게 기다리고 있었던 한 어머니가 있었다. 얼마 후, 전장에 보냈던 노예가 전황을 전하고자 달려왔는데, 숨을 할딱거리며 맨 먼저 전하는 소식이 다섯 아들이 모두 전사했다는 것이다. 그러자 이 어머니는 "이 무지한 노예 같으니라구. 내가 언제 그런 것을 먼저 너에게 물었느냐!"라고 호통을 쳤다. 그러자 눈치를 알아차린 노예는 "예, 스파르타 군이 승리했습니다"라고 보고했고, 그제야 이 어머니는 무릎을 꿇고 신에게 감사를 드렸다고 한다.

이번에는 스파르타에 살고 있는 파이다레토스란 사람의 이야기이다. 당시 스파르타에는 3백인 의회가 있어서 나라를 통치하고 있었다. 파이다레토스는 3백인 의회의 일원이 되고자 갖은 지모와 계략으로 노력을 다했으나 낙선의 고배를 마시고 말았다. 그런데 그는 낙선을 원망하기보다는 진심으로 흐뭇해하고 기뻐했다. 왜냐 하면, 스파르타에는 자신보다 훌륭한 사람이 3백 명이나 된다는 사실을 알았기 때문이다.

이상의 두 이야기는 루소가 '시민'과 '자연인'이 어떻게 다른가를 부각시키기 위해 인용한 역사적 사례이다. 그러고 보면 역사란 '자연인'에게 편중되었느냐, '시민'에게 편중되었느냐 하는 그 끝바꿈의 역사가 아니었을까 싶다. 쉬운 말로, '우리'라는 공적인 것과 '나'라는 사적인 것 중 어느 것을 더 찾았는가 하는 이야기이다.

우리의 불행한 역사도 오랫동안 '우리'가 '나'를 살리지 못했다. 살리지 못했을 뿐만 아니라 지나치게 '우리'를 내세운 명분이 '나'의 삶을 괴롭힌 까닭에 '나'는 '우리'의 명분을 기피하게 되고 '나'로 하여금 자기 껍질 속에 도사리게 함으로써 극단적인 이기주의를 낳게 했다. 그러나 '우리'가 붕괴될 때 설혹 '나'가 아무리 소중한 삶이라고 해도 그 생존의 뜻을 찾을 길 없다는 것을 우리는 역사에서 너무나 많이 보아 왔다.

사람은 홀로 사는 게 아니라 수많은 이웃들과 함께 산다. 사람이 산다는 것은 타인과 관계를 형성하고 서로 어울려 사는 것이다. 함께 살면서 서로가 배우고 고치고 익히는 동안 조금씩 성숙해 간다. 자기만을 알거나 자기 개인만을 위해 사는 사람은 더 물을 것도 없이 불행하다. 그들의 가슴에는 사랑이 없기 때문에, 사랑은 나와 남 사이에 장벽이 없이 하나가 될 때 비로소 꽃향기처럼 배어 나오는 것이다. 사람은 이웃으로 향한 따뜻한 눈길과 손결에 의해서만 자아의 굴레에서 놓여날 수가 있다.

스포츠는 그 특성상 '나'라는 개인보다 '우리'라는 공동체를 매우 중시한다. 경기할 때 팀워크가 얼마나 중요한가를 떠올리면 쉽

게 이해되는 대목이다. 스포츠 무대에서 뛰었던 사람들이 사회생활
에서도 협동심과 봉사정신을 앞세워 '나'보다는 '우리'라는 공동체
의식에 투철한 까닭도 여기에서 비롯되는 것이다.

예를 들어보자. 스포츠계에는 현역에서 은퇴하고 난 뒤 사회의
이익을 위해 활동하는 사람이 유난히 많다. 특히 스포츠계 발전을
위해 선구자적인 안목과 뛰어난 역량을 발휘하면서 헌신적인 노력
을 아끼지 않는 사람들이 대부분이다. 보기에 따라서는 오늘의 우
리 스포츠의 위상은 이들의 피와 땀이 얼룩진 소산물일지 모른다.

1964년 대한체육회장으로 8년간 한국 체육을 이끈 민관식은 패
기와 추진력, 그리고 애정이 깃들인 솔선수범으로 세계 속의 한국
스포츠 기반을 닦아 놓았다.

그는 문화재관리국이 관리하는 태릉 일대가 시민들의 야유회 장
소로 이용되는 등 유흥지 구실밖에 못하고 있음을 알고는 그곳에
선수촌을 건립하기 위해 동분서주한 끝에 1965년 개촌식을 가졌다.
그 때까지 동숭동 옛 서울대 문리대 옆에 일본식 2층 가옥 1백 평
짜리 다다미방에서, 그것도 부족해서 시내 여관방을 빌어 숙식을
해결하면서 오늘은 이 학교 체육관, 내일은 저 학교 운동장으로 연
습장을 구걸하면서 훈련해야 했던 국가대표 선수들의 떠돌이 생활
이 비로소 마감된 것이다. 당시 체육관을 미처 구하지 못해 지금의
서울시 의회 자리인 시민회관에서 역도선수권대회가 열려 시합 도
중 무대 마루 바닥에 주저앉는 해프닝이 일어난 것도 그 때의 이야
기이다.

1964년 동경 올림픽에 참가할 때의 이야기이다. 당시 한일회담
반대 데모가 격화, 계엄령이 선포되어 모든 집회가 금지되었다. 동

경 올림픽대회를 앞두고 준비에 여념이 없는 체육회로서는 낭패가
아닐 수 없었다. 며칠간 두문불출하던 그는 당시 계엄사령관 민기
식 대장을 두 차례 찾아갔다.

"관혼상제 행사와 종교 집회가 순수하기 때문에 제한을 받지 않
는다면 올림픽을 준비하기 위한 스포츠 행사도 순수한 것이 아니
겠소. 스포츠를 통해 애국하자는 스포츠 훈련이니만큼 집회 금지를
풀어 주시오."

결국 설득한 지 일 주일만에 훈련을 재개할 수 있었다. 복싱의
정신조, 레슬링의 장창선 등 동경 올림픽에서 거둔 승리의 뒤안길
에는 바로 '무에서 유를 창조한다'는 그의 지론이 기둥 역할을 했
던 것이다. 서슬이 시퍼럴 수밖에 없는 계엄령 하에서 그가 이렇듯
소신껏 행동할 수 있었던 것은 모든 일에 솔선수범하는 자세가 뒷
받침되었기 때문이다. 동경 올림픽을 앞두고 체육회에 한 대밖에
없던 회장 전용 승용차를 팔아 그 돈으로 선수용 마이크로 버스를
구입케 한 것도 메달을 따올 사람은 회장이 아니라 선수들이라고
생각했기 때문이다.

그는 국제대회가 열리면 으레 선수들과 고락을 같이 해 온 트레
이너 회장으로도 유명하다. 선수들과 함께 달리는 것은 물론 몸이
아픈 선수들을 데리고 직접 병원에 찾아가는 등 사소한 일까지 몸
소 실천, 남의 말하기 좋아하는 사람들로부터 '체육회장 하는 일이
겨우 코치냐'하는 야유를 받기도 했다. 그러나 이러한 성의는 스포
츠에 대한 애정이 없이는 불가능한 일이다.

그런가 하면, 의학박사이면서 유도계의 원로이기도 한 문태준은
스포츠 정신을 의술에 접목시킨 대표적인 인물이다. 의학을 전공하

는 사람이라면 누구나 가난한 사람을 위해 인술을 펼치겠다고 결심한다. 그 역시 서울대 의대에 들어갈 때부터 그렇게 마음먹었다. 6·25 때 군의관으로 복무하면서 그 결심을 다시 한번 다졌다. 그러나 연세대 세브란스 병원을 시작으로 본격적인 의사 생활을 시작하면서 가난하고 병약한 사람들이 가난 때문에 아깝게 죽어 가는 것을 보고는 의사의 본분이 단지 사람의 생명을 살리는 것만이 아니라는 점을 깨달았다. 문득 학창 시절 유도에 매달렸을 때 자주 듣던 스승의 가르침이 떠올랐다.

"유도의 특징은 작은 힘으로 큰 힘을 이길 수 있는, 경제적이고 합리적으로 힘을 활용하는 기술에 있다. 너희들도 이 다음에 사회인으로 일하면서 개인을 위하기보다는 사회 전체를 위해 개개인의 작은 힘이 발휘되도록 애써라."

그 때부터 그는 모든 사람이 의료 혜택을 골고루 입을 수 있는 사회를 만드는 일에 온 정열을 다 쏟았다. 개인의 영리 영달이 아닌, 특히 가난하고 어려운 사람들에게 빛과 소금을 베풀어야 할 의술의 본분을 다시금 일깨운 것이다. 훗날 국회의원을 거쳐 보건사회부 장관으로 재직할 때, 그가 가장 먼저 역점을 두었던 정책이 바로 전국민의 의료보장 혜택이었다. 그것은 그의 회고록 제목이 『모든 사람에게 건강을』이라는 데서 단적으로 드러난다.

이밖에 우리 스포츠계에는 그 어떤 물질적인 보상도 받지 않으면서 오직 스포츠에 대한 애정만으로 스포츠 발전에 헌신적으로 봉사해 온 사람들이 수없이 많다.

이미 고인이 된 사람 가운데, 선수 출신으로 광복 직후 IOC 위원이 되어 세계 무대에 한국 체육의 명함을 내건 이상백을 비롯하여,

광복 직후 조선체육회를 재건한 산파의 주역이면서 연식야구, 하키의 틀을 잡아 생활체육의 발판을 만들어 준 이순재와 KOC 창설의 주역 전경식, 그리고 '나의 머리는 금융인이요, 나의 피는 정치인이요, 나의 가슴은 언론인이요. 나의 팔다리는 체육인'이라고 강조하면서 1950년대까지 쇄국주의를 고수해 오던 한국 스포츠에 개방화의 빗장을 열게 한 장기영, 개화기의 풍랑 속에서 한을 품고 하와이로 이주해 간 교포2세로서 광복 후 체육 외교의 선봉에 섰던 정월타, 세계사격연맹 회장으로 한국 체육의 세계화에 앞장섰던 박종규, 빙상계의 기둥 역할을 해준 유한철 등 일일이 열거할 수 없을 정도이다.

이들은 하나같이 국제대회에서 메달리스트는 못되었지만 지도자로서 스포츠계 발전에 일생을 헌신해 온 인물들이었다. 그러고 보면, 선수 시절에는 뚜렷한 성적을 내지 못해 스포트라이트를 받지 못했지만 지도자로 변신하여 특출한 역량을 발휘하는 것이야말로 스포츠 세계의 독특한 매력이 아닐까 싶다.

연세대 농구팀을 이끌고 있는 감독 최희암의 경우를 보자. 그는 연세대 선수 시절에는 별다른 주목을 받지 못했을 뿐더러 벤치를 지킬 때가 많았다. 그만큼 스타 플레이어가 아니었기 때문이다. 졸업 후, 회사에 취직하여 평범한 직장인이 되었는데 스포츠인의 길에 미련을 떨치지 못해 모교 농구 감독으로 돌아왔다. 그러고 뛰어난 지략과 용병술을 발휘하여 대학 농구부로서는 처음으로 농구대잔치에서 우승을 차지했다. 어쩌면 유능한 선수 출신만이 훌륭한 지도자가 되는 것은 아니라는 속설을 반영하듯, 그의 성공 신화는 스포츠계에 충격을 주었다.

연세대 농구팀의 승리 이면에는 감독의 적절한 작전도 도움이 되었겠지만, 무엇보다도 선후배 또는 동료들간의 돈독한 인간관계, 즉 한솥밥을 먹으면서 같이 울고 웃는 동료애와 피땀어린 훈련을 통해 손발을 맞추는 조화된 플레이에 역점을 둔 그의 철학에 힘입은 바가 크다. 말하자면 그는 자신이 겪었던 체험을 바탕으로 팀을 지도했던 것이다.

그는 걸출한 스타 한두 명에 의존하는 경기 방식보다는 선수 전원이 열심히 뛰는 범재들의 경기를 더 선호했다. 아무리 뛰어난 선수라도 다섯 명의 몫을 한꺼번에 해낼 수는 없기 때문이다. 아무리 뛰어난 소질과 기량을 갖춘 선수라도 다른 사람들과 손발을 맞추지 못한다면 제 실력을 발휘할 수 없다. 결국 연세대 농구팀의 승리는 '나'라는 개인의식을 죽이고 '우리'라는 공동체 의식을 높인 결과였던 셈이다.

스포츠 경기는 선수와 관중이 함께 어우러져 벌이는 축제의 장이다. 물론 그 속에는 경쟁도 있고 승부도 있지만 근본 정신은 이해와 화합이다. 스포츠가 경기를 통해 지역사회, 국가, 나아가 전세계 인류의 마음을 하나로 모을 수 있는 것도 그것 때문이다. 적어도 올림픽이 치러지는 순간만큼은 전쟁도 멈춘다. 또 전쟁을 벌이는 적대국끼리도 경기장에서는 정정당당히 그러나 열심히 평화롭게 싸운다.

스포츠는 개인인 '나'를 '우리'로 만든다. 따라서 스포츠인들이 사회에서 '나'보다는 '우리'라는 사회와 국가, 나아가 인류 평화를 위해 봉사하는 삶을 살 수 있는 것은 그들에게 스포츠 정신이 자리잡고 있기 때문에 가능한 것이다.

자녀들에게 남겨줄 진정한 유산

'코르네지아의 보석'이란 말이 있다. 로마의 귀부인들이 코르네지아의 집에 모여 제각기 자기 보석을 꺼내 자랑하고 있을 때의 일이다. 주인에게도 귀한 보석이 있으면 구경하자고 조르자, 집주인은 자기네 집에서 제일 값진 보석을 보여주겠다면서 안방으로 들어갔다. 사람들은 저마다 다이아몬드나 산호 혹은 흑진주같은 휘황찬란한 보석을 머리 속에 그리고 있었다. 그러나 안방에서 나온 코르네지아의 양손에는 아이들이 서 있었다.

"자, 보십시오. 내 아이들입니다. 저의 집에는 이보다 더 고상한 보석은 없습니다."

보석을 자랑하고 있던 허영심 많은 그 귀부인들의 얼굴이 어떠했을까는 짐작하기 어렵지 않을 것이다. 우리 사회도 마찬가지일 것이다. 더욱이 우리 사회에는 코르네지아의 보석을 어떻게 다루고 간수해야 하는지 잘 모르는 사람이 많다.

어떤 부모들은 집안에다가 덮어놓고 가두어 기른다. 밖에 나가면 위험하다, 동네 아이들과 싸운다, 옷을 더럽힌다 등의 이유를 내세워 보석 상자를 장롱 안에 처박아 두듯이 숨겨 두려고만 한다. 때로는 파티에 다이아 목걸이를 걸고 나가듯 아이들을 전시물로 여기는 부모들도 많다. 그들은 아이들에게 피아노를 가르치고 그림을 그리게 하고 일류 학교에 집어넣고자 온갖 과외공부를 시켜 아이들의 시간을 빼앗는다. 어떤 부모는 위급한 상황에 대비하여 보석을 간직하듯이 노후에 자녀들로부터 효도를 받을 생각을 하기도 한다. 한마디로 보석의 의미를 잘 모르는 어른들이다.

아이들은 바람결에 자란다고 했다. 햇볕에 그을리고 바람에 시달려 살갗이 거칠어져도 오히려 피부를 튼튼하게 하여 내성이 생긴다. 마구 자라는 시골 아이들이 도시 아이들보다 강하고 잔병이 잘 들지 않는 것도 이 때문이리라. 아이들은 대기와 자연 속에서 자라야 한다. 골목에서 마구 뛰놀며 흙장난도 하고 뒹굴기도 하고 더러는 싸워서 다치기도 해야 어느 틈에 잔뼈가 굵고 튼튼하게 자라는 것이다.

따지고 보면 동심의 세계는 백짓장과 같다. 먹물을 떨어뜨리면 까맣게 물들고, 빨간 물감을 뿌리면 빨갛게 물들고, 손으로 문지르면 까무잡잡한 손때가 묻게 마련이다. 부모로서는 아무리 세속에 때가 묻었다고 해도 자기 자식을 더러운 물감으로 물들이고 싶은 사람은 없겠지만, 자기들의 속없는 짓들이 저도 모르게 아이들의 마음을 더럽혀 놓는다는 것을 잊어서는 안될 것이다.

"청춘과 인생을 송두리째 파묻고 살아온 스포츠였으므로 후회는 없다. 다만 운동에만 전념하느라고 가장 노릇을 제대로 못해서 아내에게는 집안 살림 걱정을, 아이들에게는 공부에만 전념하지 못하도록 만든 일이 후회스럽다고나 할까."

체육 1세대로서 럭비, 아이스하키 등을 국내에 보급하는데 앞장 섰던 원로 스포츠인 전유량은 자신의 삶을 회고하는 자리에서 이렇게 말한 적이 있었다. 가족에게 충실하지 못했다는 그의 감회는 어쩌면 이 땅의 모든 스포츠인들의 한결같은 고백일지 모른다. 스포츠인들에게 있어서 가족은 늘 빚을 진 죄스러움의 대상이자 마음의 빚이다. 언제나 빚을 진 기분으로 가정에 돌아가지만 그래도 가족은 나 자신이 살아갈 힘이 되어 주고 어두움 속을 헤맬 때 그 길을 밝혀 주는 빛이 되어 주는 것이다.

부모는 자식에게 한없이 베풀면서도 늘 모자란 듯하고 미안한 마음을 가지는 것이 인지상정이다. 더욱이 1년의 3분의 2 이상을 집을 떠나 생활하는 스포츠인은 한 가정의 어른으로서는 빵점이다. 함께 있는 시간도 적지만 물질적으로도 풍요로움을 주지 못한다. 자녀에게 줄 수 있는 것이라고는 오직 삶의 태도 하나뿐이다.

그러나 대부분의 스포츠인 가정에서 그것은 코르네지아의 보석처럼 빛난다. 흔히 가풍을 이야기하는데, 스포츠인의 가풍이야말로 말로서가 아니라 삶의 태도 그 자체인 것이다.

원로 스포츠인 민관식은 '개성 깍쟁이'로 유명하다. 예로부터 개성 상인이라고 하면 유난히 깔끔하고 예의 바르며 근검절약의 생활 태도로 유명하다. 일제 때, 일본 사람들이 아무리 싸게 팔더라도 개성 사람들이 팔아 주지 않아서 결국 개성에는 일본 상인들이 그림자조차 얼씬거리지 못했다는 이야기가 있다. 그만큼 절약 정신이 투철했고 애국심이 강했다. 그러나 민관식의 깍쟁이 기질은 재물보다 시간을 아끼고 자신의 기록을 버리지 않는다는 점에서 더욱 돋

보인다.

그는 잠시도 무료하게 그냥 있는 것을 못 참는다. 성격도 급하다. 워낙 부지런하고 많은 일을 신속 정확하게 처리할 뿐더러 주위 사람에게도 그런 점을 요구하여 주위 사람들로서는 늘 긴장의 연속이 아닐 수 없다.

문교부 장관 시절, 언젠가 비서의 일 처리 속도가 늦자 "왜 이렇게 느리냐!"면서 불호령을 내린 적이 있었다. 그러자 한 비서가 "제가 느린 것이 아니라 장관님이 굉장히 빠른 겁니다" 라고 재치 있게 응수하여 한바탕 웃음을 터뜨린 적이 있었다. 그야말로 '부지런하면 천하에 두려움이 없다'는 평범한 진리를 솔선수범하는 인품이다. 그가 전형적인 개성인이라는 것을 보여주는 또 하나의 징표는 '버리지 못하는 버릇'이다. 그렇다고 해서 무슨 귀한 물건을 수집하는 것은 아니다. 팔십 평생을 살아오면서 수집한 자료들은 박정희 대통령으로부터 받은 촌지 봉투를 비롯하여 올림픽 공식 포스터, 관계했던 기관의 배지와 명패, 도민증, 초등학교 성적표, 결혼 전에 주고받은 연애 편지와 사주단자, 대학 시절의 노트 등 흘러간 시간을 다시 꿰어 과거와 현재, 그리고 미래를 연결시켜 주는 무언의 역사들을 챙기고 있다. 아무리 사소한 물건이라도 버리지 않는 검소하고 소탈한 그의 풍모를 가리켜 그저 단순한 '수집광'이라고 치부할 수만은 없지 않은가.

한편, 스포츠계에는 부모의 뒤를 이어받아 스포츠 인생을 걷는 자녀들이 많다. 튼튼한 체력을 갖고 있는 부모로부터 튼튼한 체력을 물려받았기 때문이기도 하지만, 그보다는 어린 시절부터 부모가 운동하는 것을 보면서 자라 왔기에 자연스럽게 운동을 접하게 되었고, 그것을 자기 인생의 길로 삼았을 것이다.

그러나 가정에 충실하지 못한 부모에 대한 불만과 연민을 느끼면서도 스포츠의 길로 들어선 데에는 그만한 이유가 있으리라. 만약 부모의 생활이 스포츠 정신에 어긋났더라면 자녀들은 그 길을 택하는데 주저했을 것이다. 더욱이 많은 스포츠 선수 출신 부모들은 자신이 겪은 어려움을 자녀가 되풀이하는 것이 안쓰러워 반대하기 쉽다. 그런데도 많은 젊은이들이 대를 이어 스포츠인의 길을 걷고 있다.

1948년 런던 올림픽 복싱의 동메달리스트 한수안은 넷째 아들(한창덕)이 복싱 선수의 길을 걷겠다고 했을 때가 가장 기뻤다고 털어놓는다. 올림픽에서 못다 이룬 금메달의 꿈을 아들이 이루어 줄 것으로 믿었기 때문이다. 아들이 신인 선수로 두각을 나타낼 때, 한수안은 인천 동양체육관의 사범으로 수련생을 지도하고 있었다.

1978년 당시 한수안은 마당이 없는 단칸방에서 살았는데, 아들이

부녀 탁구 인생의 길을 걷는 이경호와 이신자

매일 새벽마다 10킬로미터 로드웍을 다녀오면 아버지가 1시간 가량 방안에서 미트를 대주며 자세를 잡아 주는 등 흐뭇한 모습을 보여 주곤 했다. 그 시절, 한수안은 매월 6만원씩 타는 연금으로만 생활할 정도로 매우 가난했

다. 그러나 권투라는 운동을 전혀 알지 못한 채 사람 하나 좋은 것을 위안 삼아 결혼한 그의 아내는 남편이 생활비를 걱정하는 것을 가장 싫어했다. 오히려 부자간에 치고 받는 경기를 보면서 코치를 해줄 정도였다. 아들이 복싱을 연습하는 장면을 매일같이 지켜보다 보니 '서당개 3년에 풍월을 읊다'는 격이 된 것이다.

"창덕아, 넌 치고 나올 때 얼굴을 훤히 열어 놓더구나. 마치 나를 때려 주십사 하고 말이다."

어머니가 아들에게 자주 코치해 준 대목이다. 단칸방에 살면서 달걀 하나 제대로 못 먹는 생활고 속에서도 부자간의 권투 경기는 곧 아내의 행복이었던 것이다. 이처럼 아버지는 지도자, 아들은 선수, 어머니는 든든한 후원자로서 힘들고 고달픈 생활이지만 보람과 기쁨을 누리는 스포츠인은 많다. 조득준·조승연 부자간 농구 인생, 이경호·이신자 부녀간의 탁구 인생 등 대를 이은 스포츠 가족은 많다.

자식은 부모의 생활 태도와 가르침을 보고 들으며 자신의 인격을 형성한다. 그리고 자신의 환경과 삶에 긍지를 가진다. 스포츠인 가정에서 또다시 스포츠인이 배출되는 것이야말로 이 땅의 스포츠인이 긍지를 느낄 만한 일이다. 자기의 일에 애착심과 프라이드를 갖지 않는 것, 일 자체의 보람보다 단순한 생활의 방편이라고 생각하는 우리 사회의 직업관을 생각할 때 더욱 그러하다.

세상에서 살아남기 위한 지혜

시간과 감정을 아끼면 성공한다
훌륭한 스포츠인은 핑계가 없다
'영광'을 버릴 줄 아는 지혜
실패와 좌절을 두려워 마라
벗이여, 그대의 소중함을 잊지 못하리
끝없는 모험, 끓어오르는 정열
이젠 생활체육의 한 가운데 서서
핏빛처럼 아름다운 뒤안길이여

제5장 · 세상에서 살아남기 위한 지혜

사람은 사회적인 동물이다. 무인도의 로빈슨 크루소가 가장 견디기 힘들었던 것은 먹을 양식과 입을 옷이 부족한 게 아니었다. 대화를 나눌 수 있는 친구가 없는 것이었다. 사회는 비슷하거나 정반대되는 사람들이 서로 관계를 맺고 경제적, 정신적, 문화적으로 거래하고 경쟁하면서 쓰러뜨리기도 하고 위로하기도 하고 도움을 주고받기도 하는 삶의 현장이다. 그리고 내가 어떻게 관계를 맺느냐에 따라서 상처받기도 하고 보람을 느끼기도 한다.

이런 사회에서 자기의 이상을 실현하고 원하는 것을 얻기 위해서는 지혜가 필요하다. 지나치게 자신의 이익만을 추구하다 보면 주변에 적을 많이 만들어서 어떤 순간에 가면 단 한 사람의 동지도 남아 있지 않게 된다. 또 결단을 내려야 할 순간에도 결정을 내리지 못하고 우유부단하게 시간을 보내면 결국 얻을 수 있는 것도 모두 잃게 된다.

자기 관리를 못해 방만하고 나태하게 처신하면 결국 그 대가를 요구하는 것이 사회의 생리이다. 지식이 많은 사람도 지혜가 부족하여 인생을 힘들고 고적하게 보내며 세상을 탓하기도 한다. 가장 중요한 것은 내가 어떤 것을 하고 사는 것이 보람있는 삶이 될 것인가를 생각해 보고 삶의 목표를

정하는가이다. 목표를 향한 계획을 세우고 성실하게 정정당당한 방법으로 노력한다면 사회생활이란 그리 힘들고 어려운 것이 아니다. 이같은 진리야말로 웬만한 사람은 다 알고 있는 상식에 속한다. 그런데도 이 말이 소중하게 다가오는 이유는 무엇일까. 그것이야말로 사회의 상식이고 세상을 살아가는 근본적인 지혜이기 때문이다. 문제는 그것을 알고만 있는가, 실천하는가의 문제이다.

삶은 사람을 고통스럽게 한다. 그러나 그 고통 때문에 의미가 있다. 어떤 이는 세상을 살아가는데 의미를 찾지 못한다고 입버릇처럼 말한다. 그들 역시 자신도 모르게 화들짝 놀랄 때도 있고 크게 웃을 때도 있다. 삶의 다양한 자극에 민감하게 반응하고 있으면서도, 다만 의미가 없다고 생각하고 있을 뿐이다. 삶은 그 의미를 찾고자 얼마나 노력하느냐에 따라 그 질과 가치가 달라진다. 물론 어떤 삶이 가치가 '있다' '없다'를 분별할 객관적 기준은 없다. 다만 의미를 찾고자 노력하는 사람만이 삶의 의미를 갖는다. 노력 자체가 삶의 의미이기 때문이다. 험한 산만 찾아다니는 산악인에게 왜 그렇게 사서 고생하느냐고 물으니까 산이 거기 있어서 간다고 했다는 일화가 있다. 삶의 즐거움은 즐거움을 찾으려고 노력하는 사람에게 즐거움을 준다. 삶의 즐거움은 찾는 것 그 자체가 즐거움이기 때문이다.

시간과 감정을 아끼면 성공한다

어떤 신사가 책을 사려고 서점에 들어갔다

"이 책값이 얼마나 됩니까?"

"예, 1달러입니다."

"값을 좀 깎읍시다."

"안됩니다. 그 값이 정가거든요."

"그렇지만 이왕 말이 나왔으니 약간 깎아 주시오."

"그러시다면 1달러 20센트에 드리지요."

신사는 처음에 농담인 줄 알았다.

"그런 농담 그만 하시고 80센트만 합시다."

"꼭 그러시다면 이제는 1달러 50센트에 드리겠습니다."

점점 값이 오르기만 하니 신사는 어이가 없었다.

"여보세요. 값을 깎아 달라는데 귀한 시간만 보내면서 점점 값이 올라가니 어찌된 일이요?"

"그러기에 말입니다. 내게는 제일 귀한 것이 시간인데, 그 시간을 빼앗고 있으니 점점 값이 오를 수밖에요. 지금 1달러 50센트에 파는 것보다 처음부터 1달러에 파는 것이 저에게 훨씬 이익이지요."

미국의 저술가 프랭클린이 펜실바니아에서 서점을 경영하고 있을 때의 실화이다. 시간의 낭비는 모든 낭비 중에서 가장 손쉽다. 또 이를 고치기가 가장 어렵다. 왜냐 하면, 인생은 시간으로 구성되어 있기 때문이다. 하루의 시간은 24시간으로 정해져 있다. 그 시간은 누구에게나 똑같이 주어진다. 그러나 이 24시간을 유익하게 쓰면서도 시간이 너무 빨리 간다고 탓하는 사람이 있는가 하면, 더디게 간다고 푸념하는 사람이 있다. 어느 편에 설 것인가는 당사자의 마음이지만, 사소해 보이는 그 차이가 엄청난 차이의 결과를 가져온다.

우리는 흔히 최선을 다한다는 표현을 쓴다. 누구나 있는 힘을 다했다고 말하고, 부족한 부분은 선천적인 자질이나 운의 탓으로 돌린다. 그러나 정말로 최고가 되기 위해서는 갖고 있는 힘을 1백 퍼센트 쏟아 부었다는 것만으로는 부족하다. 그만큼은 다른 사람들도 다하기 때문이다. 문제는 얼마나 효과적으로 썼는가 하는 점이다.

'명조련사'로 불리는 농구 감독 방열이 지도자로 변신하기까지의 과정을 보자. 우선 그는 무슨 일이든 한 번 시작하면 그 일에 죽자살자 매달려서 목표를 성취해야만 물러서는 도전적인 성격이었다. 연세대 농구 선수로 1964년 동경 올림픽에 참가했다가 졸업 후 기업은행에 입사한 그는 육군 농구팀에서 선수 생활을 계속하면서 겪은 경험을 소중하게 간직하고 있다.

당시 그의 집안은 무척 어려웠다. 부친이 6·25 때 납북 당한 그는 4형제의 맏이로서 집안 살림을 꾸려 갈 뿐더러 동생들 학비를 대주어야 할 가장이었다. 그런데 은행과 군에서 받는 봉급으로는 턱없이 부족했다. 더욱이 그는 농구 선진국인 미국 유학을 꿈꾸면서 영어를 공부하느라고 학원에 다니고 있었다. 결국 그는 아르바이트를 하기로 했다. 다행히 군에서 영외 생활을 하고 있었기에 근무시간을 제외한 나머지 시간은 충분히 활용할 수 있었다.

그는 새벽 시간을 활용하는 방안으로 우유를 배달했다. 그리고 곧바로 학원에 가서 영어를 공부하고 출근하여 군인으로 생활했다. 퇴근 후에는 가정교사 노릇을 했다. 집에 돌아오면 밤 11시, 그 때부터 다시 영어 공부와 농구 이론서를 공부하는 등 그야말로 단 1초라도 쉴 시간이 없을 만큼 바쁘고 고단한 시절을 보냈다. 남 못지 않게 건강한 몸이었지만 나중에는 도저히 견디지 못해 우유 배달을 그만두어야 할 정도였다. 훗날 미국 유학의 꿈이 무산되고 조흥은행 코치로 지도자 생활을 시작하면서 사람들로부터 시간 관리가 철저하다는 평을 듣게 된 것도 모두 이 때의 경험 덕택이다.

유도인 출신으로 미국의 토마스 제퍼슨 대학에서 신경외과 전문의 과정을 마친 전 보사부 장관 문태준은 유학 시절을 '호출 인생'으로 보낸 기억을 갖고 있다. 제퍼슨 대학병원에서 방송으로 그의 이름이 가장 많이 호출되기로 유명했기 때문이다.

일반적으로 수련의 과정은 무척 바쁘고 힘들기로 유명하다. 그런데 6·25 때 군의관을 하다가 미국으로 갓 건너간 그가 서툰 영어 실력에다 어려운 의학 공부를 하면서 시시각각으로 벌어지는 병원의 위급 상황들에 대처해 나가기 위해서는 다른 사람들보다 두세배의 노력을 하는 도리밖에 없었다. 결국 그는 수련의 과정을 우수

1978년 태릉선수촌에서 수영선수 조오련 등 여러 국가대표 선수들이 잠시 틈을 내서 여름을 즐기는 모습

한 성적으로 무사히 마치고 돌아와서 신경외과 분야의 개척자가 되었고, 정계에 투신하기도 했다. 언젠가 그는 이렇게 말했다.

"학창 시절, 유도라는 스포츠는 나에게 두 가지를 가르쳐 주었다. 하나는 작은 힘으로 큰 것을 성취하라는 유도 정신이고, 다른 하나는 정해진 시간을 얼마나 철저하게 관리하는가 하는 지혜이다."

따지고 보면, 어느 경기든지 시작과 끝이 있다. 정해진 시간 내에 펼쳐진다. 어쩌면 우리 인생도 '수명'이라는 시간 제약 속에서 펼쳐지는 경기나 다름없다. 인생이라는 경기에서 최후의 승자가 되는 길은 시간 관리에서 승리를 거두는 것뿐이다. 물론 철저한 시간 관리를 통해 일하다 보면 주위 사람들에게 인간미가 부족하다는 평을 들을 때도 있고, 어떤 때는 자기 자신에게 너무 가혹하다는 느낌이 들 때도 있다. 그러나 스포츠인이라면 누구나 아무 일도 하지

않고 보내는 시간을 견디지
못하는 생리가 습성화되어 있
게 마련이다.

　유능한 선수들의 시간 관리
는 철저한 연습으로 나타난다.
스타 플레이어들은 기분이 좋
든 나쁘든, 간밤에 술을 마셨
거나 말거나, 고민이 있거나
컨디션이 나쁘더라도 연습만
은 거르지 않는다. 현역에서
뛰고 있는 최고참 농구 선수
김유택의 경우를 보자.

　1987년 농구대잔치에서 그
가 소속한 기아팀이 그의 결
정적인 자유투 실패로 패배의
고배를 마셨다. 그날 이후부터
김유택은 새벽과 밤중에, 그리
고 휴일에도 땀을 뻘뻘 흘리

1991년 농구대잔치에서 김유택이 경기하는 모습

며 연습했다. 언젠가 당시 기아 감독이던 방열이 잠자리에서 화장
실을 가기 위해 방을 나섰다가 체육관에서 불빛이 새어나오는 것
을 보고는 깜짝 놀랐다. 그리고는 누군가 전깃불을 끄는 것을 잊었
나 보다 생각하고는 체육관 문을 열었다. 그런데 안에서는 김유택
이 자유투 연습을 하고 있었다. 더욱 놀랄 일은 다른 사람의 눈에
띄거나 잠을 방해하지 않기 위해 자유투를 던지고는 재빨리 움직

여 골 밑으로 달려가서 자기가 던진 공을 잡는 것이었다. 결국 방열은 격려의 말을 해주고 싶었지만, 그것이 오히려 연습을 방해할까 봐 살그머니 돌아 나왔다. 화장실 가는 것도 잊어버리고.

하루종일 철저하게 짜여진 스케줄에 따라 훈련을 거듭하는 운동선수들에게 개인 시간은 금이다. 자기의 결점을 보완하고 기량을 향상시키기 위한 개인 훈련 시간은 부족하게 마련이다. 더욱이 모든 선수들은 경기에서는 동료일지 모르지만 인생의 길목에서는 선의의 경쟁자가 된다. 따라서 좋은 기록과 성적을 내는 선수들의 경우, 땀을 쏟아 내는 훈련과 그 고통의 강도는 엇비슷할지언정 개인 시간을 효율적으로 보내는 그 시간 관리에 있어서는 뚜렷한 차이점을 보여준다.

감정 관리 역시 마찬가지이다. 세상에는 좋은 일만 있는 것이 아니다. 분통이 터지거나 슬픈 일도 있고, 참기 힘들만큼 절망할 때도 있게 마련이다. 이럴 때 어떻게 할 것인가. 우리들은 훌륭한 기량을 갖추고 있으면서 경기에서 감정을 다스리지 못해 패배하는 경우를 본다. 예컨대, 경기에서 중요한 고비를 맞는 순간에 상대방의 사소한 실수나 심판 판정에 불만을 품고 성질을 부리다가 결국 퇴장 당함으로써 팀 전력에 큰 손상을 입히는 어리석은 선수가 있는가 하면, 팀 전체의 사기를 돋구고 상대방에 대해 교묘한 심리전을 전개하여 승리를 낚아채는 선수가 있다.

지도자 역시 마찬가지이다. 선수들의 조그마한 실수도 용납 못하는 다혈질의 지도자가 있는가 하면, 느긋하게 기다리는 지도자도 있다.

성공한 스포츠인들은 하나같이 감정 관리에 성공한 사람들이다.

1948년 런던 올림픽부터 1956년 멜버른 올림픽까지 세 번에 걸쳐 올림픽에 도전했던 원로 역도인 김성집은 화가 날 때면 무조건 그 자리를 벗어나는 버릇이 있다. 한때 승마에 미쳤을 때는 무조건 말에 올라타고 달렸다. 한참 달리다 보면 말과 함께 호흡이 가빠지는데, 심호흡을 하다 보면 스스로 화가 누그러진다.

중견 레슬링인 양정모는 1976년 몬트리얼 올림픽 레슬링에서 금메달을 획득하기까지 격렬한 훈련에 지쳐 짜증이 날 때마다 아무 종이에나 낙서하기를 즐겼다. 자신의 감정을 마구 글로 토해 내다 보면 어느새 분노와 짜증은 사라지고 다시 차분해졌다. 물론 그 글 속에는 스포츠 세계의 비정함과 외로움이 한껏 드러나 있다. 학창 시절부터 시를 쓰거나 메모, 또는 일기를 빠짐없이 기록해 온 습관 탓이다.

그는 화가 너무 심하게 솟구치면 속으로 엉엉 울기조차 했다. 흔히 남자의 눈물을 수치로 여기는 사람이 많지만 감추는 수치보다는 우는 용기가 더 어렵다는 것을 그는 알고 있다. 예수도 울었고, 링컨도 울었고, 이순신도 울지 않았는가. 어쩌면 그의 울음은 오기와 근성의 솔직한 표현일지 모른다.

건국중학교에 다닐 때, 그는 자신의 운동복을 남이 만지는 것을 가장 싫어했는데, 그래서 빨래 역시 손수 하거나 어머니에게만 만지게 했다. 유별났지만 섬세한 성품의 소유자였기에 감정 조절 또한 차분하게 처리했던 것이다.

그런가 하면, 1960년 로마 올림픽 복싱에 출전했다가 2회전에서 이탈리아의 벤베누티에게 불운의 일격으로 주저앉고 훗날 프로 무대에서 설욕, 세계 챔피언을 거머쥐었던 김기수는 화가 날 때면 참는 법이 없었다. 샌드백을 두들기다 못해 소리나는 걸로 박살을 내기도 했다. 때문에 그의 연습장 주위에는 거울이 없었다.

그의 독특한 버릇은 경기 날짜가 정해지는 순간부터 잠자리를 그대로 보존하는 것이었다. 이부자리가 아무리 어지러워도 대전이 끝날 때까지는 치우지 못하게 했다. 방 청소도 금물이었고 시합 당일 집에서 나갈 때 집안 식구들이 들락날락 거리면 기분이 좋지 않았다고 했다. 일종의 징크스인 셈이었다.

1983년부터 해태 야구 감독을 맡은 이래 수많은 우승의 신화를 창조한 '코끼리 감독' 김응룡은 경기 중에 선수들의 어처구니없는 플레이가 터져 나올 때면 스파이크로 쓰레기통을 걷어찬다. 그러다가 울화의 강도가 높아지면 그 육중한 체구로 벽을 비빈다. 단 한 순간도 참지 못하고 수시로 '조인트'를 향해 구둣발이 날아가거나 꾹 참다가 이제는 더 이상 안되겠다 싶을 때 주먹을 내지르는 지도자와 달리 김응룡의 감정 관리는 심리전의 성격이 강하다. 왜냐 하면, 김응룡이 벽에 몸을 비빌 정도라면 그가 얼마나 무섭게 변하기 직전인가를 선수들은 이미 체험으로 알고 있기 때문이다.

그는 선수들이 슬럼프에 빠져도 여러 이야기를 하지 않는다. 그러나 한 번 화를 내면 선수들은 그날 지옥을 맛본다고 한다. 그런가 하면, 그는 패했을 때보다 이겼을 때 벌을 준다. 졌을 때 벌을 주면 선수들의 불만이 터져 나오지만, 이겼을 때 기합을 받으면 감히 아무 소리도 못한다는 것을 그는 알고 있는 것이다.

1948년 런던 올림픽 권투에서 동메달에 머문 한수안은 다시 한 번 올림픽 무대에 도전하기 위해 처절한 훈련을 감행했다. 어줍잖은 격려 전화가 훈련에 방해가 된다고 생각하자 마지막 한 달간은 아예 전화를 받지 않았을 뿐더러 집의 전화 코드마저 빼놓았다. 그리고 일체의 일상에서 피신하고 오로지 훈련에만 매달렸다. 눈물의 패배를 설욕하기 위한 자기 관리를 오기와 근성보다는 결단력과 냉정함에서 찾고자 했던 것이다. 비록 1952년 헬싱키 올림픽에서 메달 획득에 실패했지만, 자기 감정을 컨트롤할 줄 아는 지혜를 지금도 후배들에게 강조하고 있다.

스포츠인들 중에는 음악 감상, 낚시, 바둑, 화초 기르기, 등산, 명상 수련 등으로 마음의 여유를 찾고자 노력하는 사람이 많다. 조용하고 차분하게 자신을 가라앉히고 생활의 활력소를 제공하는 취미야말로 평소에 자신의 감정을 다스리는 훈련에서 가장 좋은 방법 중의 하나다. 흔히 감정이 격해지면 더욱 운동에 매달리기도 하는데, 이 역시 분노나 욕심을 정화하는 방법의 하나일 것이다.

사회를 살아가면서도 다르지 않다. 사소한 일로 다투거나 화내면서 상대방을 궁지로 몰아넣으면 사람들이 멀어지게 된다. 그 자신도 주변에서 분란이 그치지 않아 힘들고 피곤한 삶을 살아가게 된다. 너그럽고 온화한 성품은 사람을 자기편으로 만든다. 사회생활에서 가장 귀중한 자산은 사람이다. 자신의 감정을 다스리면서 다른 사람을 부드럽게 감화시켜 그 사람으로 하여금 스스로 생각해 볼 기회를 가질 수 있도록 하는 것이 사람을 잃지 않고도 사람을 이기는 길이다.

감정을 다스리고 덕성을 쌓는 것은 사회생활에서 성공하는 일일 뿐만 아니라 무엇보다도 스스로가 삶을 긍정하면서 인생을 보람되고 행복하게 사는 근원이다. 성공을 위해서가 아니라 우선 자기 자신을 위해서 자기를 다스리는 지혜가 필요한 것이다.

훌륭한 스포츠인은 핑계가 없다

뻐꾸기란 놈은 둥지가 없다. 둥지도 없는 놈이 여름 내내 노래만 부르고 논다. 알을 낳을 때가 되면, 꾀꼬리 둥지에서 꾀꼬리 알을 하나 밀어내고 그 둥지에다가 알을 낳는다. 외출했다가 돌아온 꾀꼬리는 그것을 눈치채지 못한 채 알의 숫자만 맞으면 모두 제 자식으로 여겨 알을 품는다. 꾀꼬리와 알의 빛깔이나 크기가 같다는 것을 교활한 뻐꾸기가 교묘하게 이용하는 것이다.

꾀꼬리 알은 보름만에 부화하는데 비해 뻐꾸기 알은 열흘만에 부화한다. 때문에 앞서 태어난 뻐꾸기 새끼는 덜 부화된 꾀꼬리 알을 둥지 밖으로 밀어내 깨뜨린다. 그런데도 꾀꼬리는 이 뻐꾸기 새끼를 제 새끼로 착각하여 열심히 먹이를 날라다 준다. 그 뻐꾸기가 클 때쯤이면 어미 뻐꾸기가 인근에 와서 불러내고 새끼 뻐꾸기는 자기를 길러 준 꾀꼬리에게 인사도 하지 않고 친 엄마를 따라 날아간다.

이처럼 스스로 노력하지 않고 남의 노력을 교묘하게 착취하여 노력하는 사람보다 잘 사는 '뻐꾸기 인생'들은 어느 사회에나 있게 마련이다. 우리 사회 역시 마찬가지이다. 그러나 그것이 전혀 통하지 않는 세계가 있다. 바로 땀을 흘린 만큼 수확하는 스포츠의 세계이다.

마라톤에서 우승자에게 월계관은 누가 씌어 주는가. 물론 시상은 다른 사람이 하지만, 사실은 본인의 노력으로 우승했기 때문에 받는 것이다. 승리는 내가 스스로 가져오는 것이지, 남이 시켜 주는 게 아니다. 때문에 탈무드에서도 '쥐를 탓하지 말라, 쥐구멍 탓이다' 라고 가르치고 있다.

마라톤에서 월계관을 차지하고 싶으면 다른 사람의 눈치를 살필 게 아니라 이를 악물고 뛰어서 이겨야 한다. 이기자면 최선을 다하고 자기의 모든 것을 던져 싸워야 한다. 최선을 다한다고 해서 반드시 승리하는 것만도 아니다. 기술이 있어야 하고, 지모(智謀)와 인내력도 있어야 한다. 무엇보다도 용기와 신념을 가져야 한다. 자신의 약점을 딛고 일어설 줄 아는 지혜, 누가 뭐라든 내 신념대로 밀고 나갈 줄 아는 배짱, 실패를 두려워할 줄 모르는 끈기가 있어야 한다.

제1차 세계대전 당시 오스트리아가 군인들에게 수여하는 최고의 영예는 마리아 테레사 훈장이었다. 그런데 이 훈장을 처음 수여받은 사람이 명령에 복종하지 않은 군인이라는 점에서 눈길을 끈다.

어느 나라 군인에게나 명령 복종은 절대적이다. 그러나 전쟁을 하다 보면 명령을 어기지 않으면 안될 때가 있다. 가령, 현 위치를 고수하라는 명령을 받았다고 치자. 그러나 지형이 나빠 명령을 그대로 따르다가는 전멸할 것 같다고 하자. 이 때 지휘관이 사령부

명령에 따르지 않고 후퇴하면서 적군을 괴롭혔다가 재탈환하는 쪽
이 낫다고 판단, 명령을 고의로 어긴 끝에 승리를 쟁취했다면 그
사람을 어떻게 평가할까.

물론 그 작전이 실패로 돌아가면 지휘관은 군법회의에서 처단된
다. 말하자면 위험을 각오하고 자율적인 판단 아래 항명한다는 것
은 여간 용감한 일이 아닌 것이다. 따라서 자기 판단이 옳았다고
해도 뒤탈이 두려워서 그냥 명령을 따르는 것이 보통 사람들이다.
마리아 테레사 훈장을 받은 사람이야말로 참된 용기를 지닌 군인
이었다.

1956년 멜버른 올림픽 레슬링에서 1등보다 값진 4위를 했던 이
상균은 레슬러로서는 치명적인 결함을 갖고 있었다. 6·25 때 수류
탄 사고로 왼손의 엄지 손가락부터 3개를 잃었다. 손가락이 없으면
레슬링에서 중요한 기술인 태클을 걸 때 기술을 쓸 수가 없다. 그
러나 그는 자신의 약점을 원망하기보다는 그것을 극복하는 인생을
선택했다.

그는 왼손의 약점을 극복하기 위해 왼손 기술을 집중적으로 연
마했다. 그가 자신의 약점을 극복하기 위해 다른 선수들보다 두 배
의 노력이 필요했을 것은 말할 것도 없다. 한 손으로 두 손의 역할
을 다해야 했기 때문이다. 만약 자신의 약점을 원망하며 주저앉았
다면 '손가락 없는 레슬러'라는 신화는 없었을 것이다.

선수 시절에 한국 최고의 슈터라고 불렸던 중견 농구인 이충희
는 중학교 2학년 때까지만 해도 팀에서 키가 제일 작았다. 키 싸움
으로 불리는 농구 경기에서 작은 키는 결정적인 약점이었다. 그러
나 그는 새벽 5시에 등교하여 수업 시간 전까지 슛 연습을 하고 방

과 후 훈련으로 기진맥진, 팀 동료가 모두 귀가한 후에도 혼자 체육관에 남아 자신의 단점을 보완했다. 키가 작아도 얼마든지 훌륭한 슈터가 될 수 있다는 점을 보여주고 싶었던 것이다. 1년 뒤, 그가 뛰어난 슈팅 가드로 활동했고, 다 아는 것처럼 한국 농구사에서 한 시대를 풍미한 스타가 되었다.

'셔틀콕의 황제'라 불리며 1982년부터 10여 년간 세계 배드민턴계를 지배한 박주봉에게도 시련을 극복한 소중한 경험이 있다. 1985년 한국 배드민턴 사상 최초로 세계 선수권 금메달을 따내며 국제적 스타로 승승장구할 때였다.

1986년 서울 아시안게임 직후 열린 대만오픈 단식 결승에서 허리를 다쳐 1년간 운동을 못하게 되었다. 그는 부상에서 벗어나겠다는 일념으로 보신탕은 물론 그 때까지 이름도 들어보지 못했던 희귀 동식물을 닥치는 대로 먹어 치웠다. 그 덕분에 까다롭던 입맛이 변해 지금은 비위 강한 잡식성이 되었을 정도이다.

그러나 그럭저럭 건강을 회복하여 이듬해 5월 북경 선수권대회에 출전했다가 경기 도중 갑자기 쓰러졌다. 원인을 알 수 없는 이상 증세가 나타나더니 온몸의 왼쪽이 통째로 마비된 것이다. 특히 왼팔은 숟가락을 들 수 없을 정도로 심했다. 엎친 데 덮친 격으로 탈수 현상까지 나타났다. 의사의 진단은 신경마비 증세라는 것이다. 그러나 신경마비도 다시 일어서겠다는 그의 오기를 꺾을 수는 없었다. 아니, 그는 자기에게 주어진 불행을 바꾸는 용기에 도전해 보고 싶었다. 그 덕택에 우리는 1988년 서울 올림픽에서 다시 그를 볼 수 있었다.

1992년 바르셀로나 올림픽 때 양궁 개인, 단체전을 석권하여 세

1992년 바르셀로나 올림픽 양궁에서 금메달을 획득한 조윤정

계를 깜짝 놀라게 한 조윤정은 '국내 대회 만년 3위, 국제 대회 단골 4위'라는 별명이 주는 꼴찌보다 더한 치욕을 승리의 집념으로 키워 낸 역전 인생의 대명사이다.

초등학교 4학년 때 재능을 인정받아 활을 잡기 시작한 그녀는 무학여중, 서울체고, 한국체대를 거치면서 줄곧 상위권 성적을 유지했다. 그러나 그것뿐이었다. 가능성은 항상 인정받았지만 늘 2인자였을 뿐, 한 번도 정상의 자리에 서 보지 못했다. 심지어 서울체고 1학년 때 최연소 국가 대표로 선발되어 처음 출전한 제4회 아시안컵에서 2관왕을 거머쥔 지 불과 3개월 만인 1986년 서울 아시안게임 대표선수 선발전에서 탈락하는 수모를 당하기까지 했다.

어깨 부상으로 오랫동안 고생하다가 6년만에 다시 대표팀에 복귀, 1991년 폴란드 세계선수권대회에 출전했을 때였다. '이번에는

반드시…' 라는 신념으로 이를 악물고 경기에 임했으나 김수녕, 이
은경 등 후배들에게 밀리고 말았다. 또다시 '만년 우등생이지만 일
등 한 번 못한다'는 수군거림을 들어야만 했다. 우리 나라가 단체
전에서 우승, 출전하지 않고 엔트리에 포함된 덕택에 받은 금메달
한 개만을 초라하게 목에 걸고 김포공항에 내렸을 때, 그녀의 얼굴
은 화끈 달아오르기조차 했다.

자신은 정말로 양궁에 소질이 없다는 생각까지 들어서 선수 생
활을 포기할까 망설이기도 했다. 그럴 때마다 아버지가 눈을 감으
면서 남긴 마지막 유언이 떠올랐다. 물론 아버지의 유언은 국가대
표팀에 복귀하라는 것이었다. 그러나 그 밑바닥에 깔린 아버지의
기대치를 그녀는 알고 있었다.

바르셀로나 올림픽에 나설 때까지만 해도 대부분의 사람들은 그
녀의 우승을 상상조차 못했다. 그러나 새로 확정된 올림픽 피타 라
운드 방식은 기량보다는 배짱을, 배짱보다는 독기를 요구했다. 종
래의 그랜드 피타 라운드 방식은 24강에서 16강, 8강, 4강, 마지막
으로 결승전을 벌이는 등 순위 결정전을 벌이는 것이지만, 올림픽
피타 라운드 방식은 32강을 가려낸 뒤 1대 1 토너먼트를 펼치는 것
이다. 결국 강철같은 심장과 숱한 좌절 속에 다져진 신념은 그녀에
게 '역전 인생' '눈물의 대기만성'이란 별명을 붙여 주었다. '포기하
고 싶다'는 마음조차 포기하지 않은 그녀였기에 그 승리는 참으로
위대했다.

스포츠맨에게 무엇보다 중요한 것은 시련이나 약점, 불행을 딛고
일어서는 용기이다. 적어도 스포츠의 세계에서는 변명이 통하지 않
기 때문이다. '나는 안돼' 라고 생각하기에 앞서, 그리고 왜 안되는

가를 따지기에 앞서 '나는 할 수 있다'라는 용기를 앞세울 때 승리의 여신은 다가오는 것이다. 비록 경기에서 패하더라도 최선을 다한 사람은 그 자체가 자랑스러운 것이다.

미국의 프로 권투 선수 마이크 타이슨은 '심판을 믿지 못하기 때문에 KO로 승부를 낸다' 라고 말한다. 그러나 진짜 심판은 자기 자신이며 경기를 지켜보는 관중들이다. 가정 환경이나 운동 환경, 신체 조건의 어려움 등 갖가지 핸디캡을 딛고 일어서는 의지와 열정이야말로 가장 값진 스포츠인의 재산인 것이다. 성공한 사람들이 핑계를 끌어들이지 않는 이유도 여기에 있다.

'영광'을 버릴 줄 아는 지혜

발명왕 에디슨은 언젠가 은행에서 수표를 찾을 때, 이름을 묻자 그만 자기 이름이 생각나지 않아 집에 달려가 문패를 보고 왔다는 일화가 있다. 베토벤은 산책 중에 언제나 윗저고리를 숲에 벗어 놓은 채 돌아오기가 일쑤였고, 세계 제일의 박식가라는 리프레는 자기 집 전화번호를 외지 못해 봉변을 당하는 일이 많았다. 슈베르트 또한 자기가 작곡한 작품을 잊어버리고 "저게 누구의 작품이냐. 참 아름다운 곡이다" 라고 본의 아닌 자화자찬을 늘어놓은 적이 있다고 한다.

아무리 완벽한 사람이라도 건망증은 누구에게나 있게 마련이다. 그래서일까, 흔히들 건망증은 바보보다 천재들의 병이라고 한다. 스포츠인에게도 건망증은 있어야 한다. 한때의 실패나 영광에 집착하여 노력을 게을리 해서는 안되기 때문이다.

우리는 승리의 한 순간을 경험하고 나서 선수 생활의 모든 영광을 얻은 듯 도취되었다가 이내 슬럼프에 빠지고 결국에는 선수로서의 생명마저 끝내는 경우를 종종 본다. 그러나 승리는 그 자체가 영광스러운 것이긴 해도 결코 마지막은 아니다. 스포츠가 승리만을 위해 존재하는 것은 아니기 때문이다. 스포츠 역시 인생의 일부분이기에 진정한 승부는 마지막 인생에서 판명된다. 한 인간의 진정한 가치는 관 뚜껑을 덮고 난 뒤에야 비로소 여무는 법이라는 말을 떠올리면 쉽게 이해된다.

원로 역도인 김성집은 무려 20년간에 걸쳐 올림픽에 도전한 끈기 있는 스포츠인이다. 그는 특히 1948년 런던 올림픽에서 복싱의 한수안과 함께 건국 후 최초의 동메달을 따는 영광을 누렸지만 그에 만족하지 않고 끊임없이 재도전한 신화를 만들어 냈다.

런던 올림픽은 우리가 태극기를 앞세우고 첫 출전한 국제 스포츠 무대였다. 거기에는 일제 35년간 맺혔던 한과 신생 독립국의 의지가 한껏 서려 있었다. 그러기에 태극기 아래 시상대에 올라선 그는 눈시울을 적시면서 "이것이 바로 조국이구나. 이것이 바로 그토록 갈망하던 광복의 기쁨이로구나" 라고 읊조렸다. 신생 조국 젊은이의 기상을 세계 만방에 과시했다는 자부심으로 가슴 뿌듯함을 느꼈던 것이다. 당시 우리의 성적은 동양권에서는 금메달 1개를 딴 인도 다음으로 좋은 성적이었다.

그러나 그는 만족하지 않았다. 17세 때 일본으로 건너가 1936년 베를린 올림픽 파견 일본 대표 선발전에서 1위를 차지하고도 일본 선수단에서 역도 종목이 빠지는 바람에 올림픽 무대에 데뷔할 기회를 놓쳤던 기억을 되살렸다. 당시 그의 기록은 세계 5위에 해당했다. 더욱이 그의 마음 한구석에는 런던 올림픽에서 이집트 선수와 똑같이 380킬로그램을 들었으나 체중이 가벼워 행운의 동메달을 획득한 것이지 진짜 승부에서 이겨서 획득한 것은 아니라는 마음이 자리잡고 있었다. 당시 1위는 390킬로그램을 든 미국 선수 스펠만이었고, 2위는 그의 기록보다 불과 2킬로그램 많은 382킬로그램의 미국 선수 죠지였다.

다시 한번 올림픽에 도전하겠다는 투지를 불태운 그는 차기 올림픽이 열리기까지 4년 동안 하루도 바벨을 놓지 않았다. 이곳 저곳에서 동메달 획득을 축하하는 자리를 마련했지만, 그는 거의 얼굴을 내밀지 않았다. 스스로 영광의 자리에서 내려선 것이다.

1952년 헬싱키 올림픽에 출전했을 때, 그의 나이는 33세였다. 그러나 이번에도 그에게는 행운이 뒤따랐다. 4년 전과 똑같이 미들급에 출전한 그는 1위를 차지한 미국의 죠지(400킬로그램), 2위인 캐나다의 그라톤(390킬로그램)에 이어 이집트 선수와 똑같이 382.5킬로그램을 들었는데 체중이 가벼워 동메달을 따낸 것이다. 운명이라고 할까, 김성집이 올림픽에서 연속 획득한 동메달 2개에는 이집트 선수의 눈물이 짙게 깔려 있었던 것이다.

그의 올림픽 도전은 4년 후인 멜버른 올림픽까지 이어졌다. 그러나 이미 세계 역도계는 초기 과학화 시대에 접어들었고 37세의 그는 역도 선수로는 노인이었다. 이 대회에서 그는 380킬로그램을 들어 5위에 머무르고 말았다.

1964년 동경 올림픽 레슬링에서 은메달을 획득한 장창선 역시 선배들의 투혼을 이어받아 영광의 자리에 머물기를 사양했다. 우리나라가 올림픽에서 첫 금메달을 딴 것은 1976년 몬트리얼 올림픽에서 레슬링의 양정모였다. 그리고 첫 은메달은 이보다 14년 전인 1956년 멜버른 올림픽에서 복싱의 송순천이었다. 그만큼 올림픽에

1992년 바로셀로나 올림픽 마라톤에서 '몬주익의 신화'를 만들어 낸 황영조

서 금메달은 우리의 숙원이었다. 장창선이 동경 올림픽에서 복싱의 정신조와 함께 은메달을 획득했을 때, 국민의 기쁨은 이루 말할 수 없었다. 비록 금메달은 아닐지언정 국민들은 마치 자기가 메달을 딴 것처럼 흐뭇해 했다.

그러나 국민들의 성원이 가열될수록 장창선은 자신이 정상의 자리에 올라서지 못한 것이 못내 아쉬웠다. 운동 선수로서 인생의 가장 큰 목표로 꿈꿔 볼 만한 것이 올림픽 금메달리스트이긴 해도, 그는 세계를 제패했는가 못했는가 하는 점에 더욱 관심을 두었다. 2인자 자리는 그의 자존심이 허락하지 않았던 것이다.

그는 다시 매트 위를 뒹굴었다. 올림픽 은메달리스트라는 명예를 내팽개치고 연습 벌레라는 딱지가 붙도록 혹독한 훈련과 웨이트 트레이닝에 몰두했다. 후배들도 혀를 내두를 정도로 철저했다. 가끔 영화를 보는 것이 유일한 낙이랄까, 술과 담배, 그리고 여자를 철저히 멀리했다.

레슬링은 체급 경기이다. 잠시라도 긴장을 풀면 컨디션 난조는 물론 체급 유지 자체가 불가능해진다. 때문에 많은 선수들이 사우나를 감량의 주거점으로 삼지만, 그는 한 번도 사우나 도크에 들어가 본 적이 없다. 대신 철저한 훈련으로 몸무게를 조절했다. 허리띠를 졸라맨 지 불과 일 년이 채 안되어 세계선수권대회를 통하여 정상의 자리에 올라선 것은 이같은 철저한 자기 관리의 덕택이었고, 지나간 영광에 매달리지 않겠다는 확고한 의식, 그리고 행동으로 이를 옮기는 의지력의 결실이었다.

1992년 바르셀로나 올림픽 마라톤을 제패함으로써 '몬주익의 영웅'으로 불리며 국민적 사랑을 한 몸에 받았던 황영조가 2년 뒤에 히로시마 아시안게임에서 또다시 우승, 수많은 민족의 영령들을 위로해 준 이면에도 영광의 자리에 안주하지 않으려는 스포츠 정신이 자리잡고 있었다.

그는 한때 은퇴하려 했었다. 일본에서의 발바닥 수술이 성공리에 끝났건만 마라톤을 집어치우겠다고 했던 적이 있었다. 그에 앞서 바르셀로나 올림픽 후 귀국했을 때, 그는 자신을 위한 갖가지 행사에 이런저런 이유를 내세워 참석하는 것을 피했다. 왜 그랬을까. 이유는 간단했다. 자신의 운동을 방해한다고 여겼고 올림픽 금메달리스트라는 명예조차 거추장스럽다고 여겼기 때문이었다.

그는 마라톤을 위해서는 그 어떤 달콤한 유혹도 싫어한다. 마라톤 이외에는 그 어떤 것도 생각하지 않는다. 자신의 마라톤을 방해하는 그 어떤 걸림돌도 수용하지 못하는 이 집념 때문에 간혹 남들에게 이기적인 사람으로 비치기도 했다. 그러나 바르셀로나 올림픽 직후 그의 일기장에는 이미 '세계 최고 기록 수립'이란 새로운 목표가 정해져 있었다.

그는 바르셀로나에서 돌아온 직후, 스스로 올림픽 금메달리스트라는 영예를 벗어 던졌다. 손기정의 베를린 올림픽 마라톤 제패 이후 56년만에 거둔 신화였기에 이곳 저곳에서 그를 불러 격려하고자 했지만 그는 대부분의 시간을 훈련에 몰두했다.

우선 그는 우리 마라톤 선수들의 하루 평균 훈련량인 40킬로미터를 훨씬 뛰어넘는 60~70킬로미터를 달렸다. 일정한 거리를 정해 놓은 시간에 달리는 훈련과 함께 일정한 시간 동안 거리 제한 없이 무작정 달리는 훈련도 감행했다. 아침 7시부터 낮 12시까지 다섯 시간 계속해서 달린다는 것은 인간으로서는 참으로 감당하기 어려운 고통이다. 그런데도 그는 남의 뒤를 따르기보다 선두에 서야 직성이 풀리는 투지를 발동시켜 완주하곤 했다.

"제가 바르셀로나 올림픽에서 우승을 했기 때문에 히로시마에서는 당연히 우승할 것으로 사람들은 믿었습니다. 이것은 저에게 심리적으로 큰 부담과 압박감을 안겨 주었습니다. 그러나 저는 올림픽의 우승을 깨끗이 잊고 눈앞에 닥친 아시안 게임에 최선을 다한다는 생각으로 새롭게 임했습니다. 다행히 결과가 좋았습니다."

물론 황영조가 목표로 삼았던 세계 최고 기록은 수립되지 않았다. 그러나 영광을 잊기 위해 다시 한번 도전한 그의 프론티어 정신이야말로 참다운 스포츠 정신의 표상이라 하겠다. 그래서일까, 미국의 소문난 스프린터 오웬스가 1970년대에 육상 1백 미터 달리기에서 세계 신기록을 냈을 때, 그가 살던 동네에는 그의 우승을 축하하는 구절과 함께 '앞으로의 너의 라이벌은 자만이다' 라는 플랭카드가 걸려 있었던 사실은 시사하는 바가 적지 않다.

인생에는 영원한 영광도, 영원한 실패도 없다. 때문에 영광의 순간은 장차 닥쳐올지도 모를 위기에 도전하는 또 하나의 기회로 삼아야 하고, 실패와 좌절의 순간은 미래의 영광을 위한 도약기로 삼아야 한다. 그래야만 진정한 승리를 하는 삶이 된다. 한때의 영광을 두려움 없이 사회생활을 개척하는 양분으로 삼음으로써 미래로 향해 가슴을 열어 놓는다면 삶의 영광은 저절로 그 안에 들어올 것이다.

성공한 삶을 살아가는 스포츠인들은 한때의 승리나 영광을 지렛대로 삼아 절제와 근면, 성실한 삶의 자세로 일관한 사람들이다. 그들은 무섭게 달아오르던 속도만큼이나 빠르게 식는 '냄비'보다는 뚝배기에 된장 끓이는 듯한 인생기를 택한 사람들이다.

실패와 좌절을 두려워 마라

　고대 그리스의 어느 철학자는 우주를 가리켜 '거대한 리듬의 한 덩어리'라고 정의한 적이 있었다. 밤과 낮의 리듬, 밀물과 썰물의 리듬, 사람의 심장과 호흡의 리듬, 산악과 들판의 리듬, 그 어느 것을 보더라도 거기에는 반드시 리듬이 있게 마련이라는 것이다.

　이러한 리듬은 두 개의 다른 성질이 있을 때 비로소 가능해진다. 예컨대, 들이마시는 것과 내뱉는 것, 이 정반대 되는 운동에서 호흡의 리듬이란 게 생겨난다. 위로 오르는 것과 밑으로 내려가는 것, 여기에서 상승 하강의 파도 같은 리듬이 생겨난다. '어둠과 밝음' '강과 약' '휴식과 노동' '더위와 추위' 등 모든 리듬이 그렇다. 그리고 이런 리듬이 상실될 때 생명은 정지되고 발전은 끝난다.

　인생에도 성공과 실패라는 리듬이 있고, 스포츠에도 승리와 패배라는 리듬이 있다. 그런데도 사람들은 실패하기를 두려워하고 좌절의 늪에 빠지면 모든 것을 잃은 것처럼 삶 자체를 포기하려 한다. 그러나 이 세상에 실패나 좌절 없이 쉽게 이루어지는 일이란 하나

도 없다. 설령 실패나 좌절 없이 손쉽게 이룩한 것이라 해도 그것
은 오래 가지 못한다. 오래 간다고 해도 값어치 없는 결과만이 있
을 뿐이다. 진정으로 인생의 값진 것은 아픔을 통해 이루어지며 또
얻어지는 것이다.

시련과 역경, 실패와 좌절은 마치 용광로의 뜨거운 불을 통과한
무쇠가 강철이 되듯 인간을 강하고 깊게 만들어 준다. 더욱이 실패
의 경험이란 소중한 것이다. 왜냐 하면, 우리는 성공보다 실패에서
많은 지혜를 배우기 때문이다.

이런 이야기가 있다. 길에서 돈을 주운 친구가 몹시 기뻐하는 것
을 보고 자신도 한 번 그런 즐거움을 맛보고 싶다고 생각한 사람이
있었다. 아무리 돌아다녀도 길 위에는 떨어진 돈이라고는 없었다.
그는 할 수없이 자기 호주머니에서 만 원 짜리 지폐를 꺼내 미리
길 위에 놓고 그것을 다시 집어 봤다. 그러나 무척 싱거웠다. 기쁨
을 맛볼 도리가 없었다. 그런데 때마침 바람이 불어 돈이 날아가
버렸다. 그 사람은 한참 동안 돈을 찾아 헤맸고, 그런 못난 짓을 한
것을 후회도 했다. 결국 갖은 고생 끝에 돈을 다시 찾아낸 그 사람
이 이렇게 외치더라고 한다.

"바로 이런 기분이군 그래."

사람은 말로만 들어서는 안된다. 구체적인 체험을 해보지 않고서
는 모르는 것이다. 앙드레 지드는 모래밭의 아름다움을 알기 위해
서는 직접 그 모래 위를 걸어 봐야 한다고 말한 적이 있었다. 개인
의 감정만이 그런 것이 아니라 스포츠 인생도 마찬가지이다.

미국의 세계적인 야구 선수 베이브 루스의 세계 최고 홈런 기록
은 7백14번이지만 그가 1천3백30번이란 세계 최고의 스트라익 아

1976년 몬트리얼 올림픽 유도 은메달리스트 장은경의 공격하는 모습

웃을 당했다는 것을 기억하지 않으면 안된다. 언젠가 누가 "당신의 홈런 기록 비결이 무엇입니까?" 라고 묻자, 그는 "나는 가장 많은 스트라익 아웃을 당할 수 있었기 때문이다" 라고 말한 의미를 되새길 필요가 있다.

우리 나라 최초의 올림픽 금메달리스트인 양정모는 1976년 몬트리얼 올림픽 시상대에서 4년 전의 회한을 떠올리고 감격의 울음을 삼켰다. 그러니까, 1972년은 그의 선수 생활 중 가장 심한 좌절을 느낀 한 해였다. 한때 레슬링에서 떠날 생각까지 했을 정도였다.

1972년은 뮌헨 올림픽이 열리는 해였다. 중학교에 진학하면서 시작했던 레슬링을 총결산하는 올림픽에 출전한다는 꿈에 한껏 부풀어 있던 양정모는 최종 선발전에서 무승부를 기록했으나 계체량에서 가벼워 대표로 선발되었다. 그러나 당시 대한체육회는 기존 방침을 바꾸어 소수 정예를 파견한다는 원칙을 세우고 최종 엔트리에 플라이급과 밴텀급 등 경량급만을 파견하기로 결정했다.

올림픽 출전의 꿈이 하루아침에 무산되고만 양정모의 충격은 실로 대단했다. 그는 거의 일 년을 실의에 빠져 헤맸다. 술을 많이 마실 줄도 모르고 감정을 밖으로 터뜨릴 줄도 몰랐기에 속으로만 울분과 실의를 삭이느라고 정신적 고통이 더욱 심했다. 레슬링을 그만두겠다는 결심도 한두 번 해본 것이 아니었다. 만일 그의 실력을 잘 알고 있는 스승 정동구와 오정룡의 조언과 격려가 없었다면 그는 영원히 묻힌 인생을 살았을 것이다.

"그만한 일로 운동을 포기하겠다니, 그래 부끄럽지도 않냐!"

기회는 다시 찾아온다는 믿음을 심어 준 스승의 가르침도 눈여겨볼 대목이지만, 그보다는 실의를 딛고 다시 매트 위로 돌아온 그의 의지야말로 진정한 스포츠 정신의 표본이 아닐까 싶다.

복싱, 유도, 레슬링, 역도 등 체급을 정해 놓고 싸우는 종목에서 아래 체급 선수가 위 체급 선수를 이긴다는 것이 얼마나 어려운가는 이미 여러 차례 증명된 바 있다. 그러나 1976년 몬트리얼 올림픽 유도에서 동메달을 획득한 조재기는 그 같은 한계를 뛰어넘은 집념과 불굴의 투지를 보였기에 더욱 신선한 충격을 주었다.

당시 지금의 마이너스 95킬로그램인 라이트 헤비급에 출전한 조재기는 출전 선수 35명 가운데 비교적 체격이 작은 편에 속했다. 그는 1차전에서 네덜란드 선수를 맞아 경기 시작 27초만에 밧다리후리기로 한판 승을 거두었으나 2차전에서 이 대회 은메달리스트인 소련 선수에게 유효를 빼앗겨 패함으로써 탈락하고 말았다.

그러나 그는 거기서 물러서지 않았다. 무제한급에 출전시켜 달라는 무언의 항변으로 머리를 빡빡 깎았다. 코칭 스텝 역시 그의 실력보다는 투혼을 받아들여 출전케 했다. 메달을 기대한 것은 아니었다.

자신보다 10킬로그램 정도 무거운 선수들과 싸워야 하는 조재기는 비장한 각오로 임했다. 그러나 준준결승에서 영국 선수에게 발뒤축 걸기로 절반을 빼앗기는 바람에 패하고 말았다. 그러나 그는 끝까지 희망을 잃지 않았다. 패자부활전에서 서독, 아르헨티나 선수를 차례로 물리치고 마침내 동메달을 목에 걸었다. 만일 그가 자신의 원래 체급에서 탈락했을 때 그냥 주저앉았다면 어떻게 되었을까. 말할 나위도 없이 우리는 그를 기억하지 못하고 있을 것이다.

사람의 마음은 갈대와 같다고 한다. 조그만 자극에도 쉽게 흔들리는 존재가 인간이다. 때문에 실패나 좌절의 순간에 맞닥뜨릴 때마다 방황하고 실의에 빠지거나 자학하며, 심지어 생 자체를 포기하고 싶을 때도 있다. 그럴 때마다 우리는 보지도 못하고 듣거나 말하지도 못하는 육체적 고통을 이겨내고 하버드대학에서 문학박사 학위를 받았으며, 미국의 최고 훈장과 자유메달을 수상한 헬렌 켈러의 생애를 반추해 볼 필요가 있을 것이다.

이번에는 1958년 일본 동경에서 열린 아시안게임 마라톤에서 우승하여 일장기를 달고 세계를 제패했던 손기정의 한을 풀어 준 이창훈의 쓰라린 체험을 살펴보자.

양정고보 3년 생으로 1956년 멜버른 올림픽 마라톤에서 보여준 그의 투혼은 많은 사람들의 뇌리에 기억되어 있다. 당시 그는 경기 초반에 페이스 조절이 잘 안됐던지 21킬로미터 지점에서는 5위까지 나섰다가 다시 25킬로미터 지점에서는 10위권 밖으로 밀려났다. 그러나 다시 페이스를 찾아 35킬로미터 지점에서 6위까지 따라붙었고, 골인 지점 2킬로미터를 남기고는 일본 선수마저 제치고 4위로 골인하는 투혼을 보여주었던 것이다.

그가 가슴에 간직한 아픔은 그 다음 해에 일어났다. 고등학교를 졸업한 그는 대학 진학을 희망했다. 마침 스승인 손기정이 고려대 총장 유진오 박사와 이야기가 다 되어 있으니 시험만 치면 틀림없이 합격할 것이라고 했다. 어려서부터 법관이 되는 것이 꿈이었던 그는 부푼 가슴을 안고 법과 대학에 입학원서를 냈

1992년 바르셀로나 올림픽 복싱 준결승에서 미국 선수에게 아깝게 판정패한 홍성식이 얼굴을 감싸며 참담해 하고 있다

다. 그리고 시험을 치렀는데, 결과는 의외로 낙방이었다.

그의 좌절감과 허탈감은 극심했다. 그 동안 운동에만 열중하고 학업을 소홀히 했던 자신이 못내 미웠다. 스포츠에 열중했던 자신의 생활이 허망하기도 했고, 올림픽 4위를 했다는 긍지와 자부심 역시 하루아침에 무너졌다. 그는 불합격 통지를 받은 날부터 달리기 훈련을 포기했다. 그 해 4월에 열릴 보스턴 마라톤대회에 출전하게끔 되어 있었으나 그는 이미 출전을 포기한 상태였다. 그토록 원했던 대학생이 못될 바에야 보스턴 마라톤 우승이란 명예조차 그에게는 아무런 의미가 없었던 것이다.

한동안 담배를 배우고 술을 마시며 공허한 마음을 달랬던 그는

어느 날 자신을 되돌아보고는 깜짝 놀랐다. 언제까지나 방황만 하고 있을 수 없다는 생각이 퍼뜩 든 것이다. 두 달 뒤, 그는 다시 마음을 잡고 방에 틀어박혀 수험 준비에 몰두했다. 그해 6월로 예정된 고려대 상과대학 보결시험을 목표로 삼았다.

공부를 열심히 했던 탓인지, 그는 무난히 합격했다. 그러나 합격 통지를 받은 순간, 그에게는 또 다른 고민이 있었다. 생활 형편이 어려워 스승의 집에서 숙식하고 있는 처지였기에 자연히 스승의 눈치만을 살필 수밖에 없었던 것이다. 그는 스승이 등록금을 마련해 주면서 입학 수속을 밟으라는 말이 떨어지기만을 기다렸다.

며칠이 지난 어느 날, 스승이 돈을 건네주면서 등록하라고 했다. 그는 즉시 날아갈 듯 고려대에 달려가 등록금을 내고 수속을 밟으려 했다. 그러나 결과는 거절이었다. 등록 마감 날짜를 하루 넘겨 입학이 취소되었다는 이야기였다. 당황한 그는 스승에게 급히 연락하여 등록이 받아들여지도록 간청했지만 고려대의 교칙은 엄격했다. 결국 또다시 실의에 빠진 그는 군에 입대하고 말았다. 그러나 한 번 좌절을 딛고 일어선 체험이 있었기에 다시 훈련에 매진하여 그 이듬해 열린 동경 아시안게임에서 2시간 32분 55초라는 아시아 대회 신기록으로 우승, 다시 한번 '마라톤 한국'의 이름을 빛냈다.

끝으로 스스로 '낙제생'이라고 자칭하는 원로 스포츠인 민관식의 삶을 보자. 그는 제일고보 시절, 개구쟁이로 교내외에 이름을 떨쳤던 문제아였다. 고향인 개성에서 서울까지 편도 2시간씩 기차 통학을 하며 학교를 다녔는데, 기차 안에서 여학생 놀려 주기 등 안 해본 장난이 거의 없을 정도였다. 시말서를 15번이나 쓴 끝에 학교의 명예를 실추시켰다고 해서 3학년이던 1934년에는 정학처분을 받아

유급 되고 말았다.

그러나 이같은 불명예가 그에게는 하나의 재산이 되었다. 그의 고백대로 유급은 그의 인생에서 크나큰 사건이요 중요한 찰나였던 것이다. 왜냐 하면, 시련이 닥쳐올 때마다 그것을 이겨내는 '반성-분발-재기'라는 인생철학을 가져다주었기 때문이다.

그 뒤 3년을 재수할 결심을 하고 학업에 몰두한 그가 당시 명문이었던 수원농과대학, 경도(京都)대학에 진학하여 장학금까지 받자, 학교 선생님은 물론 주위의 모든 이들이 입을 다물지 못했다고 한다. 말하자면, 많은 사람들이 실패를 겪고 좌절할 때 그는 오히려 분발과 자성의 계기로 삼고 노력했던 것이다.

스스로 실패하기를 원하는 사람은 없다. 성공을 원치 않는 사람이 있다면 그것은 자기 자신을 속이는 일이다. 성공은 누구나 원하고 있으며, 인생에서 가장 소중하게 여겨지는 단어 중 하나이다. 그러나 성공에는 지름길이 없다. 있다면 오직 실패와 좌절을 체험하는 것뿐이다.

미국의 철강왕 카네기가 성공의 비결을 물었을 때 '보통 사람들보다 아주 조금만 보다 양심적으로 노력했을 뿐'이라고 했다. 그러나 그 노력의 뒤안길에는 그가 자철광에서 철을 분리하는 광산 사업을 하고 있을 때 미네소타주에서 철이 무더기로 나오는 바람에 주가가 폭락하여 8년 동안의 노력과 재산을 하루아침에 날렸던 아픔이 있다. 그래서일까, 그의 묘비에는 '여기에 자신보다 현명한 사람들을 주위에 모으는 방법을 알고 있었던 한 사람이 누워 있다'고 새겨져 있다. 실패와 좌절을 딛고 일어서는 용기와 현명한 지혜를 되새겨 주는 이야기이다.

벗이여, 그대의 소중함을 잊지 못하리

에베레스트 정상을 눈앞에 두고 등정을 준비하고 있던 두 명의 일본 여자 등반 대원과 한 명의 셀퍼도 당황하지 않을 수 없었다. 준비해 간 3인분의 산소가 2인분밖에 남지 않아 대원 중 누군가가 등정의 영광을 포기하지 않으면 안되었기 때문이다. 5년간에 걸친 아르바이트로 등반 자금을 모아 넉 달 반에 걸친 등반 끝에 정상을 눈앞에 둔 알피니스트에게 이 영광을 포기한다는 것은 죽는 것보다 싫었을 것이다.

A대원이 베이스캠프에 있는 대장에게 무선전화를 걸어 등정은 다른 B대원에게 맡겨 달라고 했다. 이 전화를 옆에서 듣던 B대원은 무전기를 가로채고는 이미 A대원으로 결정했다고 했다. 영광을 서로 사양한 것이다. 대장은 이 전화를 받으면서 엎드려 울었다고 한다.

현지 사람들은 히말리아의 여신은 투정이 심해 여자를 정상에 올려놓지 않는 것으로 믿고 있다. 그런데 그 여신이 여자로 하여금

최초로 그 최고봉을 밟도록 허락한 데는 이 여신을 감동시키기에
충분한 무엇이 있었기 때문일 것이다.

등반 중 장비 담당이었던 C대원은 그의 약혼자가 다우라기리봉
에서 조난 당해 사망했음을 라디오로 들었다. 그녀는 네팔의 수도
카투만두에 달려가 약혼자의 화장을 마치고 그 유해의 일부를 품
에 지닌 채 지체없이 복귀하여 그가 맡은 책임을 이행함으로써 등
반 일정에 차질을 내지 않았다고 한다.

에베레스트 여신을 감동시킨 것은 무엇일까. 동양 여자만이 지닐
수 있는 끈기와 인내일까, 아니면 극한상황에서도 발휘할 수 있는
우정과 책임의 끈질김일까. 전 세계인이 이 등정에 찬사를 보낸 것
은 극한상황에서 이타심을 이기심에 우선시킨 용기, 그리고 그렇게
할 수 있는 인간적 성숙 때문이다. 등정의 영예와 연인의 죽음이
가져온 상심을 우정과 책임에 희생시킬 수 있었던 데서 큰 성과를
거두지 않았을까 싶다.

세상은 혼자 살아갈 수 없다. 우리가 한 평생을 사는데 가장 큰
축복은 건강이지만 그 다음은 좋은 사람을 만나는 것이다. 좋은 부
모, 좋은 스승, 좋은 친구 등 좋은 사람을 단 한 사람이라도 만날
수 있다면 그것은 커다란 축복이다. 특히 위기에 처했을 때 위험을
나눌 수 있는 진정한 벗이란 참으로 소중한 존재이다. 왜냐 하면,
벗은 내 삶의 또 하나의 동반자이기 때문이다. 자신을 비춰 볼 수
있는 거울이라고나 할까.

우선 스포츠 세계에서의 우정이란 참으로 각별하고 남다르다. 오
랜 합숙생활을 통해 한솥밥을 먹고 한 방에서 자며 한 훈련장에서
뛰고 달리고 호흡을 맞추면서 키운 우정이기 때문에 그만큼 동료

애가 유별하다. 어떤 면에서는 가족보다도 서로를 잘 알고 더 가까이 느낄 수도 있다. 그러면서도 승부의 세계이기에 선의의 라이벌 관계를 이루게 되는 경우가 많다. 흔히 학창 시절에 한 팀에서 생활하다가 사회에 나와 라이벌 관계의 선수나 지도자로 갈라설 경우, 인간적인 측면에서도 라이벌 감정이 치열할 것으로 짐작하기 쉽다. 그러나 경기에서 승패를 가르는 라이벌일 뿐 인간적인 면에서는 결코 라이벌이 될 수 없는 것이 스포츠의 매력이다.

요즘 한창 인기를 모으고 있는 겨울철 스포츠 농구에서 최대의 라이벌인 현대와 삼성을 보자. 한때 양 팀 코치를 맡았던 김인건과 방열은 경복중·고등학교와 연세대 동기 동창이다. 방열이 1년 선배였으므로 두 사람은 중·고등학교 5년과 대학 4년 동안 친형제만큼 가깝게 지냈다. 대학에서 학과가 달라 공부를 함께 할 기회는 중·고등학교 시절뿐이었지만 운동만은 언제나 한 팀이었다. 국가 대표로 선발되어 태극 마크를 함께 달기도 했다. 다른 점이 있다면, 한 사람은 전형적인 모범생 스타일이고, 다른 한 사람은 약간 다혈질이라고나 할까.

그러나 대학을 졸업한 이후의 진로는 두 사람을 한때 라이벌로 만들었다. 사람들이 현대 농구 팀을 맡은 방열과 삼성 농구 팀을 지도한 김인건을 입방아에 올렸던 것이다. 물론 두 사람은 상대방을 이기기 위해 최선을 다했다. 게임 결과, 방열이 맡은 현대 농구 팀의 완승으로 끝나자 김인건은 적지 않게 괴로워했고, 그 소식을 들을 때마다 방열 또한 마음이 무척 아팠다고 한다. 그러나 그것뿐이었다. 두 사람은 사석에서 만나면 여전히 친형제 같은 선후배일 뿐이었다. 때문에 술자리가 있게 되면 입을 모아 한 팀에서 뛰기를

1992년 바르셀로나 올림픽 핸드볼에서 우승을 차지한 선수들이 얼싸안고 기뻐하고 있다

갈망한 적이 한두 번이 아니라고 한다.

1930년대에 천하장사로 이름을 떨친 스포츠인 엄동원은 후배 김윤근을 무척 아꼈다. 함흥이 고향이던 김윤근은 씨름 선수였는데, 그의 사람 됨됨이를 한눈에 알아보고는 서울로 불러와 유도계에 입문시켰다.

엄동원은 연희전문에 진학한 김윤근에게 자신이 입던 교복을 고쳐 입혀 주기도 했고 학비를 마련해 주기도 했다. 여름방학이 오면 같이 지방으로 돌아다니며 학생들에게 씨름과 유도를 가르치면서 학비를 벌었다. 이렇듯 친형제나 다름없이 지냈던 김윤근이 6·25 때 장교로 임관되어 참전을 했다가 부하의 잘못으로 처형되는 비운을 맞고 말았다. 그의 사망 소식을 전해들은 엄동원은 그의 죽음이 마치 자신의 탓인 양 비통해 했다. 서울로 불러오지 않았더라면

젊은 나이에 세상을 떠나는 비운은 면치 않았겠는가 하는 생각에
서였다.

'친구에는 세 종류가 있다. 빵과 같은 친구는 늘 필요하다. 약(藥)
과 같은 친구는 가끔 필요하고, 병(病)과 같은 친구는 될수록 피하
라'는 서양의 속담이 있다. 좋은 친구는 정성껏 가꾸되, 나쁜 친구
를 조심하라는 뜻이다. 그러나 적은 멀리 있는 것이 아니라 늘 가
까운 곳에 있기 쉽다. 어쩌면 자기 자신 안에 있는지도 모른다.

1979년 파리 교외에 있는 아베롱의 대삼림 속에서 열두 살쯤 되
어 보이는 야생아가 발견된 적이 있었다. 이 때 청년 의사 이타르
는 이 야생아를 파리의 농아원에 수용하여 인간으로 복귀시키고자
평생을 바쳤다. 이 야생아는 40세까지 살다가 죽었는데, 결론은 인
간 복귀가 불가능하다는 것이었다. 단 하나 인간성을 복귀시킬 수
있었다면, 오직 수치심의 회복뿐이었다. 그 야생아는 아래 바지가
더러워져 벗기려면 한사코 거절했고, 강제로 벗기면 눈을 가리고
방구석이나 침대 밑에 들어가 숨곤 했다. 이 실험을 두고 의사 이
타르는 사람에게 있어서 수치심은 그 어떤 다른 감정보다도 원천
적이고 선행되는 감정이 아닌가 싶다고 결론지었다.

이런 이야기도 있다.

옛날, 어느 외진 시골에서 시집가지 않은 처녀가 아이를 낳게 되
었다. 부모는 집안 창피라고 펄쩍 뛰면서 상대방 남자가 누군가를
추궁하자, 딸은 절의 스님이라고 거짓말을 했다. 마을 사람들이 평
소에 받들어 모시는 스님이라고 하면, 자기의 저지른 실수가 그만
큼 용서받을 수 있을지 모르겠다는 생각에서 그런 것이다. 딸이 아
이를 낳자 부모는 절을 찾아가 온갖 욕설을 퍼붓고 네가 만든 아이

이니 네가 기르라고 갓난아기를 내동댕이치고 돌아왔다. 그런데 스님은 욕이란 욕을 묵묵히 들어가며 한 마디 변명도 않고 그 갓난아기를 자기 손으로 키웠다.

일 년 후, 처녀에게 아이를 배게 하고 떠났던 남자가 돌아와 스님에게 깊이 사과하고 성장한 아기와 함께 돌아갔다. 그 후 마을 사람들이 스님의 높은 덕을 더욱 숭앙하게 되었음은 물론이다. 억울한 일을 당해도 자기의 양심에 어긋남이 없다면 당황할 필요 없이 묵묵히 견디어 내는 것이 좋으며, 억울한 누명은 언젠가는 풀리고 만다는 것을 뜻하는 일화이다.

인간이 인간답게 살아가는가 아닌가를 판단하는 기준은 상식과 양식의 선이다. 친구를 사귈 때도 마찬가지이다. 나 자신이 상대방에 대해 수치심을 느끼지 않고 양심의 뜻대로 행동할 수 있다면 그것이야말로 가장 신나게 인생을 사는 비결일 것이다.

예컨대, 누가 보더라도 상식의 선에 어울리는 일을 하면 마음이 홀가분해지고 마음의 밑바닥에서부터 힘이 솟는 듯하면서도 신나고 살맛이 난다. 반대로 함량 미달이거나 기준치에 뒤떨어지면 가책을 느끼면서 마음과 행동이 위축되어 우울하고 불안하게 된다. 설사 자기가 뜻했던 일이 성공하더라도 마음 한구석이 왠지 꺼림칙하고 즐겁지가 않다.

우리 나라 최초의 프로 복싱 세계 챔피언 김기수의 경우, 챔피언이 된 것은 그의 기량과 투혼만이 아니었다. 그가 경희대에 재학중일 때 학교에서 훈련비를 수령했는데, 경리과장의 사무 착오로 5만 원 줄 것을 50만 원 지급한 적이 있었다. 집에 돌아와 그 사실을 발견한 그는 즉시 학교를 찾아가서는 반환한 적이 있다.

어쩌면 그가 오늘날까지 절제와 근면, 성실로 일관해 오면서 모범적인 삶을 살아올 수 있었던 원동력도 여기에 있는지 모를 일이다. 그리고 스포츠인으로서 성공하려면 노력과 근면, 술, 담배, 쾌락을 멀리하는 절제 생활이라고 강조할 수 있는 것도 그같은 자신감에서 잉태된 결과일 것이리라. 스포츠인이면서도 한 사람의 사회인으로 성공한 그의 신화는 바로 양식과 상식을 존중하는 태도, 가난을 딛고 일어설 수 있었던 투지와 용기, 그리고 교만하지 않는 겸허한 태도가 일구어 낸 것으로 짐작된다.

물론 세상 사람들이 모두 나처럼 착하지 않다고 말하는 경우를 종종 보게 된다. 세속에는 가까운 벗으로부터 배반당하고 불행해지는 사람이 결코 적지 않다. 따라서 양식과 상식을 강조하는 태도는 세상 물정을 모르는 소치일지 모른다. '나의 친구는 누구인가?'라고 자기에게 묻기 전에 '나는 너의 친구인가?'부터 되물어 보자.

끝없는 모험, 끓어오르는 정열

네덜란드의 어느 유명한 의사가 70세로 세상을 떠났을 때의 이야기이다. 그의 유산이 경매에 붙여졌을 때, 굳게 봉인된 책이 한 권 나왔다. 제목은 『의학의 가장 중요하고 심오한 비법』이라고 적혀 있었다. 그는 무척 고명하고 유능한 의사였기 때문에 사람들은 그 책 안에 지금까지 세상에 알려지지 않은 의학적 비방이 적혀 있을 것이라고 믿었다. 사겠다는 사람이 너무나 많아 그 책은 무척 고가로 낙찰되었다. 그리고 그것을 산 사람은 세계 최대의 보물을 손에 넣었다는 기대에 부풀어 있었다.

집에 돌아와 봉인을 뜯었다. 그런데 책은 모두가 백지였고, 다만 한 페이지에 커다란 글씨로 다음과 같이 적혀 있었다.

'머리를 식히고 다리를 따뜻하게, 그리고 몸을 웅숭거리지 말라. 그러면 당신은 세상의 모든 의사를 비웃을 수 있을 것이다.'

말하자면 평소의 건강만이 모든 병으로부터 벗어나는 최고의 의술이라는 이야기이다. 다만 너무나 평범해서 사람들은 그것을 비방이라고 생각하지 않을 따름이었다. 흔히 대학 입시에 수석 합격을 하게 된 비결이 무엇이냐고 물었을 때, 사람들은 특별난 방법이 있을 것으로 기대한다. 그러나 수석 합격자들은 거의 예외 없이 그날 그날 배운 학교 공부를 열심히 예습과 복습을 했을 뿐이라고 말한다. 한마디로 건강이나 지식이나 세상에는 왕도가 없다.

스포츠의 세계에도 지름길이 없기는 마찬가지이다. 다만 무슨 일이든지 뜨겁게 타오르는 정열이 없다면 아무것도 이루어 낼 수 없다. 승부욕이나 투지, 좌절을 극복하는 힘, 불굴의 의지 등 모든 것이 정열에서 나온다. 때문에 훌륭한 스포츠맨은 하나같이 정열적인 사람들이다.

원로 씨름인인 강용호의 정열적인 삶을 보자. 그는 일곱 살 때 장터에서 벌어진 아기씨름 대회에서 열다섯 명의 상대를 모래판에 집어던진 타고난 씨름꾼이었다. 불과 1백68센티미터의 단신으로 1950년대의 모래판을 주름잡은 천하장사였다. 체격으로만 따진다면 도저히 싸움이 되지 않을 상대방을 훌쩍훌쩍 모래판에 눕히는 그야말로 살아 있는 전설의 주인공이었다.

그의 야성과 열정은 오히려 현역에서 은퇴한 뒤에 더욱 빛을 발했다. 지도자의 길에서, 그리고 경기단체의 멤버로서 씨름 인생에 온갖 정성을 다 쏟은 그는 61세가 되던 1993년에 '씨름 선수들의 기능 수준에 따른 반응시간 및 인지심리적 특성'이란 제목의 논문을 발표하고 국내 최초의 '씨름 박사'가 되어 또 한번 사람들의 주목을 끌었다. 논문은 그의 지식만으로 채워진 것이 아니었다. 평생을 모래판에서 살아오면서 현장에서 보고 듣고 분석한 땀의 열기가 생생하게 담겨 있었고, 61세라는 노령임에도 불구하고 학문에 몰두했던 만혼의 투혼이 서려 있었다. 무엇보다도 씨름을 사랑하고 씨름을 좋아했던 그 정열이 없었다면 불가능한 일이었던 것이다.

우리 나라 육상 단거리계의 상징적인 인물이었던 김유택은 선수 시절에 육상 단거리의 독보적인 존재로 군림했지만, 지도자로서 수많은 문하생을 배출하는 등 평생을 육상계에 몸바친 열정의 화신이었다. 그가 제자들에게 해주는 말은 늘 똑같아서 유명하다.

"안된다고 생각하면 세상에 되는 일은 아무것도 없다. 나 역시 된다고 생각하고 모든 것을 해 왔다. 그래서 기록이 좋은 것이다. 앞으로도 물론 그렇게 살기로 작정했다."

배재고보를 거쳐 경성고등사범을 졸업한 1939년에 그가 수립한 1백 미터 기록은 10초 5였다. 이 기록은 당시 일본 최고 기록이었고, 1966년 방콕 아시안게임 최종 선발전에서 10초 3을 기록한 정기선에 의해 깨질 때까지 30여 년 동안 한국 최고의 기록으로 자리잡고 있었다. 은퇴 후에는 육상 지도자로서 광복 후 육상 단거리 부문을 휩쓸었던 김창근, 김인기, 1960년대의 톱 스프린터 정기선, 그리고 1970년대에는 1978년 방콕 아시안게임 단거리 부문에서 최초로 은메달과 동메달을 획득한 이은자, 서말구 선수 등을 길러 냈다. 특히 정기선을 발굴해 내고 그로 하여금 자신이 세운 기록을 깨뜨리게 함으로써 그는 지도자로서의 보람을 만끽했다. 그야말로 '후배인 그는 갈수록 커져야 하고, 선배인 나는 갈수록 작아져야 한다'고 믿었던 세례자 요한과 같은 지도자였던 것이다.

이밖에 성공한 스포츠인 가운데 정열의 진가를 보여주지 않은 인물은 거의 없다고 해도 과언이 아니다. 아니, 스포츠를 한다고 하면 그것은 반드시 열정을 동반하는 게 필수적이다. 예를 들어보자.

현역 시절, 한국 복싱 사상 가장 우수한 복서라는 평을 받았던 1956년 멜버른 올림픽 은메달리스트인 송순천이 스승인 노병렬과 만난 지 얼마 되지 않아서였다. 정복수, 한수안 등을 키운 맹장 노병렬은 운동을 시작한 송순천을 지켜보다가 3일만에 스파링을 시켜 보고는 사이드 스텝을 경쾌하게 밟아야 상대의 공격을 효과적으로 피하고, 그래야만 반격의 실마리를 잡을 수 있다고 넌지시 가르쳐 주었다.

그 다음날, 송순천은 스승이 던진 말의 의미를 새겨 보고는 동대문시장으로 달려나갔다. 그리고 한낮에 사람들이 한참 붐빌 때를 골라 사람 피하기 훈련에 몰두했다. 을지로에서 동대문시장을 한바퀴 돌고 도장으로 돌아오는 코스였다. 행인을 만날 때마다 살짝살짝 옆으로 피해서 부딪치지 않으려고 노력했다. 좁은 시장 안에 들어서는 사람들로 길이 막히면 가볍게 뒤로 물러선 다음, 좌우로 날쌔게 몸을 옮겨 맞은 편에서 오는 행인을 피하고, 뚫고 전진할 틈이 없다 싶으면 사람과 사람 사이를 누비듯 스텝을 밟고 좌우로 빠져나가 상대를 피하는 요령을 익혔다.

사람들은 그를 가리켜 '이상한 사람'이 아니냐는 눈초리를 보냈다. 그러나 송순천은 개의치 않았다. 시장 안의 모든 사람이 입을 모아 그를 '미친 사람'처럼 취급해도 훈련을 하겠다는 그의 열정을 꺾을 수는 없었으리라. 그러나 사범이 던진 의미는 그것이 전부가 아니었다. 승부의 세계에서는 승리의 기쁨을 맛보기 전에 먼저 패전과 좌절의 아픔을 추스리고 극복하는 지혜를 터득해야 하는데, 그것의 산 교육장이야말로 바로 치열한 생존 경쟁의 시장 터이기 때문이었다. 정열은 반드시 스포츠 경기에만 요구되는 것은 아니

1985년 히말라야의 거봉 로체셜에 무산소 등정을 도전하고 있는 산악인 허영호

다. 또 스포츠에 대한 애정만을 의미하지도 않는다. 모험을 즐기는 사람이라면 누구나 갖추어야 할 덕목이고, 기록이나 승부에 도전하는 사람 역시 마찬가지이다. 무엇보다도 자기 자신과의 한계 싸움이기에 더욱 값지고 보람과 즐거움을 제공한다.

흔히 사람들은 산에 오르는 산악인들에게 "무엇 때문에 그토록 많은 위험을 무릅쓰고 높은 산봉우리에 오르는가?"라는 질문을 던지곤 한다. 혹자는 '산이 거기에 있기에 간다'고 하고, 혹자는 '사람들을 충동하여 세계 최고봉에 달려가게 하는 힘은 인간을 동물보다 탁월하게 하는 것과 같은 힘'이라고 한다. 1993년 우리 나라로서는 처음으로 여성 원정대를 이끌고 에베레스트를 등정했던 지현옥은 산에 대한 정열의 근원을 다음과 같이 설명하고 있다.

"사는 일이란 어떤 난관을 넘어서려고 노력하는 일련의 과정이다. 산과의 싸움, 그것은 내게 가장 큰 난관이고 가장 큰 삶으로 와

닿는다. 육체적 고통과 고독 속에서 삶에 대한 정열과 애정이 피어나는 것을 느낀다. 살아남기 위해서는 항상 자신을 객관적으로 바라볼 수 있어야 하는데, 자신을 끊임없이 되돌아보게 해주는 것이야말로 곧 등반이다."

그렇다면 산악인 허영호가 세계 6대륙의 최고봉을 잇달아 등정한데 이어 남극과 북극을 횡단한 것이나, 1970년 방콕 아시안게임에서 수영 2관왕을 차지하여 '아시아의 물개'라 불린 조오련이 대한해협을 헤엄쳐서 건너는 등 모험적인 삶을 즐기는 이유와 그것을 가능케 해주는 원동력은 무엇일까. 또 1977년 한국 최초로 에베레스트 정상에서 태극기를 펄럭이며 한국인 불굴의 정신을 전세계에 알렸다가 매킨리봉에서 조난을 당해 32세의 아까운 나이에 산에 묻힌 고상돈, 그리고 최근 뗏목 해모수호로 옛 발해인의 뱃길을 재현하려 했다가 풍랑을 만나 동해 바다에 혼을 바친 주인공들이 죽음이란 위험을 무릅쓰고 도전한 힘의 원천은 어디에 있을까. 그들이 자신의 앞길에 죽음이 기다리고 있다는 것을 알았더라도 도전했을까.

도전은 투지와 용기를, 그리고 순수한 개척의 심혼을 지닌 사람만이 할 수 있다. 그리고 도전은 많은 사람들에게 용기와 긍지, 하면 된다는 자신감을 심어 준다. 우리의 삶은 벼랑과 골짜기, 소용돌이치는 계곡의 급류가 어우러진 도전에의 길이다. 그러나 그 길목에 서서 기다릴 수만은 없다. 어차피 뚫고 가야 한다면, 열정으로 행동하고 삶이라는 여정을 기름지고 즐겁게 만들어 주는 게 현명할 것이다. 인간의 미래는 아무도 모른다. 자신의 미래를 모험심과 정열로 도전하면서 살아갈 때 삶의 보람과 기쁨과 의미가 있다.

이젠 생활체육의 한 가운데 서서

문화를 비유적으로 크게 나눈다면, '누워 있는 문화' '앉아 있는 문화' '서 있는 문화' 등 세 종류가 있을 것이다. '누워 있는 문화' 는 조용히 인생을 사색하며 어제와 내일을 마음속으로 그려보는 것으로서, 추억과 꿈의 문화이며 휴식과 안정을 탐구하는 내면의 문화이다. 이 문화의 주인공들은 개인이다.

'앉아 있는 문화'는 생각하면서도 끊임없이 손을 움직인다. 마치 책상에 앉아 사무를 보거나 영화를 보기도 하고 회의하는 것처럼 '누워 있는 문화'와는 달리 집단적인 사회성을 띠고 있다. '서 있는 문화'는 완전히 행동적인 문화이다. 서 있는 사람은 항상 움직인다. 보행이 생활의 리듬이며 그 본질이다. 때문에 노동과 행동을 통해서 인생의 힘을 갈구하는 문화이다.

그렇다면 우리의 문화는 어디에 속할까. '누워 있는 문화'에서 '서 있는 문화' 쪽으로 옮겨가고 있지 않을까 싶다. 고시조를 보면, 유난히 '낮잠'이란 말이 많이 나오듯이, 우리의 옛 문화는 '누워 있는 문화'였다. 그러다가 '앉아 있는 문화'로 옮겨갔는데, 책을 보기보다는 극장 의자에 앉아 영화를 보는 사람들이 많아지게 된 것이다. 집안에서도 아랫목에서 베개를 베고 있기보다는 소파에 앉아 있는 시간이 많았다. 요즘에는 완전히 '서 있는 문화' 패턴이다. 공휴일이나 연휴가 되면 으레 야외나 산으로 놀러 가서 도시는 죽은 도시처럼 텅 비고 산과 들에는 인파가 몰리고 있다. 건강과 레저가 어떤 자산보다도 소중하다는 것을 깨달은 결과이다.

'서 있는 문화'는 스포츠의 문화이기도 하다. 차고 달리고 뛰고 던지는 등 항상 몸을 움직인다. 소수의 뛰어난 선수들을 중심으로 한 엘리트 스포츠에서 일반 국민 모두가 참여하는 생활체육이 활발해지고 있는 것도 그 연장선상에서 해석될 수 있는 움직임이다.

스포츠의 라틴말 어원은 본래 '일에 지쳤을 때 기분 전환을 위해 무엇인가 하는 일'이란 뜻이었다고 한다. 그런데 운동경기를 좋아하는 영국에서 이 말이 소수의 선수들만이 하는 운동경기의 스포츠란 뜻으로 정착되고 말았다. 그러다가 1960년대부터 선진국에서 많은 사람이 스포츠를 즐기는 라틴말 본래의 뜻으로 환원하는 운동이 벌어져 오늘날에는 'sport for all(생활체육)'이란 개념이 보편화되고 있다.

미국의 경우, 전 인구 가운데 3천3백만 명이 스포츠를 즐기고, 그 중 2천5백만 명은 농구, 테니스, 스키, 아이스하키, 골프, 승마, 사냥, 낚시, 야구 등 다양한 스포츠로 자신들의 신체를 단련하고 있다. 생활체육에 관한 한 세계 최강국이라는 독일은 '라인강의 기적'보다 이른바 '골든 계획'이 미래를 제시하고 있다고 자부하고 있는데, 이 15년 짜리 골든 계획은 현재 세계 각국의 생활체육에 관한 모델로도 손꼽히고 있을 정도이다.

그렇다면 우리의 경우는 어떠할까. 혹자는 지금까지 우리 스포츠가 국가의 위신을 고양시키기 위한 도구처럼 이용되어 온 것은 어쩔 수 없다고 하더라도 이제부터라도 국민 모두의 것이 되어야 한다고 강조한다.

따지고 보면, 우리 스포츠는 우리 시대를 반영했고, 스포츠인은 역사와 함께 자랐다. 아직까지도 우리 선수들이 일본과의 대결에서 투지를 불태우며 일본에 강한 특징을 지니고 있는 것은 일제 때 극일과 저항의 한 방편으로 스포츠가 뿌리내린 전통이 그대로 계승된 것이다. 또 국제 스포츠 경기에서 우리 선수들이 투혼을 발휘하는 것은 개인의 영예보다 나라와 민족의 자존심을 앞세우는 야성 때문이다. 우리 국민들은 그 선수들의 끈기와 오기를 통해 민족 동질성을 다시금 확인하면서 대리 만족을 구했다. 우리 스포츠를 오늘의 위치까지 끌어올린 가장 큰 원동력은 바로 이같은 역사가 가져온 성취욕의 결과였다.

그렇다고 해서 생활체육을 강조해 온 선각자가 없었던 것은 아니다. 원로 스포츠인 민관식의 노력부터 살펴보자.

학창 시절, 탁구 선수로 활약했던 그의 생활 신조는 널리 알려진 대로 '인생의 행복은 건강하게 자기가 하고 싶은 일을 하는 것'이라면서 재산이나 명예보다 건강을 중시한다. 1971년 문교부 장관에 취임하면서 그는 국민들로 하여금 건전한 신체와 건전한 정신을 갖도록 할 대중 스포츠가 무엇일까 고민했다. 그 결과, 신사적인 매너가 중시되고, 재미가 있으면서도 짧은 시간에 많은 운동 효과를 낼 수 있는 것, 게다가 전세계적으로 널리 행해지고 있는 테니스를 선택했다. 당시 테니스는 일종의 귀족 스포츠였다. 동호인들의 숫자 역시 5천여 명 수준이었다. 그는 테니스의 대중화를 위한 기발한 아이디어를 냈다. 우선 각 시도 교육위원회에 테니스를 좋아하거나 배우고 싶은 교사를 서울로 보내 달라고 공문을 보냈다. 그리고 전국에서 모인 교사들을 대상으로 외국인 유명 코치를 데려다가 무료 강습회를 열었다. 교사들의 열의는 대단했다. 돈도 많이 들고 남의 눈총도 의식할 수밖에 없었던 귀족 스포츠를 막상 접하게 되자 신이 날 수밖에 없었다.

이 때부터 테니스 보급은 급속도로 진행되었고, 불과 2년이 지난 1973년 민관식은 우수 선수 발굴을 위한 '소강배(小崗盃) 쟁탈 전국 남녀중고교 테니스대회'를 창설하여 스포츠 강국으로 일어서는 디딤돌을 마련했다.

생활체육은 승부의 세계가 아니다. 오히려 사람과 사람과의 인연을 맺어 주는 기회를 제공함으로써 인간관계의 단절로부터 오는 상실감을 해소시켜 주기도 한다. 이미 현대사회는 경쟁으로부터 오는 불안 심리와 이기주의, 개인주의의 만연, 그로부터 오는 심리적 공허감과 고독감 등으로 정신 건강을 크게 해치고 있는 실정이다.

스포츠는 인간의 놀이이자 그 근원이다. 그리고 궁극적으로도 스포츠는 놀이가 될 수 있어야 한다. 놀이의 즐거움이 없다면 스포츠는 설 땅이 없다. 자신의 한계에 대한 도전의식이나 불굴의 투혼 등도 스포츠 자체에 즐거움이 없다면 발휘될 수 없을 것이다. 스포츠가 승부보다는 최선을 다하는 데에 그 의미가 있는 것은 스포츠의 본질이 놀이이며, 이 놀이는 친선을 도모하고 평화를 바라는 축제로부터 발생되었기 때문이다.

엘리트 스포츠인들도 스포츠가 궁극적으로 함께 하는 놀이라는 것을 깊이 인식해야 한다. 사실 올림픽이나 아시안게임 등 국제대회에서 금메달에 혈안이 되는 것은 국민들이 그것을 열망하고 국내 무드가 그렇게 몰고 가기 때문이 아닐까 싶다. 경쟁이 치열해지면 누구나 승자가 되고 싶어한다. 그리하여 금메달만이 목표의 전부라는 관념이 고정화되고, 그것을 좇다 보면 금메달을 따지 못했을 때의 좌절감이 주는 충격은 크기 마련이다. 어떤 상황이든지 최선을 다하고, 바로 최선을 다하는 그 목표가 곧 금메달이라는 것을 깨달을 때 스포츠의 진정한 가치가 빛날 수 있을 것이다.

승부에만 집착해서 이기기 위해 보든 수단과 방법을 동원한다던가 패배했을 때 낙심한다던가 혹은 혼자 뛰어나다고 자만해서 팀 워크를 흐트려 놓는 행위 또한 스포츠가 함께 어우러져 즐기는 축제라는 것을 인식하지 못한 소치이다. 특히 단체 경기의 경우, 선수 개개인의 역할이 조화롭게 움직여질 때 가장 아름다운 스포츠의 모습을 보여줄 수 있다.

'프린쓰호론형 인간'이란 게 있다. 마치 분열증 환자가 그려 놓은 것 같이 머리만 병적으로 크고 그 머리에 생식기가 직접 붙은 기형 인간이다. 이지적인 머리와 본능만이 살아 있고 스포츠로 가꿔진 육체나 덕육(德育)으로 가꿔질 심성은 사라지고 없는 인간을 가리킨다. 생활체육은 이같은 '프린쓰호론형 인간'보다 가슴이 따뜻한 인간, 정신적인 지구력과 인내력을 단련시켜 밝은 사회를 건설하는 기틀이다. 체력이 국력이란 차원에서도 그렇다.

핏빛처럼 아름다운 뒤안길이여

슈바이처 박사는 늙고 병들어 휠체어를 타고 운신하면서도 꿈과 이상과 희망을 버리지 않고 람바데네 병실에서 죽는 그날까지 일했다. 어느 날, 그의 제자들이 안타까운 마음에 좀 쉬시라고 권하자, 슈바이처 박사는 "너희들이 내 자리를 뺏으려고 그러느냐!" 라고 고함치면서 화를 냈다.

그날 밤, 슈바이처 박사는 고국의 친구에게 그날 일어난 일을 알리는 편지를 쓰면서, 이 편지의 답장을 받기도 전에 내가 세상을 떠날지 모르지만 나는 젊은 날의 꿈과 희망을 죽음의 순간까지 버리지 않겠노라고 단호히 말했다. 그리고 얼마 뒤에 세상을 떠났다.

슈바이처 박사가 죽은 후, 고국 친구로부터의 답장을 받고 난 다음에야 제자들은 스승이 최후까지 일에 매진하던 정신을 깨닫고 더욱 스승의 위대함에 감복했다. 꿈이나 이상, 희망을 꼭 자신이 성취해야만 값어치 있는 것은 아니다. 자기로 인해서 후진이나 2세들에게로 이어져 완성을 바랄 수 있다는 것이 슈바이처 박사의 생각이었다.

이 땅의 스포츠인들은 참으로 운명처럼 다가온 어떤 계기를 맞아 운동을 시작했고 평생을 보냈지만, 그 길은 결코 순탄치 못했다. 나라를 빼앗긴 1910~40년대에는 일제의 민족 차별과 혹독한 통치 아래에서 온갖 치욕과 비애의 피맺힌 한과 삶을 가슴속으로만 삭이면서 새벽바람을 맞으며 운동화 끈을 조여 맸다. 때로는 병석에 누운 어머니의 숨가쁜 기침 소리와 아버지의 가난에 지친 한숨을 뒤로 한 채 옷가지가 든 가방을 옆구리에 끼고는 연습장으로 뛰쳐나오기도 했다.

광복의 기쁨을 맞으면서 어깨를 펴 보려 했지만 그것도 잠시였다. 분단과 전쟁이 가져온 사회적 혼란과 굶주림은 운동 자체가 사치스런 선택이 아닌가 하는 의구심마저 들게 했다. 그러다가 잠결에 온 국민의 시선이 자기를 향하고 애국가가 울려 퍼지는 시상대에 당당히 서 있는 꿈을 꾸다가 스승에게 호되게 꾸지람을 당하기도 했다. 경기가 있는 날이면, 때로는 어이없이 패하고 경기장 한 구석에서 남몰래 눈물을 한없이 흘려야 했고 승자 역시 동료 선수의 패배를 위로하면서 마음 한구석이 허전하게 쓰려 왔던 기억을 갖고 있다.

1964년 동경 올림픽에 참가했다가 지도자의 길로 들어서서 훗날 우리 나라 최초의 올림픽 금메달리스트 양정모를 길러 낸 중견 스포츠인 정동구가 선수로 뛰던 시절을 회상해 보자.

"운동을 처음 시작한 것은 초등학교 4학년 때였다. 새로 오신 담임 선생님이 미술반을 만들어 붓글씨와 그림을 가르치면서 기계체조도 함께 배우게 했다. 그 때 나는 반장을 맡고 있었는데, 우리 반

인생은 모래판의 씨름과 같다

에는 나보다 세 살이 많은 학생들이 많이 있어서 반을 통솔하려면 체력이 필요하다는 것을 느끼고 운동을 열심히 했다.

중학교에 올라가서는 축구부에 들어가 뛰었는데, 언젠가 씨름대회를 구경하러 갔다가 씨름에 매료되어 한동안 씨름을 하기도 했다. 고등학교에 올라가서는 전국체전에서 준우승을 차지하기도 했다. 그 때가 1959년이었다. 전국체전을 마치고 고향으로 돌아오던 날, 우연히 열차 안에서 학교 선배이자 당시 레슬링 국가대표 선수로서 성북고등학교 교사로 재직하고 계시던 최명종 선배를 만나 레슬링을 시작했다. 성북고에 재입학하여 졸업할 때까지 2년간 혹독한 훈련을 받았다. 새벽에 일어나 북한산을 달리고 오전에는 학교 수업을 하고 방과후에는 체육관에 나가 실로 피눈물 뿌리는 훈련을 거듭했다. 마침내 1961년 세계선수권대회 선발전 페더급(62킬로그램)에서 우승하여 국가 대표가 되었고, 동경 올림픽에 체급을 올려 70킬로그램급에 출전했으나 4위에 머물렀다. 2년 뒤에 다시 세계선수권대회에 도전했으나 4위에 그쳤다. 그러나 후회 없이 싸운 한판 경기인지라 결코 후회하지 않는다."

대부분의 스포츠인들은 그렇게 운동을 해 왔다. 즐겁고 행복하고 영광스런 날들은 짧았고 더 많은 날들이 힘들고 포기하고 싶은 충동에 휩싸이며 고통을 이겨 나가야 하는 날들이었다.

그러나 돌이켜 보면, 즐겁고 영광스런 날들보다는 힘들고 괴로웠던 시간들이 더욱 소중하고 아름답게 여겨진다. 가장 아름다운 청춘의 모습은 그 시절만의 패기와 힘으로 불가능해 보이는 일에 과감하게 도전하는 모습이다. 정열과 도전의식이 없는 청춘은 이미 청춘이 아니다. 많은 스포츠인들이 청춘의 뜨거운 힘만으로 젊은 날을 훈련장에서 불태웠다. 돌아보면 청춘의 한 시절이 핏빛처럼 아름다운 것은 그 시절이 뜨거운 피로 끓어올랐고 정열로 불타 올랐던 시절이기 때문이다.

참으로 우리 선배 스포츠인들은 20세기를 숨가쁘게 달려왔다. 그리하여 자신들이 못내 이룬 꿈을 후배들이 실현시켜 주었으면 하는 바람 속에 지금도 땀을 쏟아 내고 있다. 전장을 방불케 하는 스포츠 외교 무대에서도 밤낮으로 뛰고 있다. 이제 우리는 올림픽을 치른 국가가 되었고 2002년 월드컵을 준비하고 있다.

확실히 사람은 꿈을 먹고살아야 하는 모양이다. 꿈은 보람된 생활을 낳는 원동력이므로 꿈을 가질 만한 힘이 없는 사람은 이미 살아갈 힘도 없는 사람이다. 산다는 것은 곧 꿈을 갖는다는 말이고 그 꿈을 실현하기 위하여 우리는 사는 것인지도 모른다.

그래서일까, 원로 스포츠인 민관식이 그의 저서 『끝없는 언덕』에서 "아무리 어렵고 험한 고비가 가로놓이고 막혀도 언덕을 향한 나의 집념은 계속될 것이다"라는 고백은 우리 스포츠인 모두가 안고 있는 집념을 집약시킨 한 마디일 것이다. 그리고 원로 유도인 오응 서가 그의 저서 『어느 날 갑자기』에서 "힘닿는 데까지 사회와 국가 를 위해 봉사하다가 어느 날 갑자기 죽음을 맞는 것이 소망이다" 라고 한 술회야말로 우리 스포츠인들의 소망을 함축한 말이 아닐 까 싶다.

사람은 일생 동안 네 가지 것만을 익히면 행복하게 살 수 있다면 서 직업을 위한 전문지식, 외국어, 악기와 함께 스포츠를 거론한 프 랑스의 철학자 알랭의 말을 다시 한번 되새겨 보자. 그리고 팔레스 티나 외역에 살면서 유대적 종교 규범과 생활 관습을 유지하던 디 아스포라의 유태 경전에 기록된 '승자와 패자'의 차이를 음미하면 서 스포츠인으로서의 참된 삶이 어느 것인가를 반추해 보자.

승자는 몸을 바치고, 패자는 혀를 바친다.
승자는 행동으로 말을 증명하고, 패자는 말로 행위를 변명한다.
승자는 책임지는 태도로 살며, 패자는 약속을 남발한다.
승자는 넘어지면 일어나 앞을 보고, 패자는 뒤를 본다.
승자는 하루가 25시간이고, 패자는 23시간이다.
승자는 시간을 관리하며 살고, 패자는 시간에 끌려가면서 산다.
승자는 시간을 붙잡고 달리며, 패자는 시간에 쫓겨서 산다.
승자는 패배가 두렵지 않으나, 패자는 승리조차 은근히 염려한다.
승자는 과정을 위해 살고, 패자는 결과를 위해 산다.
승자는 구름 위의 태양을 보고, 패자는 구름 속의 비를 본다.
승자는 눈을 밟아 길을 만들고, 패자는 눈 녹기를 기다린다.

승자는 무대 위로 올라가고, 패자는 관객석으로 내려간다.

승자는 바람 불면 돛을 올리고, 패자는 돛을 내린다.

승자는 돈을 다스리고, 패자는 돈에 지배된다.

승자의 주머니에는 꿈이 있고, 패자의 그것에는 욕심이 있다.

승자는 '용감한 죄인'이 되고, 패자는 '비겁한 선인'이 된다.

승자는 땀을 믿고, 패자는 요행을 믿는다.

승자는 새벽을 깨우고, 패자는 새벽을 기다린다.

승자는 달려가면서 계산하고, 패자는 출발에 앞서 계산한다.

승자는 자기보다 뛰어난 자를 존경하지만, 패자는 질투한다.

승자는 실수했을 때 '내가 잘못했다'고 하지만, 패자는 '너 때문에'라고 원망한다.

승자는 넘어지면 일어서는 쾌감을 알지만, 패자는 넘어지면 재수를 한탄한다.

승자는 '다시 한번 해보자'라는 말을 즐겨 쓰고, 패자는 '해 봤자 별수 없다'라는 말을 자주 쓴다.

승자는 머리 아닌 꼬리라도 의미를 찾으나, 패자는 일등을 차지했을 때에만 의미를 느낀다.

승자는 달리는 도중에 이미 행복하지만, 패자는 경주가 끝난 뒤에야 행복을 결정한다.

끈기와 오기로 스포츠 정신을 빛낸 체육인의 인간탐험

스포츠와 인간승리

제1쇄 인쇄 1998년 4월15일
제1쇄 발행 1998년 4월30일

엮은이 • 이학래
펴낸이 • 김성호
표지장정 • 서희정,배경미
출력 • 한글터
인쇄 • 삼광인쇄
제본 • 민중문화사

펴낸곳 • 도서출판 사람과 사람
주소 • 서울시 마포구 대흥동 801-4(2층)
전화 • (02)702-1874~5
팩스 • (02)702-1876
등록 • 1991년 5월 29일 제1-1224호
통신 • 천리안 P91529/하이텔 KIMPAP/나우누리 P11224

가격은 뒷면에
ISBN 89-85541-30-7 03810